A VIDA BRINCA MUITO COMIGO

DAVID GROSSMAN

A vida brinca muito comigo

Tradução do hebraico
Paulo Geiger

Copyright © 2020 by David Grossman

Grafia atualizada segundo o Acordo Ortográfico da Língua Portuguesa de 1990, que entrou em vigor no Brasil em 2009.

Título original
אתי החיים משחֵק הרבה

Capa
Raul Loureiro

Foto de capa
David Seymour/ Magnum Photos/ Fotoarena

Preparação
Maria Emilia Bender

Revisão
Renata Lopes Del Nero
Clara Diament

Dados Internacionais de Catalogação na Publicação (CIP)
(Câmara Brasileira do Livro, SP, Brasil)

Grossman, David
    A vida brinca muito comigo / David Grossman ; tradução do hebraico Paulo Geiger. — 1ª ed. — São Paulo : Companhia das Letras, 2022.

    Título original: אתי החיים משחֵק הרבה
    ISBN 978-65-5921-211-8

    1. Ficção israelense (Hebraico) I. Título.

22-102368   CDD-892.43

Índice para catálogo sistemático:
1. Ficção: Literatura israelense 892.43

Maria Alice Ferreira – Bibliotecária – CRB-8/7964

[2022]
Todos os direitos desta edição reservados à
EDITORA SCHWARCZ S.A.
Rua Bandeira Paulista, 702, cj. 32
04532-002 — São Paulo — SP
Telefone: (11) 3707-3500
www.companhiadasletras.com.br
www.blogdacompanhia.com.br
facebook.com/companhiadasletras
instagram.com/companhiadasletras
twitter.com/cialetras

A VIDA BRINCA MUITO COMIGO

Rafael tinha quinze anos quando sua mãe morreu e o redimiu dos sofrimentos dela. A chuva caía sobre os membros do kibutz, apinhados sob guarda-chuvas no pequeno cemitério. Tuvia, pai de Rafael, chorava aos soluços. Durante anos tinha cuidado da mulher com devoção, e agora parecia perdido e órfão. Rafael, de calça curta, estava afastado dos outros e cobria a cabeça e os olhos com o capuz do moletom, para que ninguém visse que ele não chorava. Pensava: agora que ela morreu, vai descobrir tudo o que eu pensava dela.

Isso foi no inverno de 1962. Um ano depois seu pai conheceu Vera Novak, que tinha imigrado da Iugoslávia, e eles começaram a viver juntos. Vera tinha vindo para Israel com sua única filha, Nina, uma garota de dezessete anos, alta e de cabelos claros, com um rosto comprido, pálido e muito bonito, praticamente desprovido de expressão.

Os rapazes da turma de Rafael chamavam Nina de "Esfinge". Eles a seguiam e imitavam seu modo de andar, abraçando o corpo com os braços, o olhar vazio. Uma vez ela surpreendeu dois sujeitos que a imitavam e arrebentou a cara deles, simples assim. Nunca se tinha visto surra como aquela no kibutz. Difícil acreditar quanta força e selvageria havia naqueles braços e pernas tão finos. Começaram a correr boatos. Contavam que quando a mãe dela era prisioneira política num gulag Nina, então criança, fora jogada na rua. Diziam "na rua" e acrescentavam um olhar significativo. Diziam que em Belgrado ela havia se juntado a uma quadrilha que sequestrava crianças para pedir resgate. Assim contavam. As pessoas falam.

A história da surra e outros episódios e boatos não desfizeram a névoa em que Rafael vivia desde a morte da mãe. Por meses ele ficou mergulhado em sua própria sonolência. Duas vezes por dia, de manhã e à noite, tomava uma pílula para dormir bem forte que apanhava no armarinho de remédios de sua mãe. Nem notava a presença de Nina quando cruzava com ela aqui ou ali no kibutz.

Mas uma noite, uns seis meses depois da morte da mãe, quando ele estava indo para o ginásio esportivo cortando caminho pela plantação de abacates, Nina vinha em sua direção. Ela caminhava de cabeça baixa, abraçando a si mesma como se à sua volta estivesse frio. Rafael se deteve, de repente tenso sem saber por quê. Ela estava absorta consigo mesma e não o viu. Ele observou como ela se movimentava. Foi o que lhe chamou a atenção, o movimento tranquilo, discreto. Uma testa alta, imaculada, um vestido azul simples e fino roçando no meio das coxas.

A expressão no rosto de Rafael enquanto contava...

Só quando Nina estava mais perto ele notou que ela chorava baixinho, um choro sufocado, e então ela viu Rafael e parou, e se aprumou. Os olhares deles se confundiram um no outro durante alguns segundos, e, eu diria com tristeza, até além do permitido. "O céu, a terra, as árvores", Rafael me disse. "Não sei... senti como se a natureza tivesse desmaiado."

Nina foi a primeira a se refazer. Soltou uma bufada colérica e se afastou depressa. Ele ainda teve tempo de vislumbrar seu rosto, que num instante voltou a ficar inexpressivo, e algo cresceu dentro dele e o impeliu. Estendeu a mão atrás dela…

Sou capaz de imaginá-lo ali de pé, a mão estendida.

E também foi assim que ele ficou, com a mão estendida, por quarenta e cinco anos.

Mas então, entre os abacateiros, sem refletir, antes que pudesse hesitar e se complicar consigo mesmo, ele saiu correndo atrás dela para lhe dizer o que tinha compreendido no momento em que a viu. Tudo nele despertou para a vida, ele me contou. Pedi que explicasse. Ele se atrapalhou e balbuciou alguma coisa sobre tudo o que havia adormecido nele nos anos da doença da mãe, e ainda mais após sua morte. Agora tudo ficava urgente e crucial, e ele também não tinha dúvida de que ela ia lhe corresponder imediatamente.

Nina ouviu passos atrás dela, parou, se virou e o examinou bem devagar. "O que foi?", ela de repente lhe lançou na cara. Ele recuou, chocado com sua beleza e talvez também com sua rudeza — e sobretudo, eu suspeito, com a combinação de beleza e rudeza. Até hoje ele tem essa coisa, um fraco por mulheres que têm um pouco — nem que só um tiquinho — da agressividade masculina e até mesmo da grosseria, um tipo como ela. Rafael, Rafi…

Nina pôs as mãos nos quadris e surgiu uma menina de rua obstinada, um animal selvagem. Suas narinas se dilataram, ela o farejou, e Rafael viu as pulsações de uma delicada veia azulada no pescoço dela, e de repente lhe doíam os lábios, assim ele me contou, seus lábios estavam queimando de sede.

"Tudo bem, já entendi", pensei. "Você não precisa entrar em detalhes."

As lágrimas ainda brilhavam no rosto de Nina, mas seus

olhos eram frios, quase reptilianos. "Vai para casa, garoto", ela disse, e ele meneou a cabeça, não, não, e ela aproximou a testa da cabeça dele, aproximou e afastou, como se buscasse o ponto exato. Rafael fechou os olhos e ela lhe deu uma cabeçada, ele voou para trás e caiu ao pé de um abacateiro.

"Da variedade Ettinger, o abacate", ele especificou quando contou a história, para que eu, Deus me livre, não esquecesse que cada detalhe dessa cena era importante, porque é assim que se constroem mitologias.

Rafael ficou estendido, atordoado, apalpando a saliência que começava a inchar em sua testa, e se levantou meio tonto. Desde que sua mãe tinha morrido ele não havia tocado em ninguém e ninguém o tocara, a não ser quem se atracava para brigar. Mas agora tinha sido diferente, ele percebeu, Nina tinha vindo finalmente lhe abrir a cabeça e livrá-lo da tortura. E, na cegueira da dor que sentia, gritou para ela o que tinha descoberto antes, no momento em que a vira, mas se espantou quando as palavras lhe saíram banais e grosseiras. "Palavras de macho", ele me disse, "tipo 'quero foder você'", tão diferentes de seu pensamento puro e preciso, "mas por um segundo e meio vi no rosto dela que, apesar da grosseria, ela assim mesmo estava me entendendo."

E talvez tenha sido assim mesmo, que sei eu. Por que não dar esse crédito a ela e acreditar que uma garota que nasceu na Iugoslávia, e que durante alguns anos foi de fato — como se esclareceu depois — uma menina abandonada, sem pai nem mãe, que uma garota assim, apesar desses pressupostos, e talvez exatamente por causa deles, não tenha vislumbrado num momento de graça o que havia no íntimo de um rapaz de um kibutz em Israel, um rapaz ensimesmado, assim eu imagino Rafael aos dezesseis anos, solitário e cheio de segredos e cálculos complicados, capaz de grandes gestos dos quais ninguém no mundo tinha conhecimento. Um rapaz triste e sombrio, tão bonito que dava vontade de chorar.

Rafael, meu pai.

Há um filme conhecido, não lembro neste momento como se chama (e agora não vou desperdiçar um só segundo no Google), cujo herói volta ao passado para corrigir alguma coisa, evitar uma guerra mundial ou algo assim. O que eu não daria para voltar ao passado só para impedir que esses dois se encontrassem.

Nos dias e sobretudo nas noites que se seguiram, ele ficou se torturando por ter deixado passar aquele momento maravilhoso. Parou de tomar os soníferos da mãe para poder vivenciar, sem entorpecimento, o amor. Ele a procurou por todo o kibutz, sem sucesso. Como naqueles dias quase não falava com ninguém, ele não soube que Nina tinha deixado os alojamentos dos solteiros, onde morava com a mãe, e arranjara um quartinho só para ela num barracão antigo e caindo aos pedaços, do tempo dos fundadores do kibutz. O barracão era composto de uma fila de quartos minúsculos, como um trem. Ficava atrás dos pomares, numa área que o kibutz, com sua delicadeza característica, chamava de "bairro dos leprosos". Era uma pequena comunidade de homens e mulheres, a maioria voluntários do exterior que acabaram ficando por aqui — não acharam seu lugar e não contribuíam com nada, e o kibutz não sabia o que fazer com eles.

Mas o pensamento que lhe ocorrera quando Nina viera em sua direção no pomar não perdeu nem um pouco de seu ardor, a cada dia se entranhava ainda mais nele: "Se ela concordar em se deitar comigo nem que seja uma vez", pensava com toda a seriedade, "seu rosto vai voltar a ter expressões".

Ele me contou isso ao longo de uma conversa que filmamos há uma eternidade, quando ele tinha trinta e sete anos. Foi meu filme de estreia, e hoje de manhã, vinte e quatro anos depois, resolvemos, Rafael e eu, num ataque súbito de nostalgia, revê-lo. Nesse ponto do filme ele tosse até quase sufocar, cofia a barba desgrenhada, abre e fecha a correia de couro do relógio, e, o principal, não olha para sua jovem entrevistadora, eu.

"Vem cá, você era muito seguro de si aos dezesseis anos, não?", ouve-se minha voz, num chilreio adulador. "Eu?", se espanta o Rafael do filme. "Seguro de mim mesmo? Eu era uma folha desgarrada." "E eu, ao contrário, acho", diz a entrevistadora, com horrível estridência, "que isso, essa história de o rosto dela voltar a ter expressão, é o galanteio mais original que já ouvi."

Eu tinha quinze anos naquela entrevista, e para ser sincera até aquele momento não tinha ouvido uma única frase de galanteio, original ou banal, de ninguém que não fosse de mim mesma diante do espelho com um boné preto e uma misteriosa echarpe que cobria metade do rosto.

Uma câmera de vídeo, um pequeno tripé, um microfone envolto numa espuma cinzenta que já tinha virado uma polpa. Naquela semana de outubro de 2008, minha avó, Vera, encontrou uma caixa de papelão no sótão dela, e eles estavam lá dentro, junto com a velha Sony através da qual eu via o mundo naquela época.

Tudo bem, a palavra "filme" é um pouco exagerada para esse troço. Trata-se de alguns fragmentos, lembranças da juventude de meu pai, dispersas e não editadas até o fim. O som é terrível, a imagem está desbotada e granulada, mas de modo geral dá para entender o que está acontecendo. Vera escreveu na caixa, com um marcador preto: "Guili — bugigangas". Não tenho palavras para descrever o que esse filme me provoca e a empatia que sinto pela garota que fui, que no filme se parece, não estou exagerando, com uma versão humana do dodô, aquela ave que, todo mundo sabe, só se salvou de morrer de constrangimento e embaraço porque foi extinta. Isto é, uma criatura que, num sentido mais profundo, não sabia quem era nem para onde ia; tudo estava em aberto.

Hoje, vinte e quatro anos depois de filmá-la, estou assistindo a essa conversa sentada ao lado de meu pai na casa de Vera, no kibutz, espantada de ver como me exponho, mesmo sendo apenas a entrevistadora, e mesmo quase sem ser vista.

Por um bom tempo não me concentro no que meu pai está contando sobre ele e Nina, como se conheceram e como ele a amou. Fico sentada a seu lado, encolhida e contraída ante a força do conflito interior da garota que está sendo projetado sem qualquer filtro, como um grito, e vejo o pavor nos olhos dela *porque* tudo é possível, possível até demais, indagando até mesmo se existe nela uma força vital ou não, ou quanto nela é feminino e quanto é masculino. Ela já tem quinze anos e ainda não sabe o que será decidido no que concerne a ela nos subterrâneos da evolução.

E eu penso que, se pudesse penetrar nem por um segundo, um segundo que fosse, em seu mundo para lhe mostrar uma foto minha de hoje, no trabalho, por exemplo, ou com Meir, a despeito da nossa situação atual, eu lhe diria: não se preocupe, menina, no fim — com alguns empurrões, algumas concessões, uma pitada de humor, um pouco de autodestruição construtiva — você vai encontrar um lugar para você, um lugar que será somente seu, e você vai encontrar até um amor, vai haver alguém que buscará exatamente uma mulher alta com cheiro de dodô.

Quero voltar ao início, ao período de incubação da família. Vou chegar até onde der antes de partir para a ilha. O pai de Rafael, Tuvia Bruck, era um agrônomo que fiscalizava todas as terras agrícolas entre Haifa e Nazaré, e também exercia funções de primeira linha no kibutz. Era um homem bonito e sério, que fazia muito e falava pouco. Amava sua mulher, Dushi, e cuidou dela o quanto pôde nos anos em que ela esteve doente. Depois que ela morreu, começou um zum-zum-zum no kibutz sobre ele e Vera, mãe de Nina. Tuvia estava indeciso, havia algo nela que não era deste lugar. Sempre, em qualquer circunstância, ela estava de batom e brinco. Seu sotaque era pesado, seu hebraico era esquisito (até hoje não existe ninguém que fale como ela), até mesmo sua voz soava diaspórica a nossos ouvidos. Certa noite, quando Tuvia saía do refeitório, um colega veterano do grupo iugoslavo pôs a mão no ombro dele e disse: "Ela é uma mulher a sua altura, Tuvia. Saiba que passou por coisas difíceis de acreditar, e ainda hoje não se pode contar tudo".

Tuvia convidou Vera a ir à sua casa — "quarto", em linguagem kibutziana —, a fim de se conhecerem. Para atenuar o embaraço daquele encontro, ela levou uma amiga da mesma cidade que ela na Croácia, uma entusiasta de fotografia. As duas ficaram caladas, sentadas de pernas cruzadas nas incômodas poltronas de hastes de metal e fios de náilon trançados que lhes entravam no traseiro.

Elas precisaram da autodisciplina de um monge estilita para não rir quando Tuvia tentou trazer da cozinha os petiscos que suas filhas haviam preparado. Depois, ao longo dos bons e até mesmo felizes trinta e dois anos juntos, Vera se divertia imitando Tuvia naquele primeiro momento, indo até a cozinha para buscar uma tigela com amendoins ou salgadinhos e continuando a falar sobre o controle das pragas do algodão e a traça das folhas de cítricos, e então reaparecer de mãos vazias, e depois se desculpar sorrindo, com uma covinha encantadora na bochecha esquerda, e voltar para a cozinha e trazer de lá uma jarra com flores silvestres.

Enquanto o pai de Rafael realizava sua complicada dança de acasalamento, Vera olhava ao redor tentando descobrir alguma coisa sobre a falecida. Não havia retratos nas paredes, nem estantes com livros, tampouco tapetes. A cúpula na luminária de pé estava furada, comida por traças (ela se perguntou se seriam as mesmas das folhas de cítricos que ele mencionara), tufos de uma espuma amarelada despontavam do estofamento do sofá. A amiga apontou com o queixo para uma cadeira de rodas fechada e um balão de oxigênio espremidos entre o sofá e a parede. Vera teve a impressão de que a doença que reinara durante anos naquela casa ainda não havia recuado por completo. Como se algo dela ainda não tivesse chegado ao fim. Pensar na existência de uma rival a fez se aprumar e dizer ao pai de Rafael que enfim se sentasse e falasse com elas como gente. Ele imediatamente se deixou cair no sofá, ereto e com as mãos cruzadas sobre o peito.

Vera sorriu para ele do mais fundo de sua feminilidade, e a espinha dorsal de Tuvia começou a derreter. De repente a amiga sentiu que estava sobrando e se levantou para ir embora. As duas trocaram algumas palavras num servo-croata muito rápido. Vera deu de ombros e fez com a mão um gesto que dizia "não estou nem aí". Tuvia, que mobilizava todas as suas vivências para fazer uma avaliação rápida, era um homem decidido e seguro, mas agora estava atrapalhado diante daquela pequena mulher de olhos verdes e penetrantes. Tão penetrantes que a cada poucos segundos era preciso desviar o olhar. Antes de sair, a amiga pediu licença para fotografar os dois com sua Olympus. Eles ficaram constrangidos, mas ela disse: "Vocês ficam tão bonitos juntos". Os dois se entreolharam e pela primeira vez se viram como um possível casal.

Para a foto, Vera se levantou da poltrona torturante e sentou no sofá estreito ao lado de Tuvia. Na foto, em preto e branco, Vera está inclinada para trás, apoiada num braço, olha para ele de lado e um pouco afastada, e sorri. Parece provocá-lo e se comprazer com isso.

Era o começo do inverno de 1963. Vera tem quarenta e cinco anos. Um pega-rapaz na testa, os lábios cheios, perfeitos. Sobrancelhas finas, sobrancelhas de Hedy Lamarr, desenhadas a lápis.

Tuvia tem cinquenta e quatro, veste uma camisa branca com colarinho largo, um suéter tricotado à mão, em grossas tranças. Sua cabeleira é preta e espessa, com uma risca muito reta. Os braços e punhos gigantescos cruzados sobre o peito. Está constrangido, a testa brilha de emoção.

Tuvia está de pernas cruzadas, e só agora percebo que por baixo da mesa — dois caixotes de madeira cobertos com uma toalha branca — desponta o pé direito de Vera, numa sandália aberta, de tiras, tocando levemente a sola do sapato esquerdo de Tuvia, como a lhe fazer cócegas.

A amiga foi embora. Vera e Tuvia ficaram sozinhos, afundados no sofá. Quando ele levantou o braço para coçar a testa, Vera vislumbrou os pelos pretos que saltavam da manga do suéter. Outros também brotavam em seu peito, e iam até a linha avermelhada do pescoço que marcava o seu barbear. Aqueles pelos a repeliam e a atraíam. Seu primeiro e único amor, Miloš, tinha uma pele lisa e clara que ao queimar ao sol adquiria a cor do mel. O corpo de Vera de repente evocou como ela e Miloš se enroscavam um no outro, como gatos. Ela gostava de se afundar no corpo magro e doentio dele, de injetar calor e força e saúde, que nela abundavam, e sentir que, quanto mais ela fluía para ele, mais ela se preenchia. Nesse momento sentiu as vísceras se contraírem, o rosto desfalecer, e quase foi embora. Tuvia, que não havia percebido as reviravoltas pelas quais ela passava, se empertigou e se levantou, dizendo que precisava sair para uma reunião na secretaria, mas quanto a ele estava tudo acertado, eles poderiam tentar. Estendeu a mão num gesto simples e direto, como se abrisse um metro de marceneiro.

Ao ouvir essa proposta desajeitada, Vera, apesar da saudade de Miloš, caiu na gargalhada. Tuvia, ofendido, tentava, como era seu hábito, encolher o corpo. "Então, Vera, o que você diz?", perguntou numa súplica e tornou a sentar na beira do sofá, perdido e completamente amolecido. Vera ainda hesitava. Ele a agradava, lhe parecia másculo, íntegro e transparente. "Eu logo vi sua potencial", disse, com seu hebraico peculiar. Por outro lado, ela não sabia quase nada sobre ele.

Então, naquele instante, com o timing infeliz que caracteriza quase todo momento importante de sua vida, entrou Rafael, o filho mais novo de Tuvia, com um olho inchado, o rosto ferido e sangue coagulado em torno da boca. Tinha se envolvido de novo numa briga, dessa vez com rapazes da escola mais velhos do que ele. Ainda usava — como todo dia e em qualquer condição climática — o mesmo moletom com capuz do dia do enterro da mãe. Abriu a porta de tela, viu seu pai constrangido ao lado de Vera e ficou petrificado. Ela se levantou num salto e se aproximou dele, que soltou um grunhido de advertência. Vera não se assustou. Parou diante dele e o olhou com curiosidade.

Rafael, como seu pai, também ficou confuso com aquele olhar: o garoto já tinha visto Vera, é claro. Haviam se cruzado algumas vezes nas ruelas do kibutz e no refeitório, mas pelo visto ela não lhe causara nenhuma impressão. Uma mulher pequena, decidida e rápida, sempre com a boca crispada. Era mais menos isso que ele via. Também é claro que não lhe ocorreu que ela fosse a mãe de Nina, objeto de suas fantasias dia e noite. "Você é Rafael", ela disse com um sorriso, e a afirmação soou como se ela soubesse muito mais do que isso. Sem tirar os olhos do garoto, Vera mandou Tuvia pegar iodo e gaze no banheiro. Estendeu a mão para o rosto ensanguentado de Rafael e tocou o canto de sua boca.

Ouviram-se um grito agudo e uma surda imprecação em servo-croata. Tuvia veio correndo do banheiro. Rafael estava assustado, um gosto de sangue alheio em seus lábios. Vera tentava conter o sangue que pingava de seus dedos. Tuvia, que nunca tinha batido no filho, se atirou sobre ele, mas Vera saltou de braços abertos e se interpôs entre os dois, emitindo um som de advertência rouco e profundo, quase inumano. O movimento dela, o som terrível que emitiu, fizeram Rafael se sentir, no fundo de seu ser, como um filhote de animal, "de um animal que luta por seu filhote", ele me disse.

E, contradizendo tudo que sentia em relação a ela, de repente Rafael quis muito ser o filhote desse animal.

Tuvia, que não era um homem violento, se assustou com aquele ímpeto que irrompeu de dentro dele. "Perdão, Rafi, me perdoe", repetiu várias vezes, envergonhado. Vera se encostou na parede, um pouco tonta, não pelo sangue, sangue nunca a assustava. Fechou os olhos. Suas pálpebras tremiam, ocultando uma conversa apressada com Miloš. Já haviam se passado quase doze anos desde que ele se suicidara nos porões de tortura da UDBA,* em Belgrado. Ela lhe disse que agora iria ficar com outro homem, mas que de maneira alguma estava se separando dele e do amor deles.

Vera abriu os olhos e olhou para Rafael. Tão parecido com

---

* Polícia secreta da República Federal Socialista da Iugoslávia, que atuou de 1946 a 1981. (N. E.)

o pai, ela pensou, e que homem impressionante viria a ser, mas viu também o resultado de ter perdido a mãe tão novo. Nina, sua filha, também era órfã, e de um modo difícil de descrever, mas a destruição, a solidão e o abandono de Rafael lhe provocaram um sentimento maternal que ela nunca havia experimentado. Ela me repetiu isso várias vezes ao longo dos anos, com um grande repertório de variantes. "Como é possível que você nunca tenha sentido isso antes?", eu lhe retruquei certa vez. "Você já tinha Nina. Tinha uma filha!" Caminhávamos pelos campos em torno do kibutz, seguindo nossa trilha preferida — de braços dados, é assim que ela gosta de caminhar comigo até hoje, apesar da diferença de altura —, e ela, do seu jeito de sempre, foi terrível e direta: "É como se com Nina eu tivesse tido gravidez extrauterina, e com Rafi, de repente, tudo entrasse nos eixos".

Rafael e Tuvia quase não respiravam sob o olhar dela, e foi neste momento que ela teve certeza de que ia casar com ele, e casaria, assim lhe disse certa vez, mesmo se ele fosse feio e abjeto e baterista de prostíbulo — uma expressão típica dela, uma entre muitas, cujo significado nunca ficou bem claro e que a família de Tuvia, de todas as gerações, adotou alegremente. "Pois de que valem belos ideais", pensou Vera, "de que valem comunismo e fraternidade entre povos e brilhante estrela vermelha, e figura altaneira de Pavel Kortchaguin em *Assim foi temperado o aço*, de que valem todos os guerras de que você participou em prol de mundo bom e justo? Valem porra nenhuma", respondeu para si mesma, "se agora você abandonar este menino."

Por um breve momento cada um deles ficou mergulhado em si mesmo. Gosto de imaginá-los assim, os três em pé com a cabeça baixa, como a ouvir o borbulhar de uma solução que

começava a agir dentro deles. Na verdade, este foi o momento em que minha família começou. Foi também o momento em que, afinal de contas, eu mesma comecei a dar sinais de vida.
Tuvia Bruck era meu avô. Vera, minha avó.
Rafael, Rafi, Reish, é, como se sabe, meu pai, e Nina...
Nina não está aqui.
Está ausente, Nina.
Mas esta foi sempre sua contribuição única e excepcional para a família.
E eu o quê?
Querido caderno, setenta e duas páginas sem celulose da marca Dafter, já preenchi um quarto das suas folhas e ainda não nos apresentamos adequadamente.
Guili.
Nome de significado problemático, sob qualquer aspecto, sobretudo quando no imperativo: *"alegre-se!"*.

Rafael foi para seu quarto, minúsculo e escuro como uma caverna. Fechou a porta e sentou na cama. Aquela mulher baixinha o amedrontara. Nunca tinha visto o pai tão desarmado. Do outro lado da porta, Vera levou Tuvia até o sofá e deixou que ele fizesse um curativo em seus dedos mordidos. Ela se comprazia em ver a brancura de sua mão entre as mãos dele. Reinou um silêncio bom entre os dois. Tuvia terminou o curativo e o fechou com um alfinete de segurança. Aproximou o rosto dos dedos dela e cortou com os dentes um fio que sobrava, e o coração dela estremeceu ante a força de sua masculinidade. Ele perguntou se estava doendo. "Eu mereci", ela murmurou. Falavam baixinho. "O garoto está assim desde que a mãe morreu. Na verdade, desde que ela adoeceu", ele disse. Vera pôs sua mão enfaixada na dele. "Eu tenho Nina e você tem Rafael." Esse falar em sussurros os aproximava. Ela se controlou para não passar os dedos na espessa cabeleira dele.

"Então, o que você diz, Vera, talvez nós dois..."

"Juntos, podemos experimentar, por que não?"

Cinco dias atrás comemoramos os noventa anos de Vera (noventa anos e dois meses: no dia do aniversário ela estava com pneumonia e decidimos adiar a comemoração). A família celebrou no kibutz, no salão de lazer. "A família" é uma referência, é claro, à família de Tuvia, à qual Vera só teria se juntado, mas da qual acabou sendo o centro e a seiva durante mais de quatro décadas. É engraçado pensar que a maioria dos netos e bisnetos que se amontoam em cima dela e competem por sua atenção nem mesmo sabe que ela não é a avó biológica. Há um pequeno ritual de iniciação para cada criança, quando de repente, em geral por volta dos dez anos de idade, a verdade aparece. E então — sem exceção — ele ou ela fazem uma ou duas perguntas, há um leve franzir de testa, um estreitamento do olhar, e depois um balançar de cabeça, um rápido arrepio que as sacode e afasta essa informação nova e incômoda.

Chana, a primogênita de vovô Tuvia, irmã mais velha de meu pai, leu um pequeno discurso: "Após trinta e dois anos vividos com papai, penso que se pode dizer, do fundo do coração, não só que Vera pertence à família para o que der e vier, mas que sem ela pelo visto não seríamos a família que somos". Chana falou, como de costume, com simplicidade e modéstia, e Rafael não foi o único a enxugar uma lágrima. Vera torceu os lábios — um gesto automático de zombaria quando ela acha que algo ficou meio piegas —, e Rafael, que fotografava, como em todo evento familiar, comentou com o canto da boca como todos os movimentos e gestos dela são tão característicos.

Assim que a festa começou, Vera avisou que naquele dia só ela poderia dizer coisas boas sobre ela, por isso a gente podia atacar logo a comida. Mas dessa vez a família não obedeceu. Representantes de todas as gerações e de todas as idades se levantaram e leram uma homenagem, um fato extraordinário, porque em geral os Bruck não são dados a falação e nunca lhes ocorreria dizer a alguém palavras tão diretas e tão íntimas, ainda mais em público. Mas para Vera eles fizeram questão de dizer. Quase todos tinham uma história para contar, sobre como ela os tinha ajudado, cuidado deles, os salvara de alguma coisa ou de si mesmos. A história mais sensacional era a minha, que incluía intervenções numa tentativa de suicídio aos vinte e três anos, com o coração partido por causa de um cara cujo nome será riscado de minha filmografia. Mas tanto para mim quanto para Vera estava claro que o que eu tivesse a lhe dizer seria dito em particular, como sempre, olhos nos olhos. Um momento especialmente enternecedor foi quando Tom, o neto de Ester, com dois anos e meio, fez cocô e numa espécie de pequena declaração de independência se recusou a aceitar que sua mãe ou Ester o trocassem, e quando Ester perguntou quem ele queria então, gritou alegremente "vovó Vera!", e a risada foi geral.

Vera deu um pulo da poltrona numa agilidade admirável, correu quase como uma garota, apenas com o corpo um pouco inclinado para a esquerda, trocou a fralda de Tom numa mesinha à parte, enquanto nos sinalizava que continuássemos com as falações "para acabar logo com isso". Enquanto isso estava debruçada sobre o rosto sorridente de Tom, falando dentro de seu umbigo em gorgolejos servo-croatas com sotaque húngaro, e certamente também prestando atenção ao que se dizia dela a suas costas. E quando, apesar do peso de seus noventa anos, ergueu no ar um Tom trocado e limpo, que ria e tentava agarrar os óculos dela, senti de repente uma mordida profunda dentro de mim, a dor daquilo que nunca serei ou farei, e de como sentia falta de meu companheiro Meir, e pensei que deveria ter pedido a ele que viesse comigo, pois sabia de antemão como estaria exposta e vulnerável aqui, com Nina.

Quarenta e cinco anos antes, no inverno de 1963, na noite em que Vera e o pai dele, Tuvia, começariam a viver juntos, Rafael foi até o ginásio esportivo do kibutz. Atrás do prédio havia um terreno arenoso vazio, e lá, ao longo do ano anterior, desde a morte de sua mãe, ele costumava treinar arremesso de peso. O sol tinha se posto, mas no céu ainda brilhava uma luz mortiça e gotas de chuva já pairavam no ar. Vezes seguidas, dezenas de vezes, Rafael arremessou pesos de três quilos e meio. A fúria e o ódio melhoraram incrivelmente seu desempenho. Quando começou a sentir frio e estava prestes a ir para seu quarto na escola do kibutz e enterrar a cabeça no travesseiro para não pensar no que seu pai estaria fazendo aquela noite, talvez naquele mesmo instante, com sua prostituta iugoslava, Vera apareceu na sua frente. Trazia uma mala marrom, quase tão grande quanto ela, apertada numa correia de couro com tachões de metal (belo acessório, no qual estou de olho há muito tempo). Ela arriou a mala na lama e se postou diante de Rafael com os braços abertos, como que se apresentando para o julgamento dele. Ele não tinha alternativa. Continuou a arremessar os pesos, sem olhar para ela. Nas duas semanas que se passaram desde que ele a encontrara e a mordera, Rafael veio a saber que Vera era a mãe de sua amada. Esse fato era tão horrível que ele tentava com todas as forças não pensar nisso, mas agora Vera aparecia na sua frente, um lembrete em carne e osso.

A chuva a surpreendeu. Ela vestia um suéter fino cor de berinjela do qual saía uma gola redonda de cambraia branca, e calçava sapatos brancos, já cobertos de lama. Na cabeça, um pequeno chapéu roxo inclinado, num ângulo que enervou Rafael não menos do que o chapéu em si. Tinha uma corrente de ouro no pescoço e brincos de pérola nas orelhas, coisa de gente da cidade.

Na verdade, agora que escrevo, me ocorre que aquele era o vestido de noiva de Vera.

Aquela era sua noite de núpcias.

Em seu pesado sotaque húngaro — na casa dela, na Croácia, em geral se falava húngaro —, ela perguntou: "Rafael, pode falar comigo um instante?". Ele puxou o capuz para cobrir os olhos, deu-lhe as costas e lançou mais um peso na escuridão. Vera hesitou um momento, depois deu um passo à frente, ergueu um peso da pilha e o sopesou na mão. Rafael estacou no meio de seu movimento, como se tivesse esquecido qual era o próximo passo. Sem qualquer preparação, sem rodopiar em torno de si mesma, só com a ajuda de um profundo gemido, Vera lançou o peso a uma distância absurda, talvez um metro mais longe do que o peso dele caíra.

Rafael, embora magro, era forte, dos mais fortes da sua idade. Ele ergueu um peso e o pôs sobre a clavícula, fechou os olhos, não se apressou. Depositou no peso toda a aversão que sentia por ela. Por algum motivo não foi o bastante para ele, que continuou a girar sobre si mesmo e a despejar no peso também o ódio por seu pai, prestes a trair sua mãe com uma mulher estranha, a mãe de Nina. Nem mesmo esse pensamento o ajudou a lançar o peso, e ele continuou a girar sobre o eixo que era ele mesmo, até que de repente irrompeu nele um acesso de fúria por sua mãe, logo por ela, por ter começado a recuar para dentro de sua doença quando ele só tinha cinco anos.

A escuridão ficou mais densa, a chuva aumentou. Vera esfregava as mãos em rápidos movimentos, ou por causa do frio ou pelo entusiasmo que a competição despertara nela. Rafael imitou seu gesto no filme que eu fiz. Eu conhecia esse lado dela, e não gostava. Aliás, até hoje ela ainda é assim: em momentos de discussão ou enfrentamento, em geral sobre questões políticas, algo metálico e decidido se vislumbra nela, no rosto, nos olhos, até mesmo na pele. Se, por exemplo, ela suspeita que alguém na família ou no kibutz está adotando algum argumento da direita, ou ousa dizer algo a favor dos que se estabeleceram nos territórios ocupados, ou, Deus nos livre, começa um leve processo de radicalização, sai de baixo! Ela invoca fogo e enxofre e colunas de fumaça...

Rafael logo percebeu que aqueles — assim explicou — não eram "movimentos de mãe". Não que soubesse exatamente o que fossem movimentos de mãe, era um completo analfabeto no quesito maternidade quando Vera irrompeu em sua vida. Ela foi tirando o colar, as pulseiras e os brincos e deixou um ao lado do outro em cima da mala e os cobriu com o chapéu ridículo. Quando tudo estava em seu lugar, ela arregaçou em suaves movimentos as mangas do suéter e da blusa. Rafael viu então os músculos de seu braço e os tendões entrelaçados. Ele os contemplou assustado: com músculos assim, como é que ela pensa ser mãe de alguém?

O mundo já escurecera. Da região da cordilheira do Carmel rolavam trovões. Vera e Rafael mal enxergavam os pesos que arremessavam. Só dava para ver seu brilho metálico negro — à luz do lampião à beira do caminho, às vezes ao clarão de um relâmpago distante. Os pesos estavam caindo cada vez mais perto deles, e quando eles os erguiam da lama quase não tinham forças para lançá-los novamente. Mas os dois continuaram, lançando e gemendo, ofegantes, com as mãos nos quadris. De vez em quando iam, lado a lado, procurar os pesos que jaziam nas poças d'água feito girinos gordos.

Um momento antes de Rafael reconhecer que não lhe restavam mais forças, ela pôs o peso no chão, ergueu os braços e foi até a mala. Ele teve a impressão de que ela jogara a toalha de propósito, e isso o agradou. É assim que age uma mãe ("Entenda, Guili, que naquela época eu dividia a humanidade em duas partes... inclusive, pode rir, fique à vontade, os homens: quem era mãe e quem não era"). Vera estava de costas para ele e enfiava rapidamente as pulseiras e os brincos; pôs o chapéu roxo e o inclinou num ângulo que despertou em Rafael o impulso de arrebatá-lo de sua cabeça, atirá-lo na lama e pisoteá-lo com os dois pés. Depois ela se virou para ele. Seu corpo tremia de frio, os lábios estavam gelados, mas o olhar continuava firme.

"Ouça um instante. Eu vim até aqui para falar com você antes de entrar no sua casa. Preciso que saiba. Não quero ser sua mãe, nem, Deus me livre, sua *madrasta*." O hebraico dela não era ruim — ainda na Iugoslávia, quando esperava o visto para Israel, aprendeu hebraico, ela e Nina, com uma jornalista judia —, mas, devido à pronúncia húngara, a ele pareceu que ela havia dito *"mãe que mata"*.

Você nunca na vida será minha mãe, sussurrou Rafael consigo mesmo, nunca na vida saberá ser como minha mãe. Nos últimos anos da doença sua mãe ficou fechada no quarto de dormir, e ele quase não a via. Às vezes, quando ela o chamava com a voz rouca e masculina decorrente da doença, ele pulava a janela de seu quarto e fugia. Não aguentava olhar para o rosto dela, que tinha inchado como um balão, como que uma caricatura da mãe bonita e delicada que ele tivera, nem suportava o cheiro azedo que exalava dela, que enchia a casa e grudava na roupa e na alma. Quando era pequeno, com cinco ou seis anos, havia noites em que Tuvia o carregava nos braços, dormindo, para a cama da mãe, para que ela o visse e tocasse nele. E quando Rafael acordava na manhã seguinte, ele sempre sabia — pelo cheiro do pijama — se tinha sido levado até ela, e então exigia, às vezes com veemência e raiva, que pusessem o pijama para lavar imediatamente.

"Ninguém no mundo pode ser como seu mãe", Vera disse. "Casa é sua e sou apenas hóspede, mas prometo que vou *do my best*, e se você não me quiser, basta dizer um só palavra, e em mesmo momento eu pego meus coisas e vou embora."

Um minuto? Cinco minutos? Quanto tempo ficaram lá na chuva? Há diversas versões. Vera jura — e o juramento inclui um cuspidela ritual seca para o lado, o lábio superior fechando-se sobre o inferior — que foram pelo menos dez minutos. Rafael, sem nenhuma cuspidela, alega que não foi mais do que meio minuto, e eu, como sempre, tendo a acreditar *nele*.

Em meu filme antigo, que agora está sendo projetado na tela da televisão de Vera, ouve-se minha voz citando algo que ouvi uma vez do pai de Rafael, Tuvia, meu avô agrônomo — "Há sementes para as quais basta um grão de terra e elas germinam", frase que quando eu tinha quinze anos me fez pensar muito. Dez minutos ou meio minuto — Vera segurou as mãos de Rafael com força e ele não as retirou. Ela ainda estava com a atadura nos dedos que ele mordera, mas com seus pequenos polegares ela acariciou repetidamente as mãos dele e esperou que seu choro aquietasse. Ficou claro que um grão de terra pode ser suficiente para dois, se estiverem desesperados o bastante.

Depois Vera disse, em seu tom de voz à la Ben-Gurion: "Rafael! Vamos!". Não deixou que ele carregasse a mala. Caminharam em silêncio até o quarto de Tuvia. Essa caminhada na chuva que caía perpendicular, visível contra as luzes amarelas dos lampiões à beira do caminho, estou doida para encenar quando começar a rodar meus filmes (em breve, *inshallah*). Não cruzaram com ninguém no caminho. O kibutz inteiro estava dentro de casa, e somente os dois, molhados, emocionados, ratificavam sem palavras o contrato deles, que era simples e definitivo, um contrato que está sendo cumprido já faz quarenta e cinco anos e jamais foi transgredido.

Chegaram ao quarto de Tuvia e Vera pôs a mala diante da porta. Ouviram o pai de Rafael, lá dentro, cantar uma ária da ópera *O rapto do serralho*, que ele cantarolava quando estava de bom humor. Vera olhou para Rafael. "Você vem amanhã para o oração da tarde?" Ele estava de cabeça baixa, torturado. Ela ergueu o queixo dele com os dois dedos enfaixados. A ninguém ocorreria fazer isso a Rafael. "Assim são os coisas no mundo, Rafael", ela disse. Ele pensou que depois daquela noite não poderia olhar nos olhos do pai, nem nos olhos dela. "Boa noite", ela disse, e ele respondeu, num sussurro.

Vera esperou que ele desaparecesse numa curva do caminho. Depois tirou de um bolso lateral da mala um pequeno estojo, e retocou o rosto com a ajuda de um espelho redondo e um lápis de maquiagem. Rafael espiava de trás de uma buganvília, e viu como ela tentou ajeitar sem sucesso o cabelo molhado — sempre teve um cabelo ralo, que a meu ver contrastava com o poder de sua força espiritual e física —, depois ergueu o rosto para o céu e os lábios se moveram. Rafael pensou que ela estivesse rezando, mas percebeu que Vera estava conversando com alguém invisível, explicava alguma coisa, ouvia, mandava beijos para o alto. Parecia "uma mulher como as que se veem nos filmes", disse Rafael, mas, ao contrário dos filmes, ela era prática, decidida e também impaciente, como dizia de si mesma, "sem uma pingo de paciência para gente má e tola".

Vera aprumou o nariz, o queixo, toda a sua pequena estatura. Rafael se obrigou a pensar em sua mãe modesta, tranquila, mas ela se recusou a aparecer na sua frente. Vera bateu na porta com o punho cerrado. Tuvia parou de cantar. Rafael sabia que era o último momento em que poderia fazer alguma coisa. Procurou sua mãe febrilmente dentro de si, para que ela soubesse que pelo menos naquele momento ele era fiel a ela, ou quase fiel, e para que o liberasse de todos os castigos e torturas que ele se impunha por causa dela. Não obteve nenhum sinal em resposta. O desaparecimento de sua mãe dentro dele era aterrador, como se parte de sua alma se apagasse junto com ela. Compreendeu então que ela lhe negara seu perdão, para sempre. "Como a marca de Caim", Rafael disse para minha câmera, a voz se esvaindo. Eu, como se sabe, só tinha quinze anos, mas já começava a entender de famílias e oportunidades perdidas, de coisas do passado que não podemos consertar, e mais que tudo queria parar de filmar e ir abraçá-lo e confortá-lo, e é claro que não tive coragem. Ele não me perdoaria se eu perdesse uma tomada como aquela.

A chuva caía suavemente. As lampadazinhas dentro de um jarro acima da porta lançavam sobre Vera uma luz amarelada. Tuvia abriu a porta e pronunciou o nome dela, no início com espanto devido às roupas encharcadas de chuva, depois num balbucio febril, repetidas vezes, ela aninhada em seus braços.

A porta se fechou. Rafael se sentiu vazio. Não tinha ideia do que fazer. Estava com medo de ficar sozinho, medo de que agora seria obrigado a fazer algo terrível a si mesmo, algo inevitável que ia crescendo nele. Alguém tocou em seu ombro e ele deu um pulo, assustado. Era Nina, que o deixava louco em suas fantasias diurnas e noturnas. Seu rosto branco e belo e sem alma. Parecia-lhe agora o rosto de uma ave de rapina. "Mamãe e papai se divertem", ela disse com um sorriso retorcido. "Nós também podemos."

Muitos anos depois, nas rezas após a morte de Tuvia, Vera nos contou o que disse a ele na noite de núpcias, quando entrou em seu quarto. "Antes de ir para cama, quero que você saiba", ela lhe disse, "eu sempre vou respeitar você e vou ser seu melhor e mais fiel amiga, mas mentir eu não minto: sou mulher que pode amar (ela pronunciou a palavra hebraica *leehov* [amar] como *lohov*; gosto desse erro, ele é, a seu modo, muito exato) só um homem na vida, e não mais. Eu amo Miloš, que foi meu marido e morreu nos mãos de Tito, eu amo ele mais do que tudo no mundo, mais do que minha vida. Vou falar dele toda noite, e também o que aconteceu comigo no campo por causa do meu amor. Eu também choro muito." E Tuvia disse: "É bom você me dizer isso tão às claras, Vera. Assim não haverá ilusões nem mal-entendidos. Aqui, em nosso quarto de dormir, vamos ter retratos dos dois, de seu marido e de minha mulher. Você vai me contar sobre ele, eu vou lhe contar sobre ela, e eles serão sagrados para nós dois".

E nós, os jovens da família — "as novas gerações", um termo genérico —, que venerávamos cada lugar que Vera pisava e ficamos com ela durante todo o período de rezas, curvamos a cabeça, como convém à solenidade daquele momento e em respeito ao falecido, e também para não cruzar com o olhar de alguém à nossa frente e cair na gargalhada. Vera enxugou uma lágrima perolada com a pontinha do lenço lilás perfumado com alfazema (existe isso, juro — até poucos anos atrás, Chaled, o amigo beduíno que ela tinha na aldeia vizinha, lhe trazia alfazema em saquinhos), e então, para nosso espanto, ela observou: "Mas na hora do, digamos, vamos ver, nós, Tuvia e eu, virávamos as retratos dos dois para o parede". Ela esperou com o rosto inexpressivo que "as novas gerações" parassem de engolir o riso, e num timing maravilhoso acrescentou: "Eles conheceram muito bem esse parede".

E como já estou me desviando do caminho por atalhos duvidosos, se já profanei o decoro de meu avô e minha avó, devo perpetuar aqui uma anedota: não lembro exatamente quando aconteceu, Vera e eu estávamos, como de costume, na cozinha dela, de um metro por um, e de repente, do nada, ela disse: "No primeira noite, primeira vez que eu e Tuvia, você sabe... Tuvia pôs um 'cobertura de cabeça', era assim que chamávamos aquilo, mesmo que ele sabia muito bem minha idade, e eu então vi que era mesmo gentleman!"

Na manhã seguinte, enquanto Rafael estava ébrio de felicidade e de amor, prostrado no sono mais doce que fazia anos não experimentava, Nina arrumava suas coisas numa mochila e saía em silêncio do quarto no bairro dos leprosos, onde os dois tinham passado a noite. Atravessou o kibutz em linha reta e entrou sem bater no quarto de Vera e Tuvia enquanto tomavam seu primeiro café da manhã como um casal. Sem preâmbulos, ela lhes contou em detalhes o que fizera com Rafael. Vera olhou para ela pensando que mesmo nas salas de tortura da UDBA em Belgrado, e também entre as carcereiras no campo de prisioneiros na Goli Otok, não a tinham odiado como sua filha a odiava. Ela pôs a faca e o garfo sobre a mesa e disse: "Vida toda, Nina?", e Nina respondeu: "E depois dela também".

Anos depois Vera me disse que levantou, ficou diante de Tuvia e disse que se ele lhe pedisse para ir embora ela iria, deixaria o kibutz junto com Nina e ele nunca mais precisaria vê-la. Ele foi até ela, envolveu seus ombros e disse: "Vérale, você não vai mais a lugar algum. Sua casa é aqui". Nina olhou para eles e assentiu. Nina — até hoje — assente com um gesto amargo toda vez que um presságio ruim se realiza. Ela abraçou junto ao peito a pequena mochila com suas coisas, mas por algum motivo não foi capaz de ir embora. Talvez algo na postura dos dois a tenha tirado do sério. Então ocorreu um rápido duelo em servo-croata. Nina disse entre dentes que Vera estava traindo Miloš. Vera bateu com as duas mãos no rosto de Nina e gritou que nunca traiu Miloš, ao contrário, ela lhe foi fiel até a loucura, nenhuma mulher teria feito por seu companheiro o que ela fizera. De repente fez-se silêncio. Nina farejou algo no ar e se arrepiou toda. Vera empalideceu e ficou quieta, com os lábios contraídos, depois sentou sem forças.

Nina pôs a mochila nos ombros. Tuvia disse: "Mas, Nina, nós queremos ajudar você, por favor nos deixe ajudar". Ela, em lágrimas, bateu os pés: "E não me procurem, ouviram? Não ousem me procurar!". Virou-se para ir embora. Mas se deteve. "Lembranças a seu garoto", disse a Tuvia. "Seu garoto é a melhor pessoa que já encontrei em toda a minha vida." Por um momento se vislumbrou em seu rosto um traço infantil, de uma inocência pungente. Às vezes, quando sinto alguma ternura por ela — tenho aqui e ali momentos assim, não sou de pedra —, consigo lembrar que a inocência foi uma das coisas que lhe foram roubadas quando ela era tão jovem. "E diga a ele que não é culpa dele", disse, "diga que as mulheres vão amá-lo muito, muitas, e que ele me esqueça. Você vai dizer para ele, certo?"

E se mandou.

Mais uma vez eu dou um salto adiante. Estou escrevendo dia e noite. O voo é depois de amanhã cedinho, e até lá não vou me levantar desta cadeira. Eis mais uma lembrança que me parece pertinente: anos após a noite de núpcias de Vera e Tuvia — ele ainda vivia, o mais doce dos avós —, eu e Vera estamos na cozinha dela descascando legumes para uma quiche. O sol já baixo envia raios dourados através dos jarros com picles de pepinos, cebolas e berinjelas no peitoril da janela. Em cima do mármore, um balde cheio de nozes-pecãs que nós duas recolhemos pela manhã. O enorme toca-fitas de Vera está tocando "Besame mucho" e outras baboseiras. É um momento de completude e grande proximidade entre nós — e ela, de repente, como que do nada: "Quando casei com sua avô Tuvia, já fazia doze anos depois de Miloš. Doze anos sozinha. Nenhum homem me tocou, nem assim, com o unha! E eu quis ele, Tuvia, como não, mas o que eu queria mais era viver com ele para cuidar de seu pai, de Rafi, que foi para mim, como se diz no sionismo, um realização. Mas também tive medo da cama como tenho de fogo! Tinha medo mortal do que ia acontecer, e se eu ainda sabia fazer isso e aquilo, se queria de novo. E Tuvia não abriu mão, ainda era macho, tinha cinquenta e quatro anos, e na verdade até hoje ele não abre mão, mesmo eu já estando disposta, há muito tempo, a fechar a biboca". "Vó...", murmurei; eu tinha só quinze anos, o que há com os adultos nesta família? Nenhum instinto de preservação da inocência das crianças? "Por que você está me contando isso?"

"Porque quero que você saiba cada coisa, cada coisa, sem segredo entre nós."

"Que segredo? Tem um segredo?"

E aqui ela soltou um suspiro que veio de algum subterrâneo da alma que eu não conhecia. "Guili, quero deixar com você tudo que me aconteceu em vida. Cada coisa."

"Por que justo comigo?"

"Porque você é como eu."

Eu já sabia que vindo dela isso era um elogio, mas algo em sua voz, e mais ainda em seu olhar, me causou arrepios.

"Não estou entendendo, vó."

Ela largou a faca, pôs as duas mãos em meus ombros. Seus olhos fitavam os meus, eu não tinha para onde fugir. "E eu sei,

Guili, que você nunca vai deixar alguém distorcer o meu história contra mim."

Dei uma risada, ou melhor, uma risadinha. Tentei fazer daquela conversa uma piada. Naquele momento eu ainda não conhecia nada "da história dela".

E de repente os olhos dela brilharam com uma ferocidade incompreensível, quase animal. E lembro que por um instante me ocorreu que eu não queria ser um filhote daquele animal.

Eles obviamente saíram à procura de Nina. Reviraram cada pedra, pediram ajuda à polícia, o que não deu em nada, e depois contrataram um detetive particular que percorreu o país de norte a sul e lhes disse: "A terra engoliu a garota. Comecem a se acostumar com a ideia de que ela não vai voltar". Mas depois de quase um ano ela começou a mandar sinais de vida. Uma vez a cada quatro semanas, com estranha pontualidade, chegava um cartão mudo, sem uma só palavra. De Eilat, de Tiberíades, de Mitspe Ramon, de Kiriat Shmona. Vera e Tuvia seguiam o rastro dos cartões, caminhavam pelas ruas, entravam em lojas e hotéis, clubes noturnos e sinagogas, e mostravam a quem encontravam uma foto de Nina, tirada quando ela entrou no país. Vera emagreceu muito naqueles anos e seus cabelos embranqueceram. Tuvia a acompanhava a toda parte, dirigindo o veículo utilitário que o kibutz lhe cedera, cuidando que ela comesse e bebesse. Quando viu como Vera definhava, voou com ela para a Sérvia, para a pequena aldeia onde Miloš tinha nascido e fora sepultado. Lá, Vera foi tratada como uma rainha. Os familiares de Miloš gostavam dela e a admiravam, vinham à noite ouvi-la contar a história de seu amor por Miloš. Nas manhãs, Tuvia consertava motores de antigos tratores e máquinas de debulhar, e Vera, debaixo de um amplo chapéu de palha, ficava sentada numa cadeira de balanço em frente à sepultura de Miloš, ante a lápide escura coberta de limo. Acendia velas amarelas e compridas e lhe contava as agruras por que estava passando por causa de Nina, as buscas, e como Tuvia era um anjo, sem o qual ela não conseguiria suportar tudo isso.

Rafael foi procurar Nina por conta própria. Pelo menos uma vez por semana fugia do *mossad chinuchi* e perambulava pelas ruas de cidades, por kibutzim e aldeias árabes, e olhava em volta. Ele amadureceu rapidamente naqueles anos, ficou ainda mais bonito e sofrido. As garotas o perseguiam, eram loucas por ele. Há pouco mais de dez anos, na festa de aniversário de seus cinquenta anos — Vera, é claro, não deixaria essa data passar sem uma grande produção, mesmo aos cinquenta ele ainda era o órfão querido dela —, ela foi buscar um tesouro numa das gavetas entupidas de coisas: um envelope com fotografias dele que datavam daqueles anos. Fotos de festas e passeios, competições de corrida e jogos de basquete, cerimônias de formatura. Nenhum dos olhares úmidos que lhe eram lançados, os sorrisos, os lábios, os jovens seios que inflavam por ele, nada disso ele via ou sentia. "Ele vê Nina até na sopa", Vera citava um dito que, como de costume, não conhecíamos. Mesmo depois de mobilizado no Exército, ele continuou a procurá-la em cada uma de suas folgas. Vera então lhe comprou, com o dinheiro das reparações de guerra que recebia da Iugoslávia — o presidente da Iugoslávia, o marechal Tito em pessoa, lhe ordenara o pagamento de uma pensão vitalícia —, uma câmera Leica de segunda mão. Esperava que a câmera o distraísse de sua dor, e talvez o livrasse da saudade, mas ele começou a fotografar sua jornada de buscas.

Rafael percorria as estradas, descrevia Nina para as pessoas que encontrava e depois pedia licença para fotografá-las. Centenas de vezes contou a estranhos, homens e mulheres, o pouco ou quase nada que sabia sobre ela. Repetidas vezes mostrava seu retrato e dizia: "Seu nome é Nina, estivemos juntos uma vez e ela desapareceu. Será que você a viu?". Às vezes ouvia a si mesmo enquanto falava, e então pensava que estava contando uma lenda que jamais acontecera.

Mas esses encontros ocasionais começaram a agir sobre ele. Seus olhos se abriram — ele disse em meu filme de juventude, quando me contou sobre aquela época. Ele aprendeu a olhar. Estava atraído particularmente pelos rostos de pessoas sofridas, imagens fortes a julgar pelas expressões faciais, ele me disse, às vezes até mesmo majestosas, "pessoas que você vê que foram como que aprisionadas numa vida pequena e limitada". Vera e Tuvia tentaram convencê-lo a parar com as perambulações, a despertar, cortar o cabelo, se matricular nos estudos, aceitar um cargo de responsabilidade no kibutz. Passados quase dois anos de buscas, ele aceitou a ideia de que não ia achar Nina. E na verdade desistiu dela, mas já não conseguiria desistir da fotografia e, mais do que isso — eu acho, e na verdade eu sei, afinal quem saberia mais do que eu —, da própria busca, daquele olhar típico de alguém que procura algo que perdeu.

Trinta e dois anos após sua primeira noite, Vera esquentava água na cozinha para o chá da tarde. Tuvia já estava muito doente. Ela não concordou que o internassem, nem que um cuidador profissional entrasse em casa. Quatro anos, dia e noite, ela o fez reviver, salvou seu espírito, saía com ele para concertos em Haifa ou peças de teatro em Tel Aviv, resolviam sudoku juntos, ela lhe trocava as fraldas e lia em voz alta três jornais por dia. As "novas gerações" aventavam a hipótese de que, na guerra que Vera estava travando contra a morte, esta talvez considerasse abrir uma exceção para Tuvia.

A água ferveu e ela chamou Tuvia com o assobio deles, as quatro primeiras notas da canção "Sachaki sachaki im hachalomot" [Brinque, brinque com os sonhos]. Ele veio lentamente, pele e ossos, tossindo. Caminhou pelo corredor — o corredor pelo qual havia corrido anos atrás, quando Rafael mordeu Vera (desculpem-me introduzir isso também aqui, mas todo mundo gosta de ter sua pequena mitologia). No caminho, agarrou-se a um casaco pendurado num cabide, apoiou-se no espaldar de uma cadeira e sentou, suspirando. Vera olhou para ele e seu coração se contraiu. "Tuvia!", ela exclamou em voz alta, "de pijama? É assim que se vem para o *five o'clock tea* de um lady?" Ele sorriu um sorriso transparente, voltou para o quarto, vestiu as calças de terylene pretas, a blusa listrada azul-clara que lhe realçava os olhos e, para a diversão de Vera, também o paletó de camurça que fora usado por vinte e cinco anos em eventos festivos e que agora estava bem folgado. Vera lhe serviu chá. Os dois olharam em silêncio o chá sendo vertido, e Vera viu os olhos de Tuvia se revirarem e o rosto escurecer, e ela gritou: "Tuvia, não me deixe!", e ele caiu no chão, morto.

Acho que já disse que eu e meu pai estamos na casa de Vera, no kibutz. Três dias depois da festa de seu nonagésimo aniversário, e dois dias antes do voo para a Croácia. Onde está Vera? Por que não a estamos ouvindo? Ainda vamos ouvir, e como. Vera saiu, como faz todas as manhãs, para visitar os "velhinhos" dela, todos, aliás, mais moços do que ela em alguns anos, sobre os quais ela vai aspergir o pó de sua irritante alegria de viver ("Eu já disse a Rafi: 'Não me manter viva nem por quinze minutos se chegar o dia que eu não conseguir ir para estrada na sexta-feira na manifestação das mulheres contra o violência. Nem quinze minutos!'"). E depois ela nada trinta vezes em torno da piscina, com uma touca de banho rosa bem ajustada à cabeça, os lábios contraídos e os braços em movimentos enérgicos. E então monta em sua motoneta — o rosto bem junto ao vidro dianteiro, bumbum levantado, um perigo de vida para quem ousar percorrer o kibutz nesses momentos — e segue até o cemitério da comunidade.

Como faz toda manhã, deposita uma rosa de seu jardim no túmulo de Doshi, a primeira mulher de Tuvia, e de lá vai até a sepultura de Tuvia com duas rosas, uma para ele e outra para Miloš, que ela conjura lá de sua sepultura na aldeia sérvia.

Está sentada, encurvada, na beira do túmulo de Tuvia, balançando o corpo para a frente e para trás, contando aos dois maridos o que há de novo na família e no país, e lamentando um mundo que não é bom, "um mundo que quer matar humanidade. Já matou parte e agora quer matar o que restou", e lamenta a ocupação da Cisjordânia: "*Ioi*, e pensar que isso aconteceu com a gente, judeus, somos tragédia da tragédia". E chora um pouco, e do fundo do coração ela pede: "Miloš e Tuvia, queridos maridos, onde estão vocês? Já tenho mais de noventa anos! Quando vêm para me levar até vocês? Não esqueçam aqui sua Vera!". E parte célere em sua motoneta até sua pequena clínica junto ao ambulatório médico, e fica lá durante três horas sem levantar da cadeira, aconselhando seus seguidores em questões de dieta, amor e varizes.

E então, por acaso, ele, Rafael, a viu na rua Jaffa, em Jerusalém, junto ao prédio da Assicurazione Generali, num ponto de ônibus. Escondeu-se rapidamente atrás de um quadro de avisos e a fotografou quando ela entrava num ônibus, mas não subiu atrás dela ("Tive medo de que fizesse um escândalo"). No dia seguinte, à mesma hora, lá estava ela, com um lenço de cabeça florido, grandes óculos de sol em formato de borboleta, uma saia verde curta e justa. Um espetáculo para quem a via pela primeira vez, mas solitária e sofrida aos olhos de Rafael. Nina trabalhava num laboratório de análises químicas junto ao Complexo dos Russos. Por oito horas, todo dia, analisava anilinas alimentícias para verificar se não continham substâncias tóxicas.

(Isso me soa estranho quando escrevo. O que ela tem a ver com esse trabalho?)

Entre suas outras tarefas no laboratório, ela era responsável pela limpeza, e todo dia ficava lá depois que os outros iam embora. Por puro tédio — ou por não ter pressa em voltar para casa, para o homem estranho e improvável que a esperava —, começou a desenhar com as anilinas alimentícias nas finas placas de vidro destinadas às análises. Desenhava a rua como ela a via pela janela gradeada. Desenhava seu pai Miloš, o cavalo de que ele gostava. Desenhava recantos diversos de sua pequena casa na rua Kosmaiska, em Belgrado. Às vezes desenhava Rafael. Os belos lábios que a tinham beijado, o ardor sombrio e exigente em seus olhos, os gestos de devoção que lhe causaram medo.

Todo dia, à tarde, Rafael errava pelas ruas e becos que levavam ao ponto de ônibus dela. Se tivesse sorte, descobriria mais um trecho do percurso que ela fazia do laboratório ao ponto. Alguns dias depois dessas andanças, ele localizou o laboratório e apareceu no momento em que ela lavava o chão. Nina deixou escapar um grito de susto e logo deu sua risada zombeteira, apoiando uma das mãos sobre a mesa. De perto ela lhe pareceu doente, anêmica. Tinha olheiras. Dizem que a fantasia de redenção é coisa feminina. Nesse aspecto ninguém é mais feminino que meu pai. Seu cérebro lhe mandava dar o fora já. Curar-se dela. Em vez disso ele a abraçou com toda a força e se ouviu perguntar se ela viveria com ele.

Nina o mirou com seu olhar lento e distante. Consigo ver claramente como por um longo momento ela o mergulhou numa espécie de desolação. Depois entregou-lhe, alegre, o rodo, e disse: "Mas primeiro você terá que matar o dragão". Ele pensou que fosse piada.

Mas havia um dragão.
"Fugi do kibutz e atravessei o país todo, me diverti loucamente e de repente me vi aqui, em Jerusalém", Nina contou para a câmera de meu pai, num filme que encontrei há alguns meses no "arquivo" dele — quatro caixotes de frutas do kibutz, onde ele guarda as lembranças da época em que fazia filmes. É uma tomada de sete minutos e meio num filme de dezesseis milímetros que ele não terminou. Eu o digitalizei este ano e talvez o inclua no filme que farei sobre eles, se obtivermos um bom material em nossa jornada na ilha. Pronto, disse isso em voz alta e o céu não desabou sobre mim.

No filme Nina aparece jovem e bela, e de bom humor, ao menos no início da conversa... "Em Jerusalém conheci um coreano, sim, um sujeito da Coreia, imagine só" — seus dentes brancos, pequenos, as sobrancelhas incrivelmente escuras, quase em linha reta, a pequena dobra sob os olhos acrescentando um leve tom zombeteiro a tudo que ela diz — "e ele me conseguiu o trabalho no laboratório, ele conhecia alguém, e nos fins de semana me levava para trabalhar na casa dele, era um sujeito estranho..."

Uma vez Vera me contou sobre esse coreano. É uma história que não tem nada a ver com nada, sem pé nem cabeça, tão estranha que até em mim ela quase dói. O cara era um bioquímico que tinha um laboratório particular, "um sujeito horroroso", disse Vera, "e ele obrigava Nina a dar sangue uma vez por semana para suas experiências". Mas Vera não sabia de tudo.

A Nina que está no filme inala prazerosamente a fumaça do cigarro que tem na mão e ri um riso um tanto histérico: "Em geral eu gosto de homens altos, bonitos, como Rafi, por exemplo, que está me filmando agora. Alô, Rafael, amore", ela lhe sopra um beijo, "e ele era pequeno e feio, e orelhudo. Bem, aqui estou eu contando... Ele nasceu no Japão numa família pobre, e para completar a desgraça pertencia à minoria coreana..."

A cada instante seu rosto vai se endurecendo. Percebo mudanças muito sutis, pelo visto sou muito atenta a isso quando se trata dela, e não só por causa de meu instinto profissional. Daí em diante sua fala é rápida, a voz seca e rasa: "Assim que os mórmons chegaram ao Japão, começaram a caçar as crianças mais pobres, e os pais dele ficaram contentes que houvesse quem estivesse disposto a cuidar do menino, e o enviaram para ser educado na América, e assim ele se tornou um mórmon americano...".

É como se alguém totalmente estranho estivesse falando dentro dela. Ela puxa a fumaça do cigarro com mais frequência, num gesto nervoso, quase mecânico. Minha reação, quando vi esta cena pela primeira vez, foi tipo: "Que besteira é essa? A quem interessa isso? Qual é a dela com esse coreano mórmon?".

"E aí ele se apaixonou por uma garota judia — tudo bem, ela já morreu, não importa — e veio para Jerusalém atrás dela, e foi assim que me encontrou na rua quando eu procurava um lugar para dormir, e ele me mandava deitar com estranhos, e na volta eu tinha de contar como tinha sido."

Se ainda há um último resquício de evidência capaz de me incriminar como filha dela, é o fato de que até hoje, na minha idade, eu, de verdade!, quero morrer quando ela fala de sua vida sexual. "Era disso que ele gostava, e quanto mais louco e bizarro, melhor. E ele sempre queria detalhes. Que eu prestasse atenção a cada detalhe." Que ótimo, eu digo comigo mesma, você realmente poderia ser uma continuísta de primeira. Talvez eu tenha herdado esse seu talento. Tento adivinhar onde Rafael rodou este filme. Ao fundo veem-se pinheiros, a região é montanhosa. Um bosque nas montanhas em torno de Jerusalém? Acima de Ein-Kerem? Em Sataf?

"E eu? Como eu me sentia?", ela ri, um riso lento, desconectado. "Você não vai perguntar, Rafi? Claro que não. Você sempre tem um pouco de medo das minhas respostas, não?"

"Como... como foi para você?" Aqui a voz de Rafi também é seca e rasa. A câmera aponta firme para Nina, para o rosto, os olhos, a boca bonita.

"Como beber água num copo de plástico e jogar fora."

Silêncio. Nina dá de ombros numa impaciência que diz "vamos acabar logo com isso".

"E... quanto tempo você ficou com o coreano?"

"Dois anos."

"Durante dois anos você descartou copos de água?"

"De duas a três vezes por semana."

"Conte."

"O que tem para contar? Eu ia para a rua, caçava um sujeito, um homem, às vezes uma mulher, fazia, voltava para contar para ele."

Rafi solta um suspiro silencioso, longo. Quando rodou esse filme, ainda não sabia o que ela ia aprontar com ele no futuro.

"E no fim você me achou, Rafi. Isso vocês já sabem." Nina olha direto para a câmera, de repente sorri e toda sua beleza desabrocha para nós. Para ela tudo é uma representação, "a artista da vida". Essa expressão, que agora de repente lembro com a sensação de uma golfada de vômito, essa expressão me causava pavor quando menina, apesar de não compreender o que era. Tinha encontrado esse "versículo" em minha bíblia secreta, *O matrimônio perfeito*, de T. H. van de Veld, com o apêndice *Teoria do acasalamento*, edição popular. Eu tinha onze anos quando descobri o livro na biblioteca de Vera e Tuvia, e durante dois ou três anos eu o lia a todo momento, sempre que estivesse sozinha lá. Até os títulos dos capítulos me deixavam agitada. "O objetivo do erotismo do homem", "Conhecimentos da mais moderna sexologia para parceiros casados". Eu lia febrilmente. Decorava. "A maturidade amorosa — um estado fisiológico no qual o organismo atinge um despertar emocional e físico que necessita de uma descarga — é a premissa para a escolha do cônjuge." Não entendia, mas meu organismo estremecia numa tensão nova, carregado e buscando uma descarga. Li repetidas vezes, um hebraico estranho, bíblico. "A mulher não é o dispositivo mais fraco, e sim o mais delicado, que carrega em si o vinho da espiritualidade. Representa para o homem o que a agulha magnética da bússola representa para o timoneiro do navio, e, por ser o dispositivo mais delicado, carece de maior proteção..." Eu andava pelas ruas de Jerusalém, ou pelos caminhos internos do kibutz, e escolhia pessoas bonitas, mas também não bonitas, homens que parecessem timoneiros, e mulheres que sem dúvida carregassem em si o vinho da espiritualidade. Eu os fitava profundamente nos olhos e os obrigava, sem que soubessem, a me recitar trechos selecionados. "Basta surgir uma criatura do sexo oposto, dotada de qualidades físicas e espirituais adequadas às condições amorosas dos indivíduos e a seus sonhos, e eis que nasce o amor!"

Como disse, eu tinha onze anos, um pouquinho mais, quando nos conhecemos, eu e meu guia na selva do casamento. Não contei para ninguém, fui avançando capítulo por capítulo, decifrando palavra por palavra, às vezes com a ajuda de um dicionário, e aprendi a falar como o livro, mas só debaixo do cobertor. Eu gostava, por exemplo, de abrir o volume ao acaso e apontar um trecho com o dedo, e sentia como se ele me atirasse uma profecia. Lembro que uma vez li: "Há pessoas que têm uma falsa afetividade. Pessoas muito pobres de sentimentos e que fingem provar afeto. São chamadas 'artistas da vida'. Só raramente essas pessoas são capazes de ter um vida conjugal duradoura".

Eu quis morrer. Por que justo comigo aconteceu que uma mulher assim...

"Alô, Rafi, queridinho do meu coração", Nina diz, espirituosa. Seu hebraico é maravilhoso, sem um pingo de sotaque, ela fala cinco ou seis línguas, uma artista da vida. "Você me procurou pelo país inteiro até me encontrar, e me trouxe para casa, e deu uma surra daquelas naquele sujeito, quase matou o dragão. Saibam, queridos espectadores, que Rafi sempre sonhou em salvar princesas de dragões. E desde então estamos juntos, e não juntos também, e nesse meio-tempo nasceu a pobre Guili, e agora estamos ainda mais complicados, e Rafi está fazendo um filme sobre nós." E ela acena com a mão para Rafael.

Eu faço o filme voltar atrás. Mesmo na centésima vez é isso mesmo que ela diz.

A câmera está fixada em seu rosto, como a lhe dar oportunidade para voltar atrás, dizer que é tudo mentira. Mas Nina há muito tempo já apagou qualquer expressão fisionômica. Ela não está mais lá. Mas onde está quando não está mais?

E nesse meio-tempo nasceu a pobre Guili.

Rafael, no filme como na vida, não a deixa em paz. Ele lhe pergunta se em todo aquele período ela não teve um sentimento vivo por alguém. Ela leva um tempo para voltar de onde havia se eclipsado. "Até que uma vez, sim... Eu fui até a Cidade Velha, muitas vezes ele me mandava andar por lá. Ele gostava que eu transasse com árabes. Ficava ainda mais excitado. De repente eu ouço alguém falar sérvio com o sotaque das aldeias da região de meu pai, de Miloš. Eram três marinheiros que tinham desembarcado de um navio em Haifa, e um deles era simpático. Passei por ele e lhe atirei, assim, em inglês, como num filme: 'Ei, gato, *come on, lose the others.* E fomos para minha casa, e ele não acreditou que aquilo estivesse acontecendo com ele, que uma garota com uma aparência nada má, falando sérvio no dialeto dele, levasse ele para a casa dela, lhe proporcionasse um *good time*, e depois o acompanhasse até o ônibus. Por esse rapaz eu senti alguma coisa."

Silêncio.

"Sim, não é agradável", ela diz, e seu rosto se entristece.

A câmera está fixa nela.

"O que há de errado comigo, Rafi?"

Rafi não responde.

O filme termina aqui.

Eu o passo novamente.

Moraram juntos num apartamento de um quarto e meio no terceiro andar de um condomínio em Kiriat Iovel, em Jerusalém. Nina estava empregada num laboratório de análises, Rafael fazia trabalhos ocasionais. Ele a amava de todas as formas que ela lhe permitia, ou lhe impunha. Talvez ela o amasse também — não vou entrar no mérito, no que ela sentia por ele. Há terrenos que, toda vez que sou tentada a pisar neles, me fazem experimentar uma loucura suicida. Logo, por que deveria... Mas as expressões fisionômicas dela não voltaram. Pelo contrário. Seu belo rosto parece ter ficado ainda mais obscuro. Ele suspeitou que toda vez que ele a fixava com seus olhos bondosos, ela, de propósito, esvaziava seu rosto de todo significado. "Como que me castigando por alguma coisa", ele disse, com espanto, para minha Sony, e a entrevistadora, jovem especialista nos mistérios do casamento, inclusive na teoria do acasalamento, ficou calada, com muito tato.

E a cada vez, Rafael contou, Nina voltava "suja, fedendo, desrespeitada" de suas andanças, disse baixinho, "às vezes até mesmo ferida, cheia de cortes, hematomas pretos e azuis". Quando ela via como ele a olhava, ficava furiosa e se atirava para cima dele, às vezes batendo, e ele se defendia, tentava aprisioná-la nos braços para que se acalmasse, mas ela era mais rápida e mais selvagem do que ele. E em certo momento ele perdia o controle e começava a bater nela — Rafael continuou a contar a sua jovem e horrorizada entrevistadora que, a despeito de sua imaginação desenfreada, não chegara a imaginar essa possibilidade. "Mas você amava Nina!", sussurrou a entrevistadora numa voz sufocada, "como foi capaz de bater nela se a amava?" "Não sei, Guili, não sei. Estes dois aqui, ó", e ele esticou com o dedo o lábio superior e revelou para a constrangida câmera o interior de sua boca e o vazio deixado por dois molares, "estes dois eu perdi em nossos combates." Silêncio. Ele está em primeiro plano, mas agora quem vive o drama é a cinegrafista. Porque hoje, quando olho para isso, vejo com uma clareza pungente que a garota que eu era então, quando filmamos, está pagando, diante de nossos olhos, o preço de sua grande fraude: fazer-se passar por adulta.

Aliás, no filme terrivelmente desbotado e granulado, dá para ver que tampouco Rafael está à vontade. Ele se mexe na cadeira sem parar, não olha para mim uma única vez. Parece estar ciente de que precisa interromper a conversa, de que ela não é adequada. De que o mecanismo da alma da garota que eu era então não é capaz de conter tudo que ele despeja dentro dela. Que isso é quase imoral. Mas ele tampouco consegue parar. Ele não é capaz de parar.

Pelo menos Rafi me poupou das descrições das transas deles, quando o filmei para meu primeiro filme, ou as resumiu muito. Mas, repito, como é que ele não percebeu que foram justamente as descrições das brigas que mexeram comigo e me magoaram muito mais?

Hoje nós dois somos adultos. Estamos no quarto de Vera, no kibutz, apenas eu e ele, e assistimos — que palavra neutra — à conversa que foi filmada aqui, neste quarto, vinte e quatro anos atrás.

Nunca fiz nada com este filme.

Nenhum dos dois fez alguma coisa. Nós o empurramos rapidinho para o sótão e esquecemos dele.

"Eu sinto muito", diz Rafael agora, o rosto sofrido, "fui tão idiota." E eu digo: "Verdade", e quero chorar e não choro, nunca choro, e os dois nos calamos.

Dizer o que quando não há o que fazer?

No início, quando ele e Nina ainda tinham seus momentos de ternura, quase sempre com a ajuda de maconha e galões de conhaque de primeira linha, ele ainda ousava esperar — e obviamente não disse a ela, pois não é possível dizer uma coisa dessas — que, se tivessem um filho, com certeza as expressões dela voltariam. Mas mesmo depois que Nina deu à luz um bebê com dois quilos e duzentos e cinquenta gramas — uma criança pequena, quase prematura, que parecia querer, com todas as forças, ficar cada vez menor até sumir de vez —, mesmo então as expressões desaparecidas de Nina não voltaram, e talvez até o contrário, seus olhos pareceram ainda mais ocos, e olhavam sempre diretamente através do outro, e parecia que quase não piscavam, como se tivessem congelado em algo ao longe que ela de repente viu ou compreendeu. Este foi o rosto que a garotinha viu diante dela quando seu olhar começou a focar os detalhes e a discerni-los. Estes foram os olhos que olharam através da criança quando ela sugava o leite (durante três dias, talvez quatro — há certa nebulosidade quanto a isso; Rafi uma vez disse três, outra, quatro). E quando a mãe lhe trocava as fraldas, e quando a menininha tentou com cautela e aparentemente sem muita esperança testar a influência de seu sorriso no rosto que aparecia diante dela. Talvez por isso até hoje seu sorriso se desmanche um pouco e recue antes mesmo de se formar.

Só isso? Nenhuma lembrança? Nem mesmo lembranças ruins? Algum momento de carinho, de aconchego na cama dos pais? Beijos soprados na barriguinha? E a alegre surpresa com o primeiro passo, com as primeiras palavras: "Cadê a luz? Diga 'mami'...".

Uma enorme borracha passa uma vez mais, e mais outra, sobre sua consciência.

E Nina se mandou. Certa manhã, quando acordamos, ela não estava lá. Com certeza ouviu um assobio debaixo da janela, numa frequência que só cadelas como ela são capazes de ouvir. Não levou nem mesmo a escova de dentes, saiu e desapareceu por anos a fio. Voou — assim se esclareceu depois, das cartas que começou a enviar para Vera — para Nova York, e lá sumiu do mapa, ninguém mais a procurou. De repente Rafael e a menininha estavam sozinhos. Vovó Vera, é claro, veio em seu auxílio, duas vezes por semana pelo menos, três ônibus em cada perna da viagem, levando cestas com travessas de comida, cadernos para colorir, bichinhos de madeira que Tuvia tinha entalhado. As outras manhãs a menina passava, junto com outras crianças menores do que ela, num pequeno jardim de infância particular que havia no apartamento da vizinha, uma mulher que quase não falava, e parece que sua quietude contagiava as crianças também, pois ela se lembra dessa escolinha como um lugar muito silencioso (um tanto ilógico, mas é assim que ela lembra). Amigas de Rafael, dedicadas, cuidavam dela à noite, quando ele trabalhava. Ele era servente no hospital Bikur Cholim, vigia noturno no jardim zoológico, frentista num posto de combustível. Pelas manhãs estudava assistência social na Universidade

Hebraica e cinema num curso do Ministério do Trabalho. A menina estava o tempo todo esperando por ele. Essa espera é a sensação mais concreta que ela guarda daquela época. Uma fome constante. Não consegue lembrar o que fazia enquanto esperava, mas mesmo hoje é capaz de evocar dentro dela aquela espera, a contração da barriga quando ouvia seus passos pesados na escada. Perdão por de repente adotar aqui a terceira pessoa, mas a primeira dói demais.

Vera implorou que viessem morar no kibutz com ela e Tuvia, lá uma vida nova os aguardaria. Tudo que Nina havia roubado deles, Vera restituiria. Mas Rafael, e talvez também a menina, a seu modo — quem vai saber, quem vai saber o que o mundo sussurrou a seus instintos de animal —, como que se sentiam obrigados a vivenciar até o fim o abandono que Nina lhes havia imposto.

Mesmo assim, mesmo assim, o que ela lembra daquela época? Não muito. Quase nada. Refeições em silêncio. Rafael diante do guarda-roupa, o rosto a chafurdar nos vestidos de Nina. Um cãozinho de verdade com orelhas compridas que Rafael encontrou e trouxe para ela. Que após uma semana de uma felicidade indescritível fugiu de casa quando alguém por engano deixou a porta aberta. Ou uma tarde cinzenta num parquinho em Kiriat Iovel. Uma jovem mãe se dirige a Rafael e diz que a menina não está vestida adequadamente para o tempo que está fazendo, e os dois, ela e Rafael, sem uma palavra, se levantam e vão embora.

Havia, por exemplo, o lance da vida que ela levava sob o cobertor. Longas horas, por vezes metade do dia, ela ficava deitada debaixo do cobertor, contando histórias e representando. Lá ela não falava hebraico. A língua era outra. Que só existia debaixo do cobertor e da qual não lembrava uma só palavra depois. Mas uma tarde o cobertor foi levantado de uma vez só, e seu pai estava lá, agitado, e disse que ela estava falando servo-croata, frases inteiras. Ele não entendia a língua, salvo algumas palavras que Nina lhe havia ensinado ("pai", "mãe", "menina", "família" e alguns palavrões). A menina, claro, não sabia do que ele estava falando.

"Mas lembre-se que também foi muito bom quando estávamos juntos", diz Rafael no filme, num tom de súplica. "Eu fazia teatrinho de sombras para você, e tínhamos uma família inteira feita de batatas cortadas, e um monte de fósforos e tampinhas de cerveja, e jogávamos futebol de botão com uma bola de gude e usando pregos como jogadores, e assistíamos a muitos filmes, você não lembra?" Ele se inclina em minha direção e de repente me tira a câmera da mão e a aponta para mim, e no filme eu apareço gritando e protestando, tentando me apagar da cena com movimentos histéricos das mãos. "Pare de se agitar um instante e veja como você é fofa", diz o Rafael do filme, e ri, e eu como que rindo junto com ele, numa boa: "Você e Nina são tão bonitos, como é que tiveram um bagulho desses?", e o Rafael do filme ri ainda mais. "Você é mesmo louca de pedra, Guili, juro." Uma resposta insuficiente para uma questão que amargurava minha vida naquela época — vi a careta que fiz naquele momento —, e este é mais um dos momentos em que odiei Nina do fundo do meu coração, pois se via em mim a desolação por aquilo que eu não tinha. Porque, colocando os pingos nos is, por mais que eu adore meu pai, e por mais que O matrimônio perfeito tenha conseguido mexer com meus segredos mais íntimos, uma garota de quinze anos às vezes precisa de mãe, mesmo uma mãe cuco que deixa os ovos no ninho dos outros, mesmo uma mãe que seja a raiz de todo mal. De uma mulher que olhe para ela de tempos em tempos com um olhar de mulher para mulher, que abrace seu corpo confuso, que lhe diga, admirada, como ela se transformou num mulherão.

E exatamente aqui o filme travou, exatamente quando minha cara enche a tela inteira. A emulsão magnética descascou, manchas pretas e brancas dançam na tela, e de repente minha cara se rompe em fragmentos distorcidos e congela, e algo ali me parece um espelho que se quebrou quando Nina olhava para ele, e isso é tão concreto e horrível, e nós dois ficamos olhando por alguns segundos, até que Rafi dá um pulo e desliga o fio da tomada.

Eu me lembro: havia cerca de cento e vinte e dois metros de filme nos rolos da Bolex, a primeira câmera dezesseis milímetros de meu pai. Onze minutos e onze segundos de celuloide à espera de imagens em movimento. Até hoje o gesto de carregar e descarregar o filme está vivo em meus dedos. Eu tinha uns sete anos, minhas mãos e as de meu pai se moviam juntas dentro do saco preto, vedado à luz. O saco era destinado a um par de mãos, mas conseguíamos botar as nossas. Ele me orientava, guiando meus dedinhos finos. Quando carregava e descarregava os filmes, ele jogava a cabeça para trás e fechava os olhos, e eu imitava. Dentro do saco, abríamos juntos, de olhos fechados, a tampa da câmera, pegávamos delicadamente a extremidade do filme virgem e o passávamos pelas bobinas. Os dedos grossos dele se moviam com agilidade e delicadeza. Hoje, com o vídeo e o chip digital, tudo isso parece ridículo, mas lembro com ternura de nossos movimentos, e da noção de tempo daqueles onze minutos e onze segundos que transcorriam entre as bobinas.

Onde eu estava?

Até os cinco anos a menina respirou produtos químicos. Acostumou-se a dormir num colchão nas salas de edição. Aparentemente, o pai era aprendiz de um homem muito importante. Esse homem muito importante tinha olhos de gato, e a menina ria com as caretas que ele lhe fazia. Mas a maior parte do tempo o pai ficava debruçado sobre a mesa de edição, cortando filmes e colando, cantarolando sozinho. A sala se enchia cada vez mais de cortinas de filmes. Ela andava entre elas com os braços abertos, roçando nelas.

Rafael a levava para ver filmes em Beit Lessin, uma casa de cultura em Tel Aviv, ou na casa de Lia van Leer, no Carmel, em Haifa. Das latas de lixo de produtores, ele juntava filmes com direitos de exibição vencidos. Pegava outros da filmoteca da Histadrut, o Sindicato Geral de Trabalhadores. Era um autodidata: uma semana Antonioni, outra Howard Hawks, Frank Capra, Wilder, Truffaut... Ela dormia no colo dele, a cabeça em seu ombro. Acordava no escuro, em salas estranhas, via o reflexo do filme duplicado nas lentes dos óculos do pai.

Aos sete anos, no meio do ano letivo, ela foi para a escola Gershom Agron e a apresentaram à turma como "uma amiguinha que precisa de ajuda". Aprendeu a escrever rapidamente, descobriu o encanto da leitura e uma vida nova começou para ela.

Bem, trabalhei duro esta manhã. Fazia tempo que não escrevia tanto, e ainda mais à mão. Só mais uma historieta curta, antes que Reish e eu sigamos para o almoço no refeitório privatizado, onde vamos encontrar pessoas que me conheceram no carrinho de bebê, e que com muito tato não vão me perguntar nada sobre mim mesma.

Quando tinha onze anos, e para surpresa de todos e tristeza sua, a menina alcançara um metro e sessenta — cresceu bem, a quase prematura — e já escrevia em segredo poemas apaixonados e contos tristes sobre orfandade, e também lia quase todos os livros para adultos da biblioteca do kibutz e da biblioteca Phillip Leon do Centro de Cultura, Juventude e Esportes de Kiriat Iovel, e decorava O *matrimônio perfeito* e O *jardim das delícias*, que também tinha encontrado na biblioteca da vovó Vera e do vovô Tuvia, livro que a devorou viva, mas de outra maneira. Depois de tudo isso, numa certa manhã ela estava numa cerimônia de Iom Hzikaron, dia em que se evoca a memória dos mortos na Guerra de Independência de Israel, e em vez de declamar, como programado, o poema "Aqui jazem nossos mortos", de Haim Guri, ela entoou uma elegia composta por ela, terrivelmente embaraçosa, que começava assim: *"Para onde voam as expressões do rosto quando a pessoa congela"*.

Nina chegou ao kibutz na noite da véspera da festa do nonagésimo aniversário de Vera. De sua aldeia ártica até o kibutz, foram necessárias escalas em três aeroportos — Rafael financiou, é claro, com um dinheiro que ele não tem, e Vera também contribuiu. Nina, como sempre, não tem um tostão furado. Apesar do cansaço, ela suou, assim me disseram, trabalhando até tarde da noite na preparação do salão de festas para o evento. Só após a meia-noite, depois de teimar em lavar e deixar o chão tinindo, sozinha, ela chamou um táxi para Haifa. Preferiu não dormir no kibutz, no quarto de Vera, nem em Akko, na casa de Rafael, decisão que o magoou e o enraiveceu. É claro que ela nem sequer aventou a possibilidade horripilante de se hospedar no quarto e meio que Meir e eu alugamos no *moshav*.* Nina pesquisou no Airbnb e encontrou no bairro de Neve Shaanan um apartamento e o alugou por três dias. Não programou mais do que isso para sua visita a essa região longínqua. Do aeroporto na cidade de Tromsø, na Noruega, ela ligou para Rafael e prometeu que escreveria uma saudação a Vera e que a leria na festa. Mas naquela manhã ela já tinha ido até ele duas vezes e perguntara baixinho

---

* Estabelecimento agrícola comunitário, mas diferente do kibutz por nele haver propriedade individual.

se tudo bem ela não ter escrito, e Rafael disse algo como: "O principal é que fale do coração, que diga a Vera algo simpático". Nina disse que faria isso, que ia falar para ela, olharia para ela e falaria. "Afinal, tenho tantas coisas boas a dizer para ela", disse Nina, assentindo com energia. Mas toda vez que tia Chana, que conduzia o cerimonial, olhava para ela com uma pergunta muda, Nina fazia com a mão um gesto de "depois" ou de "após este discurso será minha vez", e no fim não falou, não disse a Vera uma só palavra.

À medida que se prolongava seu silêncio, víamos todos a decepção no rosto de Vera. E víamos também como Nina se agoniava, mas não conseguia, simplesmente não era capaz de falar alguma coisa em homenagem a Vera. Naquela situação, a família toda cercou a festejada como um corpo que protege um membro vulnerável. Ela era um dos nossos, e Nina não. Só acolhíamos Nina por causa de Vera. E mais: a família sempre soube que a linha fronteiriça entre Vera e Nina era um lugar infeccionado, até mesmo letal, e seria melhor que nós, os Bruck, não nos aproximássemos dele. E de qualquer maneira — e é isso que pensa todo Bruck de juízo —, de qualquer maneira não há possibilidade de se compreender a complicação daquilo que aconteceu há quase sessenta anos, entre Vera e Nina. Esclareça-se logo: os Bruck, como princípio, não reconhecem essas resoluções da alma humana, e não tenho queixas; família não se escolhe.

O que mais eu queria escrever?

Que é uma delícia isso que este caderno possibilita.

Faz anos que eu não escrevo à mão. Pensava que os músculos destinados a esse tipo de esforço haviam atrofiado.

Uma caneta e um caderno, como condiz com os tempos em que as coisas aconteceram.

Apareça e venha, tendinite no pulso!

* * *

    Estamos na comemoração dos noventa anos. No salão de festas. Mobiliário tremendo. Tudo parece ter sido lambuzado de lama em algum momento da década de 1950. Rafael e Nina não se veem há cinco anos, desde a última visita dela a Israel. Nina e eu tampouco nos vimos desde então. Trocamos, com dificuldade, algumas frases, e no fim eu explodo com ela na frente de todos, dou um show horroroso de suprema auto-humilhação. Nós sem dúvida conferimos um novo significado ao conceito de "família".

    E no sábado, antes do início da festa, quando todos ainda estavam de pé conversando e se inteirando das fofocas familiares, fechei os olhos e contei lentamente de dez a zero, e no zero ela entrou. Não tenho uma explicação para o fenômeno. Nina entrou naquele pequeno salão e o coração de Rafael fraquejou na hora, muito. Eu vi. E depois houve em volta dela uma pequena tempestade de beijos e abraços, e Nina apenas ficou no centro abraçando a si mesma, como se sentisse frio até mesmo aqui, e sorria em silêncio, enquanto nossa família aproveitava a oportunidade para se sentir um pouco no exterior, isto é, exclamando "Oh, my God" e outros gritinhos americanos, sinalizando emoção e fedendo a hipocrisia, e por baixo de tudo isso decerto havia olhares de uma rápida avaliação, uma inspeção e medição de rugas e pele, cabelos e dentes. O bazar de sempre. Eu vi logo, todos viram, que Nina não estava bem. Não só porque sua beleza fenecera — eis aí uma lei do destino da qual nós, as barangas, estamos isentas —, não só porque na testa e em suas longas e admiráveis faces, e também em torno dos lábios, tudo estava coberto de minúsculos traços, dobras muito finas e secas, como se alguém lhe tivesse batido com galhinhos finos. Mas o que mais perturbou Rafael — assim ele me disse com um olhar — foi que de repente as expressões fisionômicas de Nina tinham voltado.

Eu também tinha percebido. A função de uma continuísta (em inglês também me chamavam de *continuity supervisor*, um nome que me agrada) é discernir mudanças surpreendentes como essa, saltos ilógicos no frame ou no texto. Olhei para Nina e o alarme soou. Rafael se levantou, pesado e agitado. Corri e enfiei meu braço no dele, senti que ele se apoiava em mim e que seu pulso disparava. Eu tinha aspirina mastigável e spray de Isoket contra angina do peito, que sempre trago comigo para ele. Ofereci. Ele recusou com um gesto irritado, um tanto injusto comigo, mas tudo bem.

Como descrever uma coisa dessas, um fenômeno como esse, de uma mulher desprovida de expressões fisionômicas que de repente as tem? Antes Nina tinha um pouco. Vamos e venhamos, ela não era uma estátua nem um iceberg, nem uma esfinge de verdade; foi só para reforçar e agitar em mim a repulsa por ela que a descrevi desse modo, e Rafi alega que exagero quanto a tudo isso. Mesmo assim, ela agora estava de fato diferente, e pode-se dizer, com cautela, e com toda a dificuldade para reconhecer isso, que de repente ela *estava*.

Sabe aquele menino que os ciganos tinham raptado? Do livro *O homem que ri*, de Victor Hugo? Aquele menino que teve o rosto deformado pelos ciganos, para que parecesse estar sempre rindo, assim favorecendo a coleta de esmolas? Como tive medo desse livro na infância, da expressão congelada do menino, desenhada na capa, e quantas vezes li seu amargo destino e chorei.

Eis uma pergunta que o Google não sabe responder: o que faz com que uma pessoa normal, isto é, uma pessoa que os ciganos não deformaram na infância, pareça estar quase sempre indiferente ou apática? Ou zombando. Alguma coisa nos olhos? A dobrinha fina que ela tem sob as pálpebras? Um olhar distante e vazio, e sempre um pouco ausente?

Da aparência esbelta de potra que ela exibiu até uma idade bastante avançada, pelo menos até cinco anos atrás, quando a vi pela última vez, ela pulou direto para o desabrochar do fenecimento, nada menos que isso, como se nunca tivesse estado numa feminilidade madura, completa.

Em toda a vida.

O rosto dela atrai e fascina meu pai e a mim, como se para nós apresentasse um filme — mais um — aqui e agora que estivera oculto por dezenas de anos. Um filme sobre nossas vidas não vividas. A vida que poderíamos ter tido. Sopros de afeição e alegria, decepção e tristeza passam no rosto dela, e sorrisos, meu Deus, cálido, tranquilo e simples é seu sorriso, onde estava tudo isso quando precisei dele? E Rafael, a meu lado, olha para ela, o pulso acelerado e a respiração ofegante — acho que já disse isso —, e eu juro que não o deixarei desmoronar por causa dela, não mais, há um limite para se abusar de uma pessoa.

Nina percebeu o olhar perturbado de Rafael quando ela entrou no salão. Ele não foi capaz de esconder. Em meio a todas as pessoas que a cercavam, ela fez com o ombro um sinal em sua direção, como se pedisse desculpas, e algo no movimento dela me lembrou um momento no filme que Rafael tentou fazer sobre ela lá pela década de 1970, antes de ela ter fugido de nós em definitivo. "Você acha que vai continuar me amando também quando eu for velha e feia?", ela lhe pergunta no filme. Estão na cama (como não?), entre lençóis desfeitos, num momento raro de ternura. "Você sabe como eu sou", ele diz, um pouco inflado de um páthos solene, "se você de repente, digamos, ficar corcunda, eu imediatamente começarei a amar corcundas." "Ah", ela gesticula com sua mão fina, "você com certeza já disse isso a mil mulheres corcundas."

Então, depois de proferidos os discursos, e Nina não fazer o dela, e depois da conversa que não houve entre mim e Nina, nossa pequena tribo, agora não tão pequena, se lançou sobre as mesas apinhadas de tudo que é bom. As mulheres da família, bem como alguns homens, tinham preparado delícias inspiradas na cozinha de Vera. E somente nós quatro — Vera e Nina, Rafael e eu — continuamos sentados, cada qual em seu lugar, machucados antes mesmo de termos nos encontrado de fato. Nina e Vera olhavam uma para a outra, e que olhar...

Nos lábios de Nina de repente aflorou um sorriso terrível, para mim claramente involuntário, uma espécie de careta que a mãe lhe suscita com sua mera presença, um sorriso craniano, que de uma só vez ironizou e refutou todos os elogios que choveram sobre Vera, como que desnudando uma infâmia oculta...

Tive medo. Fui invadida por um medo que só se sente quando em presença das trevas. Sabia que esse sorriso dela não tinha tradução para nenhuma língua falada à luz do sol. Vi minha avó se contrair dentro de si mesma, como se o sorriso da filha ressecasse o que faz de Vera quem ela é, sua essência, mesmo com noventa anos.

E nesse momento Nina olhou para o que ela mesma causara, para a casca vazia em que Vera se transformara, e ficou chocada. Eu vi. Ela se levantou e num passo inseguro foi até a mãe...

E se ajoelhou junto à poltrona dela e, num gesto estranho mas muito comovente — fui pega um pouco desprevenida, reconheço —, envolveu a mãe em seus braços e pousou a cabeça sobre seus joelhos, e Vera se curvou para ela e acariciou-lhe o pescoço fino e frágil.

Movimentos longos e lentos.

Um ou outro parente percebeu, fez um sinal para os demais e tudo ficou em silêncio. Vera e Nina estavam enlaçadas. E eu pensei que até o fim dos tempos essa duas estariam cercadas por uma linha que as separava de todos os outros. Do mundo inteiro.

E pensei que eu também, querendo ou não, estou um pouco cercada por ela, por essa linha.

Nina se ergueu, vi que para ela foi difícil se erguer. Seu corpo tinha perdido a leveza da juventude. Enxugou os olhos com as duas mãos. "Ufa, não sei o que aconteceu comigo", e voltou a sentar. Vera tirou da bolsa um espelhinho redondo e rapidamente limpou com um lenço de papel a maquiagem borrada no canto dos olhos, e moveu os lábios pintados de vermelho para cima e para baixo. Nina olhava para ela, parecia devorá-la com os olhos, e por um instante pude imaginar que era assim mesmo que ela olhava para a mãe quando tinha seis anos, em Belgrado, no belo apartamento da rua Kosmaiska, olhava Vera se maquiar diante de — estou imaginando — um espelho oval com uma moldura de bronze decorada com cachos de uvas, e talvez preso a ela um pequeno retrato de Miloš, sério, com seus cabelos claros.

Ester, irmã de meu pai, que não é capaz de aguentar nem um minuto de constrangimento ou de silêncio, bateu com uma colher num copo e anunciou que Orly e Adili, suas netas, tinham preparado um esquete curto baseado em "duas ou três histórias engraçadas" que Vera lhes havia contado para um trabalho escolar de evocação de raízes. Nina ficou tensa, pelo visto não via muita graça nas recordações da mãe. As duas garotas, de cabelos pretos cacheados e o rosto corado e cheio de vida, disseram que eram muito sortudas por vovó Vera ter escolhido exercer seu papel de avó justo na família delas, e como com sua sabedoria e seu imenso coração ela havia devolvido a todos a alegria, depois que vovó Dushi, primeira mulher de vovô Tuvia, morrera. Falavam juntas, uma se sobrepondo à fala da outra, mas com uma adequação e uma elegância que só uma família saudável — parabéns pelo oximoro, Guili — sabe inspirar.

Elas pediram desculpas a Vera se exageraram um pouco ao imitá-la, era tudo por amor, disseram, e a avó acenou com a mão e disse: "*Go ahead!*", e as garotas fizeram um sinal para Avitar, seu primo, e os sons de "I Did It My Way", na voz de Sinatra, encheram o ar de algodão cor-de-rosa. De sob uma das mesas as duas puxaram uma mala, e o coração da continuísta saltou, pois era a mesma mala que Vera portava na noite em que ela e Rafael tinham praticado arremesso de peso juntos. E de dentro da mala elas começaram a tirar colares coloridos, grandes e pequenos, e os puseram no pescoço, e se movimentaram ao som da canção com meneios de uma dança amorosa, senão sensual — foi um pouco constrangedor, achei —, e as garotas ainda tiraram da mala, como numa guirlanda de lenços coloridos de um mágico, chapéus azuis e violeta, as cores de Vera, chapéus pequenos, chapéus de aba larga, discretos e ousados, europeus e tropicais, exóticos e coloniais. Atesto aqui com veemência: não houve uma só mulher em todo o kibutz, em todo o movimento kibutziano, que mesclasse como Vera um trabalho nos estábulos e nos galinheiros, nos cactos e nos espinheiros, com uma elegância natural e nobre.

Mais uma anedota: na época em que ela foi morar com Tuvia, que até então fora um viúvo desejado em todo o espectro de kibutzim, à direita e à esquerda, as encarregadas dos turnos para as diferentes tarefas no kibutz a escalavam, semana após semana, para os rodízios de limpeza e lavagem do refeitório entre as refeições. No fim do dia, Vera voltava para Tuvia e lhe mostrava os dedos descascados e comidos pelos detergentes e as unhas imundas e quebradas. Tuvia mergulhava sua mão em água morna com camomila, fazia uma massagem e depois pintava suas unhas com esmalte (Vera o imitava, a língua presa entre os dentes). "Cabeça erguida, Vérale", ele sempre lhe dizia. E assim, de cabeça erguida e unhas esmaltadas, dez brilhantes gotas de sangue ("Mas tenho alma de proletário! Para mim nenhum trabalho é desqualificado!"), no dia seguinte ela voltava para o campo de batalha.

Depois as garotas sentaram em cima da mala, deram as mãos e contaram, em perfeito dueto, com a voz e o sotaque de Vera, a história que a maior parte da família conhecia: "Na época que eu nasci, na cidade de Čakovec, na Croácia, em 18, ainda estava acontecendo o Primeira Guerra Mundial, e soldados austríacos, vendo que Áustria estava perdendo, corriam de volta para casa, e minha mãe, com medo do que eles podiam fazer com a gente, me levou de trem para as pais dela, em Belgrado. E eu, de tanto não ter o que comer, feia como era, magrela, com pneumonia, coriza, e tossindo, e minha mãe no trem me segurava bem alto, acima do cabeça das pessoas, tudo era muito apertado, cheirando mal, todos bêbados, e as pessoas gritavam com ela, joga logo o gata doente pela janela! Logo virão homens do exército e vão fazer crianças novas e bonitas!".

O pequeno público no salão de festas do kibutz rolava de rir da imitação perfeita. Vera exclamou "Bravo!" e bateu palmas. Nina, sentada a nossa frente (eu estava ao lado de Rafael), balançou a cabeça numa mistura de prazer e zombaria. "Vejam como ela se diverte com tudo isso", dizia seu sorriso amargo, e Rafael e eu, num só movimento, desviamos nosso olhar, cuidando de não nos aliarmos a nenhum complô contra Vera.

"E meu pai", as duas gêmeas se levantaram e continuaram a contar com a voz de Vera, "ele era homem tão militar, *ioi*! E nossa mãe toda vez dizia: 'Mas, Bela, você não tem soldados em casa, você tem quatro filhas!'. Mas ele não sabia fazer diferente, como ia saber? Seu alma era um alma de *sargeant major*, mesmo num dia em que não estava no Exército. E quando entrava em casa, nós ficávamos de pé na hora, até mesmo, desculpem, se estávamos sentadas no privada. Meu Deus, que medo de húngaro como aquele!"

E as duas se abaixaram, se levantaram, bateram com os calcanhares. As novas gerações não paravam de rir e aplaudir. "E minha mãe era muito fechada", e numa tristeza estudada as garotas pousaram o queixo nas pontas do dedos. "Ela morria de medo dele. Todos morriam! Ninguém na cidade ousava dizer palavra para ele!" As gêmeas empinaram o queixo, e por um momento ficaram parecidas com a jovem Vera de um modo que não tem explicação lógica, pois o sangue de Vera não corria naquelas veias. "Uma vez, eu tinha acho que quinze anos", falou Vera pela boca das meninas, "ouvi meu pai bater em minha mãe. Não sei de onde tirei coragem, entrei no quarto sem bater no porta e disse a meu pai: 'Chega, acabou! Foi o última vez! Você não vai mais bater nela! Também não vai gritar com minha mãe!'. Meu pai ficou assim, o boca aberta, e eu não falei com ele durante dois anos por causa disso…"

Já aos quinze anos — dizia o olhar que Nina lançou a Rafael —, já então, forjada em aço.

"E meu pai", concluíram as duas, "toda noite passava bilhete por baixo do meu porta: 'Quem sabe madame com raiva está mais branda?' E eu, de jeito nenhum!"

E novamente as duas ergueram a cabeça num movimento brusco, com a expressão grave de Vera, os lábios crispados, e a sala irrompeu em aplausos e gritos. Vera saltou da poltrona enfeitada que preparamos para ela, postou-se entre as duas garotas, uma cabeça mais alta que ela, e suspendeu-lhes os braços. "Momento, só um momentinho, ouçam, crianças, mais um coisa que vocês esqueceram de contar sobre meu pai. Teve vez que minha irmã mais velha, Mira, ela já tinha dezenove anos, talvez vinte, e na cidadezinha ao lado representavam peças amadoras, e havia um *muito* famosa, e Mira fazia papel de dama muito importante, que fumava cigarro comprido, e meu pai pulou da plateia para a palco e na frente de todos deu uma *pliuska* nela e acabou com o história! 'Você não vai fumar!'."

"Vera, deixe as meninas respirar, você está sufocando elas", riu Shleimale, o marido de Ester. "Mais um instante", prosseguiu Vera, "ouçam bem, meninas, para terem material para aniversário de cem anos: eu, desde o dia que fiz dezessete anos, meu pai toda noite punha no meu porta um maço de cigarros e escrevia nele que esperava que aquela *smarkatsh*, aquela pirralha de cabeça dura, ficasse um pouco mais macio..."

"Mas a *smarkatsh* nunca suavizou", sussurrou Nina para Rafael de longe, com os lábios.

"O quê? O que você disse?", a cabeça de Vera saltou para trás, na direção de Nina. Difícil compreender como — em que frequência — Vera tinha captado o que Nina havia dito sobre ela sem usar a voz. "Nada, nada", balbuciou Nina. Vera soltou as mãos das garotas e voltou para sua poltrona num passo subitamente cansado.

Logo se refez, se aprumou e cruzou as pernas — que não chegavam ao chão, ficavam balançando no ar. "Minhas crianças, meus caros, antes de mais nada quero agradecer por bela festa que fizeram em meu homenagem, e sei muito bem quanto cada um de vocês trabalhou aqui até tarde da noite de ontem, e se esforçaram, e cozinharam e puseram nas paredes retratos para que todos vissem como uma vez já fui uma belezura" — ruidosos aplausos do público: "Continua! Continua!". "E também vieram aqui de lugares, *ho há!*, de todas as cantos do mundo, vocês vieram, e minha Nina até veio do Noruega em três aviões, da aldeiazinha dela na neve, e eu sei como foi difícil para você, Nina, e como você está ocupada e como seu trabalho lá é importante e sagrado, e mesmo assim você achou tempo para mim e veio para estar comigo em minha alegria..." Nina se mexia na cadeira e sussurrava algo. "Bem", Vera disse apressada, "só queria dizer como estou alegre e feliz de ter vocês todos aqui, menos meu querido Tuvia, que já se foi, e meu amado Miloš, que já faz cinquenta e sete anos que não está, e como estou agradecida por vocês terem me recebido de coração em sua bela família e permitido que eu fizesse parte dela. E toda manhã eu digo novamente 'obrigado', não a Deus, de jeito nenhum, e não discuta comigo agora, Shleimale, não! Você não tem razão e eu vou dizer por quê, porque se Deus existisse ele já teria se matado há muito tempo. Basta, já ouvimos, ouvimos você, clericalista! Do que estão rindo, do quê? Não tenho razão?"

E Nina, sentada em sua cadeira, observava aquela barulhenta colmeia familiar da qual Vera era a rainha incontestada, e o que ela via a atraía e a repelia ao mesmo tempo, isso eu vi, e até reconheci nisso um pouco de mim mesma, e de repente tive pena dela, daquela mulher.

"Mas mesmo sem incluir aqui deus de Shleimale", continuou Vera, "para sorte minha agradeço, sim, todo dia por ter conhecido aqui meu querido Tuvia, que me deu trinta e dois bons anos juntas, e obrigado, obrigado por também ter encontrado aqui Rafi e Chana e Ester, seus filhos, que concordaram em me receber, e Rafi era só um menino, ainda não tinha dezesseis anos, imaginem o coração que ele tinha para concordar que viesse uma mulher estranha..." E ela ficou com lágrimas nos olhos, e as outras pessoas também. Os olhos de Rafael ficaram vermelhos, seu nariz também, aquele grande e poroso morango...

Peguei a câmera de Rafael — como sempre, foi difícil tirar da mão dele —, e percorri com ela todo o salão. Os rostos familiares, os jovens e os desgastados, os amados e os irritantes, eu conhecia cada ruga e cada sinal em todos eles. Quando cheguei em Nina, ela inclinou um pouco a cabeça e eu passei rápido por ela, e essa sincronização exata em nossos movimentos por algum motivo me deixou agitada. Devolvi a Sony a Rafael e sentei, com os joelhos bambos.

* * *

A festa continuou e aos poucos foi morrendo. Tomamos café e devoramos os bolos que Vera tinha preparado, e depois nos dispersamos. Vera convidou Rafael e Nina para um último café no quarto dela, antes de irem embora, ela para Haifa, para o apartamento que tinha alugado, e ele para Akko, para seu apartamento vazio e meio acabado. Fazia muito tempo que não havia uma mulher na vida dele, e isso também me preocupava. Rafael sem mulher é sempre um pouco menos decifrável para mim, e eu gosto dele decifrado. Vera, é claro, sugeriu que eu ficasse e curtisse o resto do dia com ela. Mas eu já estava impaciente e senti que tinha de voltar para casa, onde me esperava uma conversa com Meir — de repente, eu não podia adiar, nem por um segundo, uma conversa possivelmente desastrosa, tempestuosa, e, por isso, tudo que passo a contar daqui em diante são coisas que ouvi em retrospecto de meu pai-mentor Rafael e que eu mesma completei um pouco. "E de novo nos encontramos e não conversamos", Rafael disse para Nina quando ela o acompanhou até o carro. Ela, como sempre, caminhava olhando para o chão e abraçando a si mesma. Rafael se perguntou se, como ele, ela estava pensando no que lhe havia contado nos últimos instantes do encontro anterior, cinco anos antes. Naquela ocasião ela estava em Nova York, e ele queria lhe perguntar se naquela ilha que ficava a meio caminho entre a Lapônia e o polo Norte, onde ela estava morando agora, ela continuava naquela espiral vertiginosa com os fornicadores americanos. Assim ela os chamava. Mas ele não conseguiu se obrigar a falar sobre isso. Lembrou o que sentira quando ela lhe contou.

Em algum momento ela lhe deu o braço e eles caminharam devagar, no ritmo que ela impunha. "Estranhei aquela lentidão", ele me disse depois, "pois sempre, a vida toda, era eu que tinha de correr atrás dela." Chegaram ao Contessa 900 dele, que tinha vinte e três anos e estava "no auge", segundo Rafael. "*Chapeau* à sua cegueira", Nina riu, e com a ponta da unha raspou uma sujeira imaginária do para-brisa imundo de lama e cocô de passarinho. "Estou vendo que os negócios da assistência social estão prosperando." "Você também está de parabéns", disse Rafael. "O quê, o que foi que eu fiz desta vez?" "Não, nada, só que você já está aqui há dois dias, e amanhã de manhã vai partir sabe-se lá por quanto tempo, e conseguiu não ficar sozinha comigo um minuto sequer." Ela riu um riso forçado. "Por que tem tanto medo de mim?", Rafael perguntou, acalorado, como costuma ocorrer quando se sente ofendido. "Já estamos velhos, Nina, e o mundo é ruim, uma porcaria. Não está na hora de fazermos algum bem um ao outro?" "Eu não sou um *bem*, Rafi. Sou um peso danado, um espinho no traseiro, interiorize isso de uma vez por todas, desista de mim." "Desisti de você há muito tempo" — ele tentou falsear um riso, as palavras lhe saíram pesadas e distorcidas. Os lábios dela se contraíram. Ele teve certo prazer em tê-la magoado, e também sofreu com isso. Era um antigo cerimonial deles, mas Rafael sentiu que estavam em outro patamar. Que havia um novo participante, oculto, naquela conversa.

"Quem sabe você tenta assim mesmo gostar de mim um pouco? Finge, pelo menos", ela disse, e havia um tom dengoso nas palavras, mas não na entonação, e sua voz de repente estava tensa, quase desesperada. Rafael ficou calado, cauteloso, tentando compreender o que estava ouvindo.

"Não, né?", ela balbuciou dolorosamente. "Você tem razão."

Ela soltou o braço do dele e de novo se abraçou, arrepiada. Aquela sua lei tácita de tortura recíproca estabelecia que ela precisava muito do amor rejeitado dele, e que o axioma daquele amor obstinado e absoluto era uma das poucas coisas estáveis na vida dela. Mas aqui havia algo novo, Rafael me contou, ele sentiu o solo fugir-lhe sob os pés. Ele ainda tentou se agarrar ao que lhe era familiar, aquele pingue-pongue rápido entre eles: "Às vezes — pode rir, se quiser — parece que tenho como que uma úlcera ou uma ferida que preciso esfregar o tempo todo para continuar a sentir alguma coisa por você". "É a primeira vez que me comparam a uma úlcera", Nina disse com um riso amargo. "Vamos, vamos dar um abraço e nos despedir." Ela o abraçou, e, como sempre, dando tapinhas com ambas as mãos em sua barriga, observou que ele tinha engordado. "É como abraçar uma montanha", ela reclamou junto a seu peito, e mesmo assim se derramou sobre ele por mais tempo do que de costume, disse meu pai, adepto da insinuação erótica. Bem, serei objetiva e justa com Nina: é difícil não querer se derramar sobre ele, é difícil não abraçá-lo. Alguma coisa no contato com esse corpo grande e sólido funciona — também comigo, reconheço — como um concentrado de esperança, e é de fato incrível ("Escreva tudo", ele me ensinou quando eu era sua continuísta, quando ele ainda era diretor, "escreva tudo que lhe passar pela cabeça, no fim tudo faz parte de tudo, obedece à mesma lei!"), realmente incrível como um homem frágil, instável e pouco saudável como ele pode transmitir essa sensação de segurança e firmeza. Ele, por seu lado, assim me disse, tentava não cometer nenhum erro quando se despedia dela, tomava o cuidado de não se expor demais. O corpo dela permanecia quase como antes, me disse Rafael sem que eu tivesse perguntado. Eu, ao contrário, fui incisiva ao lhe pedir que se controlasse e me poupasse dos detalhes — afinal eu mesma a tinha visto: um corpo longo e esguio, mais magro e emaciado do que antes, com os mesmos seios irritantemente pequenos, uma definição duplamente maldosa que inventei quando era jovem, e da qual sinto certo orgulho até hoje. Nina lhe mordiscou o rosto num impulso, e seus dedos deslizaram, para surpresa dele — assim me balbuciou —, sobre suas faces, num movimento suave que ele já tinha esquecido.

Rafael tentou se conter, mas assim mesmo perguntou se ia ter de esperar mais cinco anos até vê-la de novo. "Vai saber", respondeu Nina, "desta vez pode ser muito mais rápido do que você pensa, minha vida está uma bagunça." E no seu riso rouco ele sentiu mais uma vez que ela estava lhe sinalizando algo, e também ocultando, como sempre, para que ele fracassasse ao tentar adivinhar. Como são cansativos os encontros com ela, pensou. Seus movimentos pendulares, sensíveis e nervosos, que agora já não podem mais atingi-lo, ele já está velho demais para isso. Nina sentiu que ele estava se afastando dela e apressou-se a empurrá-lo para dentro do carro, para deixar claro quem estava impondo a distância a quem, e também tratou de fechar a porta atrás dele, apoiando-se com os braços na janela aberta do carro. Seus rostos estavam próximos, e por um longo momento eles ficaram olhando um para o outro. "Nenhuma mulher olha para mim como ela", disse Rafael sem me encarar. "E como é isso?", perguntei, me segurando por dentro. "Ora, com aquela mistura." "Que mistura? Explique", insisti. Minha voz saiu monocórdica, como aquela que anuncia os andares no elevador. "De amor e tristeza", ele disse. Percebeu meu olhar mas se recusou a cooperar. "Ou de paixão e tristeza", ele disse, e eu quase gritei, me controlei para ficar de boca fechada. Que paixão é essa? Ela não inclui você, e para os "casos" — como Vera os chama — ela tem um batalhão de fornicadores que consome, um atrás do outro. Então, por favor, sim?

Mas no fundo eu sabia que Rafael tinha razão. Também havia nela uma mistura de zombaria e tristeza, e também de crueldade e tristeza. A tristeza sempre esteve lá, a cor básica de seus olhos. E evoquei com muita força essa imagem dos dois, que eu pudesse reconstruir se um dia, talvez, fizer meu filme

sobre ele e sobre ela (a versão da vítima). O rosto dela na frente do dele na janela aberta do carro, eles não se tocam mas estão juntos numa espécie de tensa gravidade, sempre trêmula, como uma flecha antes de ser lançada. Será que se olhavam assim quando me conceberam? Será que ela o deteve um instante antes de ele terminar e o obrigou a olhar nos olhos dela? Será que o advertiu, com os olhos, de que não seria capaz? Que não era feita para aquilo? Que ele estava fazendo uma menina sozinho?
Nesse meio-tempo nasceu Guili, a pobrezinha.

Nina tornou a passar a mão no rosto de Rafael. Na barba desgrenhada. Foi estranho. Ele sentiu que daquela vez estava sendo difícil se despedir. De repente ela lhe tocou a testa. No ponto em que, quarenta e cinco anos antes, na noite em que Vera e Tuvia começariam a viver juntos, ela lhe deu uma cabeçada, provocando um lendário galo que era apenas uma delicada insinuação de todos os chifres que lhe cresceriam no futuro. "Até a vista, meu meio-irmão", ela disse com um suspiro, dando um tapinha no Contessa com a mão aberta. Rafael balbuciou um tchau e eu pensei pela milésima vez: "Ei, na verdade sou filha de um casamento entre parentes, é de espantar que eu tenha saído desse jeito?".
Rafael deslizava lentamente pelo pequeno estacionamento no bairro dos veteranos em direção à saída, quando ouviu o assobio com dois dedos que ele conhecia bem. Pelo espelhinho lateral, viu Nina correndo atrás dele. Havia ali algo incomum: em todas as suas irrequietas movimentações pelo mundo, o movimento corporal dela sempre foi o de uma dama. Ela abriu a porta com um repelão e sentou-se a seu lado. "Vai." "Para onde?" "Não importa, apenas me movimente um pouco." E Rafael, intimamente exultante, apertou o acelerador e eles partiram.

* * *

"Durante uns dez minutos não nos falamos", Rafael me contou por telefone. "Sua mãe estava sentada com a cabeça atirada para trás, os olhos fechados." Como já disse, é função da continuísta perceber pequenos detalhes. Por exemplo, o absurdo salto que Rafael deu de "Nina" para "sua mãe", sinal de um perigo imediato. As mãos dela, longas e um tanto nodosas, estavam pousadas sobre as coxas. Pareceram-lhe exauridas. Com dificuldade ele conteve o impulso de tomá-las entre as suas, entre as suas mãos de urso. Sem abrir os olhos, Nina perguntou se tinha música, e ele disse que procurasse no porta-luvas, um pouco envergonhado de seu gosto musical. Também nessa área ele ficara nos *sixties*, com as mesmas gravações dos Moody Blues, dos New Seekers, de Mungo Jerry, mas aparentemente ela não tinha força nem vontade de abrir o porta-luvas, nem os olhos.

"Eu dirigia voando", Rafael me contou, "você nunca me viu dirigir assim. Sentia que éramos", pude ver seu sorriso triste, "como esses casais nos filmes, sabe? Em que o homem rapta a amada no momento em que ela está casando com outra pessoa." Fiquei ouvindo, sem decifrar totalmente seu tom de voz. Por que estava falando com a entonação de um adolescente? Nina não olhava para ele, ele contou, e, sem abrir os olhos, disse: "Rafi, preciso contar uma coisa, você está sentado?".

Ele riu, mas sua boca ficou seca.

"Parece que tenho uma coisa."

"Que coisa?"

"Um problema. Uma doença."

"Não é verdade."

"Aquela doença engraçada", continuou Nina, "aquela que faz a gente esquecer tudo. Repete mil vezes a mesma coisa, faz mil vezes a mesma pergunta…" Rafael subitamente diminuiu a velocidade: "Você está brincando, não está? Só pode ser piada. Você é muito moça para isso". Ela virou a cabeça para ele: "Amnésia, demência, Alzheimer, algo do tipo. Ainda vai levar algum tempo. Pelo visto, alguns anos, disseram, de modo que estou só no início do início, com toda a curtição da novidade e da descoberta. Mas esse trem já saiu da estação. Mesmo neste momento eu já estou desaparecendo aos poucos, veja", ela ergueu a mão diante dos olhos dele. "Agora ainda estou em cores. Dentro de três ou quatro anos serei um branco opaco, depois transparente. Não, não pare!" "Mas não vou conseguir falar sobre isso sem olhar para você!", Rafael disse. "Tudo será apagado, até mesmo você, até mesmo Guili, talvez até mesmo Vera, embora isso eu não consiga imaginar. Vá em frente! Não pare! Se parar não vou conseguir falar", ela riu. "Sou como essas bonecas que você tem de chacoalhar para que falem. Ma-mãe, ma-mãe."

Ele perguntou como ela havia descoberto, e ela contou, dessa vez sem subterfúgios. Lá na pequena ilha em que mora, num arquipélago entre a Lapônia e o polo Norte, é impossível enterrar os mortos. A camada de gelo é muito compacta e expele os corpos. Os ursos-polares devoram os cadáveres. Mas mesmo assim podem ocorrer epidemias e pestes. E por isso uma vez por ano os habitantes passam por exames, e quem tiver uma doença incurável ou que ameace sua vida é obrigado a deixar a ilha e voltar para o continente.

"Isso é terrível, isso é cruel", murmurou Rafael, e Nina disse: "Nada disso. É a lei do lugar, e quem vai para lá já sabe que esta é a lei". "Não me referi a isso", disse meu pai. Ele dirigia devagar. Os outros motoristas buzinavam e com gestos das mãos e dos dedos lhe manifestavam a opinião que tinham sobre ele. Sua cabeça fervilhava de argumentos que pudessem refutar o que ela acabara de lhe dizer. Ela percebeu e suspirou: "Deixa pra lá, Rafi, me deixe morrer. De qualquer maneira, essa minha vida não foi lá grande coisa". Mais um riso alto que soou como um gemido. "Talvez a vida não seja para qualquer um."

No primeiro retorno eles deram a volta para regressar ao kibutz. Rafael pensou: "Aqui estou eu, devolvendo Nina para o dossel lúgubre que paira sobre ela. No final das contas, ela me venceu com esse 'me deixe morrer' dela". Perguntou se Vera sabia. "Vera saberá dentro de alguns minutos, mas quis contar primeiro para você, como fiz com a gravidez." Ele ficou calado. "Você é realmente o primeiro, Rafi, foi a primeira vez que me ouvi dizendo essas palavras em voz alta." Ela não conseguia falar. "É um pouco estressante você ficar calado assim", ela disse, e sua mão roçou o ombro dele e seus dedos encontraram seu lugar entre os dele.

"Na verdade isso é bem lógico, não?", ela perguntou. "O que é lógico?", ele grunhiu. "Lógico", ela respondeu, "porque se durante cinquenta e tantos anos você tenta com todas as forças esquecer um determinado fato — digamos, que sua mãe a abandonou e a jogou aos cães quando você tinha seis anos e meio — no fim você acaba esquecendo todos os outros fatos."

"Sua mãe não a abandonou", Rafael declamou imediatamente sua réplica naquela conversa. "Ela mesma foi jogada aos cães, na prisão, em trabalhos forçados, ela não teve alternativa." "Vá explicar isso à menina de seis anos e meio", Nina recitou sua fala. "Você não tem seis anos e meio", disse Rafael. "Sim, tenho", disse Nina.

Rafael entrou no estacionamento no bairro de Vera. Desligou o motor e se virou para Nina. "Não diga nada agora", ela lhe ordenou pondo um dedo sobre os lábios dele. "Não tenha pena e não tente me consolar." Ele beijou o dedo dela. Não teve coragem de perguntar para onde iria se não lhe permitissem viver na ilha. Tinha medo de que ela voltasse para Nova York, para aqueles tipos que decerto a desprezariam no momento em que soubessem que estava doente. Imaginou-a sendo absorvida, sozinha, dentro da doença, e esquecendo de voltar, e pensou que, se necessário, teria de superar seu medo de avião e iria ficar com ela, ou acompanhá-la na viagem de volta a Israel, se ela quisesse. "Está tudo em aberto", Nina disse, "ou melhor, tudo agora se fecha. Vai se fechando. Até que é interessante ver como acontece. Todos os pequenos e microscópicos movimentos que o corpo faz agora, e a alma também. Toda uma burocracia no processo de ser recebido na doença, ainda antes de eu ter compreendido do se que trata."

Pelo espelho ele viu Vera se aproximar, uma das mãos no quadril e toda ela um pouco encurvada. "Que história é essa de vocês duas me abandonarem e desaparecerem?", ela reclamou. "Nina, você não disse que ia ficar para o jantar? Já preparei o salada." Enfiou a cabeça dentro do carro e farejou. "O que aconteceu?", perguntou ríspida. "O que aconteceu, crianças? Brigaram de novo? Nina, por que você está chorando? O que você disse a ela, Rafi?"

De repente Nina agarrou a mão de Rafael e beijou seus dedos, um de cada vez. Foi um gesto estranho, que constrangeu os três. Vera, agilmente, retirou a cabeça de dentro do carro e olhou para longe. Nina saiu, foi até Vera e pôs o braço em seu ombro. "Venha, *majko*", suspirou, "vamos conversar um pouco."

"A verdade", disse Rafael, que me ligou do carro assim que se despediu das duas, "tudo que ela evitou me conceder, sua mãe, em todos esses anos, está inflando agora dentro de mim. Me fazendo explodir. Sinto como se fosse ter um AVC, acredite." Quando ele ligou, eu já estava quase na entrada do *moshav*, e também achei que ia ter um troço ao ouvir sobre a doença de Nina. Senti como se de repente tivessem tirado a pedra angular de alguma estrutura sofisticada que eu vinha construindo durante toda a minha vida. Parei à margem da estrada. O primeiro pensamento que me ocorreu foi de que naquela situação eu não poderia ter a conversa que queria ter com Meir. Talvez devesse adiar um pouco. Alguns dias. "Veja, Guili, vamos falar abertamente", disse Rafael, ou melhor, gritou. "Não sou uma pessoa com muitos talentos... Não, não me interrompa. Na minha idade já sei qual é meu valor. Fazer filmes, por exemplo, sei fazer mais ou menos. Ou já soube. Não sou nenhum Antonioni, nenhum Truffaut, esqueça Tarantino, mas conheço o métier, e se me tivessem dado algumas oportunidades e não tivessem criado obstáculos a cada passo e a cada momento, eu teria feito filmes melhores." Fiquei quieta. Pensei como era terrível que meu pai tivesse interiorizado os maus olhos da crítica. "Eu era um bom artesão, um bom alfaiate. Nenhum gênio, eu sei, mas em todas as profissões é preciso pessoas como eu, e quanto a mim, tudo bem. Podem dizer que sou sentimentaloide, podem dizer que sou criador de caso, podem dizer..." E aqui, como de costume, ele começou a detalhar todos os tópicos do veredicto contra ele, que me são bem conhecidos. Dezenas de vezes eu os ouvi de sua boca, e da boca de outros, mas desta vez ele de súbito se conteve: "Este capítulo da minha vida eu já fechei há tempos, Guili. Cortei, limpei a ferida, não há sequelas, segui em frente e tenho uma profissão da qual eu gosto, que combina muito mais comigo, um mundo real de pessoas reais...".

Quanto a isso ele estava certo. A amargura não o abandonou até hoje, mas quando o sonho do cinema foi frustrado, ele recomeçou imediatamente. Meio ano depois de se recuperar do enfarte que teve em pleno set de filmagem, começou a trabalhar com grupos de jovens em situação de risco, em Akko e em Ramle. Estou dando um salto. Há muitas coisas que eu gostaria de contar, coisas que eu queria registrar o máximo possível antes de irmos para a ilha. Esperei tempo demais, esperei uma vida inteira.

Onde estava?...

"Pai", eu disse, "pai, me ouça um instante..." "Espere, deixe eu falar. Está me ouvindo?" "Fala." "Mas tem um pequeno talento que eu sei que é meu. E talvez só eu tenha esse talento no mundo inteiro. Não ria." "Não estou rindo, pai." Eu sabia o que ele ia dizer. "Eu sei como amá-la. Talvez isso possa soar patético para você, talvez você ache que ela não merece amor, mas eu sei como amá-la, simples assim, qualquer que seja a situação dela. Este é meu papel no mundo, amar uma pessoa que não é fácil amar. Fazer com que seja um pouco mais suportável ela estar consigo mesma." Ouvi algumas batidas fortes. Adivinhei que ele estivesse batendo com a mão no volante. "E justo isso, amá-la, ela nunca me permitiu, sua mãe, ela fugiu foi disso, foi parar no fim do mundo. E eu lhe digo, Guili, se ela tivesse ficado comigo, teria tido uma vida..." Sua voz sumiu e tornei a ouvir pancadas no volante. Eu o imaginei bufando, a bochecha inflada, parecendo o poderoso Posêidon que já foi uma vez. Como uma vez, quando eu era menina e montei em seus ombros quando ele reinava no set, ou quando ele decidiu — contrariando todos os conselhos que lhe deram, e apesar de todas as pressões — que eu seria sua continuísta. Quem já ouviu falar nisso, uma continuísta com dezessete anos, que não trabalhou um dia sequer na profissão?...

E eu não sei de onde isso me veio, e justo neste momento, mas dentro daquele rugido magoado dele inundou-me a sensação que tive quando eu batia a claquete e ele gritava *"Action!"*, e o set despertava para a vida e se magnetizava para Rafael, e sua vontade passava a ser a vontade de quem estivesse lá. E que sensação, que não era parecida com nenhuma outra, de eu estar toda dentro da vontade dele, de Rafael, meu pai, que agora bufa num longo e gemido sopro, e volta a ser um homem gordo e exaurido com lábios grossos e caídos, guiando um Contessa antigo e balbuciando consigo mesmo: "Eu poderia, eu poderia...".

Respirei profundamente e entrei em casa. "Você voltou", disse Meir. Ele sempre parece estar um pouco surpreso, e também agradecido por isso. Assim, lá estávamos. Ele tocou com a ponta do dedo na minha clavícula. Fechei os olhos e esperei terminar aquela ação de aterramento de nossa carga elétrica.

Rafael foi para Akko, preocupadíssimo com Nina. No dia seguinte, às sete da manhã, acordou com um telefonema dela e descobriu que adormecera junto ao computador, após uma noite em claro navegando em sites relacionados à doença. Tinha certeza de que ela já estava voando havia algum tempo. Teria havido algum atraso no voo? "Sim, de dois ou três dias. Ainda estou com Vera." "Pensei que você tivesse alugado um apartamento em Haifa." "Escuta...", ela murmurou, desfazendo a teia do sono de Rafael, embora soubesse muito bem que ele custava a acordar e era preciso lhe dar tempo necessário.

"Preste atenção, Rafi, tive uma noite péssima, pensamentos que... Deixa para lá..." "Posso imaginar." "Talvez, porque eu lhe contei. De repente ouvi a mim mesma falando e a ficha caiu e compreendi que é isso mesmo, agora chegou minha vez. Ouça, quero lhe pedir um favor." Dinheiro. Ele repassou mentalmente seus magros planos de poupança e qual aplicação ele poderia interromper sem uma multa muito alta.

"Ontem, depois que você foi embora, e depois que contei a Vera, pensei que talvez, afinal, pudéssemos fazer aquilo." "Fazer o quê?" "Filmar Vera contando a história dela." Rafi ficou calado. "Ela já não é jovem", Nina continuou, "e pensei que de uma vez por todas precisamos ouvir dela, de forma ordenada, do início ao fim, o que de fato aconteceu lá." "Onde?" "Na ilha. Em Goli Otok. Mas também saber de tudo que aconteceu antes disso. Digamos, desde que ela e Miloš se conheceram. Eles tiveram uma história de amor tão especial, e o que sabemos sobre ela? Dois ou três relatos, sempre os mesmos, quase nada." Rafael engoliu em seco. Pensou que Nina nem poderia imaginar como aquela história de amor era especial e única.

"Quer que diga a verdade?", disse.

"Só a verdade."

"Não tenho certeza se isso vai ser bom para ela hoje, é uma ideia que já foi boa um dia, quando ela era jovem." Ele continuou naquele tom sem saber a quem estava defendendo da verdade, se a Vera ou a Nina. "Ela já não é como era, você mesma viu." "Eu tampouco sou como era", observou Nina, seca, "mas é um direito meu, eu disse a ela também, é direito meu ouvir uma vez a história toda, do início ao fim, não?"

"Sim, claro, toda pessoa... Só que... O que você quer que a gente faça exatamente?"

"A gente bota Vera diante da câmera por duas ou três horas, talvez um pouquinho mais, e você faz perguntas. Só isso. E eu também faço algumas perguntas, aqui e ali." "Mas para que você precisa de mim? Não será mais lógico *você* se postar diante dela e falar com ela, como filha e mãe?" Nina se conteve para não começar a rir, ou chorar. "*Nós dois* vamos falar com ela. Você e eu. Você também foi um pouco filho dela." "Não pouco", protestou Rafael. "Tem razão", ela disse em seguida. "Desculpe, Rafi, não foi pouco de fato. O pouco fui eu que recebi." Ela fez uma pausa, deixou o passado se avolumar e envolver os dois, depois recuar e ser mais uma vez absorvido em seus escaninhos suportáveis. "E você também vai filmar." Rafael hesitou mais uma vez. Tentou digerir o significado cabal daquela proposta. "Vamos ter de alugar equipamento", ele murmurou.

"Com certeza você vai querer que seja de boa qualidade", e já foi preparando mentalmente uma lista, uma câmera melhor do que sua Sony, que já tinha dez anos, cabos, misturadores, fones de ouvido...

"Não, não", cortou Nina. "Você não vai ser um figurão de Hollywood, a câmera será a mais simples possível, familiar. Não profissional. Aquela com que você filmou a festa no sábado está de bom tamanho." Rafi respirou aliviado: "Para mim isso é ótimo".

Ele perguntou como Vera tinha reagido quando ela lhe contou da doença. "Como de costume", Nina disse, "com total negação. Com certeza é um erro no diagnóstico, ou talvez tenham trocado os exames no laboratório, talvez tudo esteja apenas em minha cabeça, o que, infelizmente, é a pura verdade. Você ouviu o que eu disse? Pode rir, vai me ajudar se você continuar a rir das minhas piadas." Ele soltou um leve grunhido, passível de ser interpretado ao gosto do freguês. "E é claro que ela logo começou com suas doutas diagnoses médicas", desabafou Nina, "que se baseiam em absolutamente nada! Pois é isso que Vera quer. E ela vai fazer uma queda de braço com os fatos até eles cederem. E que em mim não se percebe nada, estou às mil maravilhas, até resplandecente, é tudo questão de ter uma vida ordenada e saudável, uma alimentação correta, tomar um copo de suco de gérmen de trigo toda manhã. Ela tem uma médica chinesa maravilhosa que mora em Afula, que vai me espetar agulhas três ou quatro vezes e pronto, acabamos com esse *Abreimale*." Nina citou mais um dos bordões de Vera, mas agora não tenho tempo para explicar sua origem, pois começa a se formar uma nuvem negra em cima de minha cabeça.

"E eu", Nina continuou, "ainda ousei lhe dizer que, no que diz respeito a doenças, pelo visto é mais importante tratar de ter uma hereditariedade correta, e ela se ofendeu, mas é claro, aos noventa anos queríamos nós ter a cabeça dela. Não, isso não veio dela, essa porcaria", Nina pensou em voz alta. "Talvez de meu pai, de Miloš, só que ele morreu quando tinha trinta e seis anos, vai saber como ele ia evoluir, ou degenerar... E depois disso durante metade da noite eu a ouvi matraqueando as teclas, tlec tlec tlec tlec, e eu assino embaixo, Rafi, que ela já leu todos os sites que têm a ver com..." "Então você ficou para dormir", ele não conseguiu se conter. "Sim, eu não podia deixá-la sozinha depois disso."

"E a mim você podia?", ele pensou.

"Me diz uma coisa... O que Vera achou da ideia?" "De filmá-la? Não vou dizer que tenha ficado entusiasmada. Ela está um pouco chocada com o que lhe contei, coração de mãe, sabe como é", Nina não conseguiu reprimir. "E também está cansada depois da festa e de todo aquele auê que vocês fizeram para ela, mas você sabe como ela é, não vai recusar um pedido meu, que afinal das contas, reconheça, é o pedido de uma condenada à morte." Nina fez uma pausa, dando a Rafael tempo para contestar. Ele não abriu a boca. Imagino que o coração dela tenha azedado e se contraído de solidão e de medo. "E, o mais importante, ela não poderia dizer não a uma oportunidade de se apresentar mais uma vez à luz dos refletores, apesar de que, afinal, quem vai assistir a esse filme talvez sejamos apenas eu e você."

"E Guili", disse Rafael.

"Tomara. Eu, por mim, já a liberei... de tudo."

Rafael não disse nada. A ferida que era sua vida estava sangrando um pouco. Algumas gotas, não mais.

"Rafi, tem mais uma coisa."

"Estou ouvindo."

"Não é só por Vera que estou fazendo isso."

"Não?"

"Vou lhe dizer do modo mais claro possível, tudo bem?"

"Também é por você mesma, é óbvio. Não imagina como fico feliz por você ter resolvido... recolher o testemunho de Vera de modo sério."

"Quero que você também me filme, está bem? Quero perguntar umas coisas para ela."

Ele ficou tenso. Posso imaginá-lo recuando cuidadosamente. Perguntou de novo para que ela precisava dele para entrevistar a mãe.

"Você sabe direitinho para quê. Com você será mais simples."

"Para você ou para ela?"

"Para nós duas."

Silêncio.

"Mas ainda não terminei."

"Não?"

"Preste atenção."

"Ela me pegou totalmente de surpresa", ele me diz no telefone. Estou sentada no peitoril da janela, em casa, com meu primeiro café. Vejo Meir cavando na encosta do morro à esquerda, e quase sem perceber já pego uma caneta e tomo nota de cada palavra de meu pai, como se tivéssemos voltado àqueles tempos de produção, quando eu era sua continuísta, mas a caneta de repente fraqueja em minha mão.

"Pensei", Nina havia dito, "que talvez viajemos todos."

"Para onde?" Rafael se espantara.

"Para Goli Otok", eu respondo de imediato.

"Como você sabe, Guili?", ele me diz, perplexo.

"Senti a ideia se aproximar", eu balbucio e penso: desde ontem, desde que você me contou que ela estava doente. Era como uma avalanche de neve em câmera lenta caindo sobre mim, me soterrando.

"Diga, você acha que Guili vai concordar em ir junto?", Nina havia perguntado.

"Não acredito."

"Será uma viagem curta", Nina continuava, como se o problema fosse a duração. "Dois ou três dias, não mais."

"Você acha mesmo, Nina? Por que não propõe a ela?"

Guili — essa de quem se está falando — desenha apressadamente o cogumelo atômico sobre Hiroshima.

"Eu?", Nina deixou escapar um riso amargo. "Ela não vai aceitar sequer ouvir minha voz. Você viu como ela me evitou durante toda a festa. Sente tanto asco que não é capaz de me olhar nos olhos por mais de um segundo. Mas talvez *você* pudesse lhe propor: a você ela não vai recusar. Não custa fazer uma tentativa. O que pode acontecer? Ela não vai devorar você."

"Sabe o quê? Vou propor a ela, no máximo vou levar um não." Aqui houve um longo silêncio. Conheço Goli Otok como se tivesse nascido lá. Poderia ser guia turística. Num trabalho da sétima série fiz uma maquete da ilha em cartolina. Algo mais? Meu endereço de e-mail: gili.otok@gmail.com.

I rest my case. Nada a acrescentar.

Rafael está calado. Eu desenho a ponta do penhasco que dá para o vazio e para o mar. Lá, no ponto mais alto da ilha, por cinquenta e sete dias minha Vera ficou de pé sob o sol ardente e não pulou. Se alguma vez eu desembarcar nessa ilha, sei exatamente o que farei: vou escalar a montanha até chegar ao cume do penhasco, e lá ficarei de pé durante uma ou duas horas, e vou gritar para a rochas e para as ondas e para o abismo, pois eles estão lá desde então, e são parte da história.

"Guili está com um aspecto bom", Nina havia-lhe dito. "É verdade", meu pai ficou contente de responder, e também de transmitir a mensagem para mim. "Ela ficou mais bonita nestes últimos anos", Nina completou. "Ela está bem agora, e nela essas coisas logo transparecem", ele disse. "Me diga uma coisa…" "Pode perguntar." "Ela tem alguém?" "Sim, sim, já faz algum tempo." "Quanto tempo?" "Bastante, quase seis anos." "Seis anos e você não me contou." "Não." Longo silêncio.

Rafael pigarreou. "Aliás, ele não... não é da mesma idade que ela." "O que significa isso?" "Um pouco mais velho." "Aha." "Onze ou doze anos, uma pessoa especial, gente fina, e com uma história nada simples." "Eu não achava que Guili acharia alguém com uma história simples", Nina respondeu. Houve aqui, aliás, uma contundente violação de uma lei básica. Antes da conversa semanal deles, Rafael costuma me pedir licença para contar algo sobre minha vida, nem que seja uma migalha, e eu sempre recuso. Rafael diz que sempre, em toda conversa entre eles, toda semana, ela pergunta sobre mim, como se tivesse prazer em magoar a si mesma com minha recusa.

"Falo com Guili, pode deixar", disse Rafael. "Só não lhe conte que a ideia foi minha", Nina havia dito. "Claro." "Sugira que venha conosco. Ela nem precisa falar comigo durante a viagem. Estou disposta a continuar sendo invisível para ela. Mas seria muito melhor, inclusive no que concerne a Vera, que Guili estivesse com a gente na filmagem, e talvez, que acha de lhe propormos que escreva um pouco sobre o que estiver acontecendo?" Ele sorriu, suas faces ficaram coradas (como é que eu sei? Eu o conheço). "Ela será sua continuísta mais uma vez", disse Nina, e sabia muito bem, não tenho dúvida, que estava cutucando o ponto fraco dele. "Sugira que ela nos acompanhe e escreva 'o que a câmera estiver captando e sobretudo o que não estiver captando'. Não era este o lema?" Rafael riu. Meu ingênuo pai. É tão fácil comprá-lo. Depois ela lhe fez mais uma ou duas perguntas sobre mim, meu trabalho, meus planos para o futuro. Ele não estendeu muito seu relatório, e não o pressionei. Tinha havido ali, como já disse, uma crassa transgressão da lei. Por outro lado, naquele telefonema eles fizeram algo que havia anos não acontecia: à sua maneira limitada e distorcida, eles se comportaram como meus pais.

※ ※ ※

"Então, o que diz, Guili?", pergunta Rafael, cauteloso.
"Eu vou."
"Sim, claro", ele suspira, "compreendo totalmente. Foi o que eu disse a Nina. Eu não tinha qualquer..."
"Eu vou."
"É só uma proposta, de qualquer modo... O que você disse?"
"Que vou."
"Para Goli Otok?"
"Isso."
"E vai ficar com a gente durante as filmagens?"
"Exato."
Silêncio.
"Mas pai, ouça, eu também tenho uma condição."
"O que quiser, Guilush, o que for..."
"O filme será meu."
"O quê... Como assim, será seu? De que maneira?"
"Assim: eu e você fazemos tudo juntos, mas na edição a última palavra é minha." Fico espantada com o que digo. Enfrentar Rafael assim.
É como se eu tivesse me preparado para este momento durante anos.
"Veja. Isso vai ser... não sei... não é simples."
"É verdade. Você vai ser capaz de cumprir esse trato?"
"Não sei. Vamos tentar."
"Não. Preciso que me prometa, pai, senão não vou."
"E não vai me dar tempo para pensar?"
"Não."
Silêncio. Demorado.
Não vou ceder. Não vou ceder.
"Topo."

"Combinado, então?"
"Você deixou alguma alternativa?"
Mais silêncio. Bem longo. A respiração dele é pesada. Espero não o ter magoado muito.
"Então vai ser assim", ele diz.
"Então eu vou."
"Posso dizer para Nina?"
"Pode, mas com a minha condição."
Ele solta de novo aquele bufo, que vem depois de inflar as bochechas até quase estourarem. Posêidon estufando as velas dos navios. Meu coração palpita. Haverá uma jornada. Em breve estaremos a caminho.
"Ótimo. Tudo bem", ele diz, com uma leveza desconhecida e um pouco suspeita. "Muito bom. Muito bem, obrigado."
"Não precisa me agradecer. Estou fazendo isso por mim."
"Mesmo assim."
"Apenas me diga onde estar e quando. Quer que eu cuide das passagens? E quanto ao hotel? Aluguel de carro?"
"Um momento, preciso... Uau, é uma coisa... E quanto a seu trabalho, não vai ter problema?"
"Tenho um projeto em vista, mas só dentro de algumas semanas."
Ele sublima o desejo de perguntar que projeto é aquele. Quem é o diretor. O que mais lhe dói é quando é alguém da geração dele. Recusei duas propostas só por esse motivo.
"Bom, vou ligar para Nina e depois dou os detalhes..." Ele parece sorrir. Talvez até se sinta aliviado por saber que o filme será meu e não dele. "Não dá para acreditar, Guilush, que você me deu agora isso..." Ele solta um gritinho que não lhe cai nada bem, e desliga.
Desenho rapidamente uma figura comprida e grande com um monte de cachos escuros, ela segura a cabeça entre as mãos,

os olhos aterrorizados preenchem metade do semblante. Olho para a encosta de montanha a minha frente. Um homem alto e magro está trabalhando. A triste alegria de minha vida. Calça jeans rasgada, camiseta preta, a cabeça raspada brilhante de suor. Mesmo de costas ele sente que estou olhando para ele. Para de cavar, olha para mim, se apoia na enxada. Talvez também sinta que já decidi o que vai acontecer com a gente. Talvez ontem, quando fizemos o aterramento da descarga elétrica depois de ele ter me tocado a clavícula, ele tenha lido isso em mim. Enxuga o suor da testa, sorri e me acena embaraçado. Eu suspiro aliviada. Ele não sabe. Aceno de volta. Quando eu voltar de Goli Otok vou lhe dizer que está livre.

Livre de mim, isto é. Livre para me deixar.

Não tenho o direito de impedir que você seja pai, é o que vou lhe dizer.

Pronto, botei no papel.

Entre Rafael e Vera existe uma osmose. Toda informação transmitida a um deles logo vai ecoar no outro. Não se passaram nem sete minutos que falei com Rafael e o telefone tocou. "Guili!", ressoou a voz de minha avó, "Rafi acaba de me contar! E eu quis muito dizer a você como estou agradecida por isso!" "Não precisa me agradecer, vó, estou fazendo isso por mim também." "Mesmo assim, é muito importante também para seu pai e para mim, e mais ainda para Nina." "Está bem, que seja. Como vai, vovó?" "Olha, desde ontem, teve aquele festa que vocês fizeram, vocês enlouqueceram completamente, e depois Nina contou o que ela acha que tem, você já deve ter ouvido, e eu pesquisei um pouco na computador, e isso não está me dando descanso. E durante a noite, quando comecei a pensar na viagem para Goli, e então ainda não sabia que você ia também, fiquei deitada na cama pensando, e vi coisas passarem como em um filme, e parte dos coisas já contei a vocês, e parte vocês não sabem, e até de manhã fiquei com espécie de tremor... E eu sei como você, Guilush, sempre sentiu o que doía em mim, todo o triste em mim..."

Alguma coisa na voz dela, alguma pequena e obscura sinuosidade, me lembrou de repente o que ela me dissera quando eu era jovem, o olhar dela quando me deu uma ordem, que eu não permitisse que ninguém distorcesse a história dela. Contra ela.

Ali estava a oportunidade de perguntar se era verdade aquilo de que me lembrava, ou pensava que me lembrava, aquilo que ela me tinha contado certa noite havia muitos anos, quando eu estava quase morrendo na UTI do hospital Hadassah, com as veias do pulso cortadas e, para mais segurança, com um coquetel de comprimidos no estômago, por causa daquele desgraçado que tinha me abandonado depois de três anos. Ele de repente enjoou de mim. Uma noite, logo depois de transar, ele se afastou de mim e de repente eu o vejo sentado na cama olhando para baixo, para o chão, pensativo. E isso em si mesmo já era estranho, pois pensar não era o seu forte. Então ele passou a mão em seus maravilhosos cabelos cor de trigo e disse: "Sabe, Guili, não é para mim". E eu olhei para onde ele estava olhando, talvez tivesse descoberto o segredo da vida, e vi que eram meus chinelos que estavam lá, um pouquinho maiores que os sapatos dele, juro que foi isso, foi por isso que Judá foi destruída. Após três anos de um namoro ardente e almas gêmeas e "você nasceu para mim" e promessas de um futuro comum. Vovó Vera ficou comigo na UTI três noites e três dias e exigiu de mim que não morresse. "Guili, não morre, Guili, não vai embora, Guili, levanta esse cabeça." E meu pai circulava pelo corredor e rugia como um leão ferido, ouviam-no no andar inteiro, e toda vez a segurança o tirava de lá, e toda vez prometia que ia se calar, e quando se aproximava da minha cama lhe irrompiam novamente os rugidos. O tempo todo que fiquei lá, na UTI, Vera falou comigo sem parar, sem dormir, e lutou e me puxou para fora de onde quer que eu estivesse, por três dias e três noites quase não comeu — meu pai me contou quando acordei — e para não adormecer rasgava a pele dos braços com suas unhas bem-tratadas. E mesmo inconsciente eu a ouvia, ou me parecia ouvir, dizer a si mesma num transe: "*Oi*, como nós, mulheres da dinastia Bauer, somos loucas de amor, vamos até o fim, amamos nosso homem mais do que a nós mesmas, mais do que a vida". E havia uma espécie de orgulho estranho em sua voz, algo que mesmo em minha situação terrível eu sentia que não devia existir ali, que não era adequado àquela situação, e ela estava como que insinuando que eu fora recebida em algum clube exclusivo de mulheres que amam demais. Em meio ao nevoeiro em que me encontrava, na segunda ou terceira noite, numa das horas de incerteza em que lutava por mim, ouvi de sua boca, ou de algum modo assimilei da maneira como um conhecimento às vezes se transmite entre duas pessoas sem que uma só palavra seja dita, ou talvez só tivesse alucinações provocadas por um estômago do qual haviam acabado de extrair trinta comprimidos antidepressivos e vinte antipiréticos, porém é mais provável que eu tenha delirado a versão não censurada do que tinha acontecido na sala de interrogatórios da UDBA, em Belgrado, que acabou com a vida de Nina e continua a envenenar nossa família já faz três gerações.

"E agora Rafi está dizendo que você também vai com a gente. E que disso vão fazer, juntos, o seu filme..." Vera estava radiante ao telefone, e eu quase ousei, estava na ponta da língua perguntar se isso tinha mesmo acontecido ou se eu tinha sonhado, e não tive coragem, de repente tive medo de não conseguir evitar que alguém (mas quem?) distorcesse a história de Vera contra ela. Tive muito medo de não conseguir mais amá-la. "E saber que você vai junto, isso ainda me desnorteia mais do que um anestesia, Guili. E de repente vi que talvez eu já seja de fato muito velha, um Matusalém, é o que sou!" Ela riu: "Sou velha como Bíblia! E durante tantos anos fui como urso que dorme o inverno todo, e agora, hu hu!, chega primavera, e eu mais uma vez tenho de lutar para viver, e por verdade do que aconteceu".

E como primeiro passo para os preparativos para a guerra, minha avó de noventa anos (e contando) sobe numa cadeira que pôs em cima da mesa, e se esgueira para dentro do sótão, de onde tira uma mala gigantesca, não a da noite de núpcias, mas aquela com que Tuvia e ela viajavam — chegaram até o Japão, aqueles dois, até a Patagônia e a Groenlândia. E enquanto ela manobra em marcha a ré no sótão (eu estremeço ante a ideia de que ela fez isso, na sua idade, sozinha, pondo uma cadeira em cima da mesa, subindo e descendo; eu a imagino com a cabeça enfiada no sótão, suas pernas finas dentro do jeans esperneando no ar — me vem à mente a experiência de Luigi Galvani eletrocutando uma rã), enquanto ela manobra, depara com uma caixa de papelão empoeirada na qual escreveu "Guili — bugigangas" com um marcador preto, e lá estão minha antiga Sony e alguns cassetes se esfarelando, e um cassete empoeirado porém inteiro, meu primeiro filme, de quando eu tinha quinze anos, que nunca foi projetado, e que talvez agora, junto com o que vamos filmar em Goli Otok, seja ressuscitado.

Quinta-feira, 25 de outubro de 2008. Seis horas da manhã. Área do duty-free no aeroporto Ben-Gurion. Esperando vagar alguma mesa na praça de alimentação. Vera e Rafael conversam baixinho. De vez em quando nos lançam olhares. Eu e Nina estamos uma diante da outra como duas meninas repreendidas que não se olham nos olhos. Rafael tira a Sony da mochila, e eu e Nina, de novo, numa sincronia maravilhosa, nos afastamos uma da outra. Ele filma, e eu lhe dou as costas. Filmar minha cara de manhã é um despropósito, e estar com Nina no mesmo frame me dá claustrofobia. Ele, com zoom, se aproxima de Vera. O rosto pequeno e forte, a boca contraída, o batom vermelho e o movimento irado da mão: "Para, Rafi, me deixa, tem aqui garotas mais bonitas!". Ele a deixa em paz e passa para Nina. Circula em torno dela e ela não tem forças para despachá-lo. Encolhe-se toda no anoraque que pertenceu a Tuvia, e isso também me dá nos nervos. Tenha paciência, depois de toda amargura que ela causou a ele e a Vera, ainda tem coragem de se abrigar nesse casaco? E mesmo assim não consigo parar de olhar para ela. Para a palidez dela. O rosto sem um pingo de sangue. Seus lábios transparentes. Ela quase não tem peito. "Quando ela pareceu ser mais feminina", ele me disse uma vez, "foi nas primeiras semanas depois de ter dado à luz."

"Mas isso é óbvio", eu disse, jogando para trás num movimento gracioso minha vasta cabeleira. "Foi o contato comigo."

O que ele viu nela, como homem, e o que ainda vê nela, só Deus sabe. Quase todas as mulheres que ele teve depois dela eram mulheres-mulheres, nem sempre um exemplo de bom senso, mas dentro de uma margem razoável. E é justo no traseiro magro dela que ele está chumbado há quarenta e cinco anos.

Ele não para de girar a câmera em torno dela, e ela sofre em silêncio, compreende que é um tipo de imposto sobre viagem que é obrigada a pagar. Ela se envolve em si mesma, fechando-se hermeticamente. Eu os observo. Impossível negar que existe algo entre eles. O que faz de duas pessoas um casal? Uma centelha? Uma atração? Uma ligação particular? Pertencimento? Uma demora de um milésimo de segundo no olhar como se fosse casual? Tudo isso vale. Mas o mais importante é a sensação de estar em casa. Algo como uma pátria. Você viajou, Guili. Defina pátria. Talvez o lugar no qual você sabe, com o corpo, quando é que a luz no sinal de trânsito vai mudar. Nada mau, mas quando se trata de dois, Guili, duas pessoas, o que as transforma num casal? Talvez a mesma coisa que acontece com o sinal de trânsito.

Eu e Meir estamos juntos há seis anos, e é a primeira vez na vida que de fato sinto que faço parte de um casal. Mas agora ele quer um filho. Quer muito. Com sua delicadeza típica, parou de falar sobre o assunto, mas isso paira entre nós o tempo todo, e não posso, não sou capaz de ter um filho. Uma maldição cai sobre mim.

E remando contra esse movimento nostálgico, tiro Meir de mim, e a mim mesma junto com ele. Não somos nós os protagonistas dessa história. Eu o apago nos próximos dias. Ele não está nesta jornada. Não existe Meir, não existem Meir e Guili.

Penso, por exemplo, na ideia que meu pai teve, quando rapaz, de que se se deitasse com Nina ela voltaria a ter expressões fisionômicas, e como aquilo que começou como uma tolice infantil e romântica determinou o destino dele e dela, e também o meu. E como uma ideia idiota e pretensiosa se transformou afinal, no caso dele, num amor tão absoluto que quase não dependia do que Nina fizesse ou não fizesse, fosse ou não fosse. E esse amor até que me desperta respeito por meu pai, que agora se humilha ao se derramar sobre ela com sua câmera. Pois, de fato, quantas pessoas da idade dele continuam a manter dentro delas um amor tão ativo, dedicado, canino, realmente submisso, quase coitado, ainda mais quando só se manifesta por uma das partes?

E então Nina diz baixinho: "Rafi, basta", e ele para na hora, como se despertasse de algum ataque, e fica ali enxugando o suor da testa com um lenço. Há anos eu lhe imploro que faça um upgrade para lenços de papel, mas aqui se trata de um estilista retrô particularmente teimoso.

Com um suéter cheio de losangos que Vera tricotou para ele.

Ele está isolado, empatando aquele fluxo de mulheres. Todas com algum propósito, e só ele permanece empacado, parece não ter objetivo. Verdade que ele tem aqueles grupos de rua dele, quatro grupos difíceis em Akko e em Ramle, e ele se relaciona com aquela turma como se fossem filhos dele, não estou exagerando, e eles também veem nele um pai. Mas o que o faria reviver de verdade, o que faria com que sua vida melhorasse, caso ele renunciasse às palpitações provocadas por seu amor por ela?

E então ele se vira para mim e assente, como se tivesse ouvido a pergunta.

E agora trabalhe um pouco, Guímel, para que Reish não diga que você está comendo de graça.

Nina, como já escrevi, veste um anoraque azul estufado, jeans cinza-claro, um cinto fininho azul com uma pequena fivela prateada. Uma blusa de um azul-celeste anêmico como ela, e um suéter azul de gola careca. Cabelos presos, não pintados, grisalhos no limite do prateado. Óculos de aro delicado, verdes. Não usa anéis. Não usa brincos. Não usa pulseiras nem relógio. Uma fina corrente de prata no pescoço. Sapatos baixos. Não está maquiada. Nunca está. Por que estou fazendo esta enumeração, que não serve de forma alguma ao filme de família que estamos rodando? Porque eu e Rafael, como sempre, fazemos nossos filmes com o máximo de seriedade.

Porque talvez, quem sabe, de tudo isso saia algo diferente, maior.

Por isso faço meu trabalho no espírito da escola total de Rafael, meu pai e mentor, que exigia da jovem continuísta que assumisse a responsabilidade pela completude da experiência que está sendo vivida, inclusive pela que fica fora do frame — "também aquilo que quase aconteceu faz parte da realidade". Acho que mencionei que eu tinha dezessete anos quando ele me abrigou sob suas grandes asas e me ensinou, à sua maneira obstinada, fotografia e direção cinematográfica, e, mais do que tudo, insistiu que eu escrevesse — você tem olhos e mãos, talvez sua vocação seja a da escrita, ele me disse mais de uma vez —, que escrevesse as coisas que não aparecem explicitamente no filme, pensamentos, associações, até mesmo lembranças fortuitas de pessoas da equipe, mas também as minhas. Ele valorizava as ideias e as lembranças de uma garota caótica, e não tinha medo do excesso ou do exagero, como alguns diretores com os quais trabalho hoje em dia, para os quais, às vezes eu sinto, excesso ou exagero é apenas sinal de mau gosto.

Ele me ensinou a transbordar de ideias, centelhas, "pensamentos bastardos", era como os chamava, e era assim que falava. Tinha riqueza de vocabulário, de verdade. E eu gostava de pensar que eu mesma era de certo modo a bastarda do pensamento dele. Uma vez cheguei a cometer a tolice de dizer na presença de outras pessoas que eu havia saltado para o mundo da cabeça dele, como (peço desculpas) Atena saltou da cabeça de Zeus. Ele ficou amarelo-açafrão, não gostou nada daquilo, e logo saiu com uma piada, que no máximo eu tinha saltado do galo que Nina lhe havia deixado na testa quando era rapaz. E com isso conseguira colocar Nina na jogada, e de novo perdi para ela. Tudo bem.

E para a vivência totalizante exigida por Reish, aqui estou em pleno aeroporto Ben-Gurion me obrigando a pensar, por exemplo, no que Nina tinha vivido desde a festa de aniversário no sábado. Tento imaginar como ela contou para Vera sobre a doença, como aconteceu tudo, minuto a minuto. Será que passou, não passou ou poderia passar pelo rosto de Vera uma leve careta de censura ou mesmo de desprezo por Nina, por ela ter adoecido, ter sido derrotada, se rendido? ("Nina é mimada", ela me disse mais de uma vez, "não tem a força vital que nós duas temos, Guilush. Com a gente, vai fazer o quê, a hereditariedade saltou uma geração.")

Ela, Nina, olha para mim e de repente se enrijece, me lança um olhar aterrorizado, e eu fico imediatamente tensa. O que ela estará vendo, que pensamentos meus está captando? Eu a expulso de mim com uma piscadela ativa, intencional. *Hello!* O que houve com você? O programa travou? Desligar e ligar mais uma vez?

E ela fecha os olhos, seu rosto de repente fica amarelo. Grito para Rafi vir logo, mas antes que ele se mexa ela dá um passo à frente e cai — não, não cai, desaba — em cima de mim. "Desculpa", balbucia, "desculpa, Guili." Eu fico petrificada, e a madame não alivia. "Desculpa, não sei o que aconteceu..." Ela se desculpa dentro do meu pescoço, ainda mais colada em mim, e eu não gosto que toquem em mim nem de leve, com exceção de Meir, e do abraço do meu pai, que não para de nos filmar assim juntas. Foi isso que mais me deixou maluca: em vez de tirar Nina de cima de mim, ele está eternizando um momento piegas e fraudulento. E eu perco completamente o senso de realidade, pois de repente distingo uma pele, e uma pele até que quente, delicada, de repente um aroma de xampu Dove, que por acaso é o que eu uso, e o corpo, o peito dela, que eu sinto se comprimir ao meu, macio (onde ela o esconde?), e a suavidade do rosto, dos pulsos delicados.

Ela se agarra a mim, essa mulher que há trinta e seis anos me cortou da vida dela, fez um aborto, ela me abortou, verdade que com um simpático atraso de três anos e meio, pois eu já existia, a pobre Guili já tinha nascido, uma menina bem fofinha segundo algumas testemunhas e os retratos, e essa aí me raspou de dentro dela, e agora ela enfia a cabeça no meu pescoço, e eu, em vez de mandá-la à merda, não me mexo, e, aliás, descubro agora que ela é leve de meter medo. Ao que tudo indica, não é só o coração que lhe falta, faltam-lhe também os outros órgãos internos.

E pensar quantas toneladas ela pesava quando não estava aqui.

Meu pai continua a filmar, ensandecido. Ele nos cerca de todos os ângulos, nos costura juntas. Seu rosto resplandece. Os lábios carnudos e caídos intumescem. O sujeito esperou a vida inteira por esta tomada. Eu o vejo me traindo, e sei que ele não tem domínio sobre isso. É meu pai, que colou espuma nos cantos de prateleiras e mesas quando aprendi a andar, e agora pirou e me abandonou. Juro que daqui a pouco vomito.

Então agarro Nina pela cintura. Não tem nenhuma carne lá. Eu agora poderia, diante da câmera, apertar com força, uma vez só, e a partir em duas, duas metades de vespa que cairiam no chão. Só que de repente minha mão vai e acaricia seus cabelos atrás da nuca. Como faço para não explodir? Dá para compreender, usando simplesmente bom senso, como é que minha mão, carne da minha carne, pode-se dizer, vai roubar de repente uma carícia como se fosse a última das mendigas? O cabelo dela é liso e fino, meus dedos passam por ele rápidos até onde ela o prende, e eu toco num pequeno coque de pano, meu Deus, ela tem um coque. E só então eu me recomponho, a afasto de mim com as duas mãos. "Não se atreva", eu digo a ela baixinho e calmamente, direto em sua orelha tenra feito uma pequena folha — estranho, parece a orelha de uma menina. "Não se atreva a tocar em mim, está entendendo? A oportunidade de tocar em mim, essa você perdeu quando eu tinha três anos e meio. E não há um plano B para a maternidade..."

Não sei se consegui transmitir todo o discurso. Meu coração disparou, eu respirava com dificuldade. Talvez de tudo isso eu tenha articulado apenas uma ou duas palavras. Aliás, eu não falo dessa maneira com ninguém, em nenhuma circunstância. Nem nos momentos mais difíceis num set de filmagem, quando o filme fica desvairado e desmorona junto com o diretor diante de meus olhos. E como é que saiu de mim toda essa bobajada em vez de tudo que eu tinha ensaiado e preparado com antecedência em casa? Fizemos ensaios, eu e Meir, eu o deixei louco com isso. Ele não reclamou. É um cara que se adapta a tudo. Antes de sair de casa cheguei a redigir mentalmente um comunicado à imprensa, cinco ou seis frases claras e ponderadas, que para mim era importante declarar antes de partir, e queria que Rafael e Vera fossem testemunhas: Não tenho nenhuma questão com você, nem boa nem ruim. Já faz tempo que você não me faz mais sofrer. Durante toda a minha vida você não existiu, e agora vai continuar a não existir. E estou fazendo esta viagem só para preservar as memórias da vovó Vera, está entendendo?

Temo não ter dito nada disso.

Ela arregala os olhos enormes. Tem olhos espantosos, não há o que dizer, é o que há de mais vivo nela. Os olhos de Vera. De um verde-esmeralda intenso. Aqui a "hereditariedade" não deu nenhum salto. Ela se afasta de mim e faz um sinal a Rafael para que pare de filmar, e ele obedece. As pessoas nos olham. Ela endireita a roupa e o cabelo, desarrumados naquela cena vergonhosa que ela acabou de aprontar. Suas mãos tremem um pouco. A mim parece que o que aconteceu mexeu com ela de verdade. Uma palidez dessas nem mesmo ela é capaz de falsear. De repente eu me dou conta: será que está com medo de que isso seja um sinal? Um sintoma da doença?

Esta noite eu li um pouco sobre sua doença. Nina em si me interessa tanto quanto a cutícula de uma tartaruga, mas mesmo assim tenho certo interesse por doenças hereditárias que por meio dela poderiam fluir impetuosamente para o futuro. Li sobre a necessidade do doente, intensa, sobretudo nos estágios iniciais, de tocar, acariciar e abraçar até mesmo pessoas totalmente estranhas (Aha! Talvez isso explique os fornicadores? Será que por todos esses anos eu caluniei uma mulher doente e desamparada?).

Faço um sinal para Rafael: não é o caso de desistir? Veja o estado em que ela está. Como é possível viajar assim? Vera chega e se posta diante de Nina, põe as duas mãos em seus ombros e as desliza em seus braços repetidas vezes, e esse movimento por alguma razão nos acalma a todos, é até levemente hipnótico. Estamos de pé olhando para ela, para seus movimentos, e é como se eles passassem direto para mim das mãos de Vera, que traiu Nina, que abandonou *a mim*, "Chad Gadia".*

    Somos chamados para o embarque. Rafael volta a filmar. Mas agora ele filma o terminal. Duas comissárias de bordo indianas, um cãozinho triste em sua gaiola de voo, um funcionário que serpenteia uma longa fila de carrinhos de bagagem. Material que nos ajudará futuramente na edição do filme. Uma família com um casal de gêmeos louros e angelicais está atrás de nós na fila, nos olhando. Rafael explica que estamos partindo para uma jornada de descoberta de raízes. Primeiro iremos até a aldeia onde a avó nasceu — ele diz "avó" como se Vera fosse uma avozinha miúda, simpática e fofa — e depois vamos de barco até a ilha em que ela esteve presa fazendo trabalhos forçados durante quase três anos. Rafael gosta de conversar com estranhos, ansioso por transformá-los em não estranhos. Se pudesse, faria de todas as pessoas do mundo não estranhos. Um traço que com certeza não pegou de mim.

    Pela janela do avião veem-se montanhas cobertas de florestas. Nuvens pesadas, mais baixas que as montanhas. A cabine de passageiros está quase às escuras. Se o tempo continuar assim até amanhã, não poderemos pegar o barco para Goli Otok.

---

* Canção em aramaico que se canta no *Seder*, a refeição familiar de Pessach, e que conta como um cabrito foi comido por um gato, que é mordido por um cão, que é espancado por um pau, que é queimado no fogo... até chegar ao anjo da morte, que é morto por Deus.

Em algum momento no voo, eu e meu pai nos encontramos na fila do banheiro. Ele está pálido e suando. Seu medo de voar o tortura. Eu lhe pergunto se ele tem noção do que Nina está planejando para nós. Que tipo de filme ela quer que a gente produza para ela. Um filme sobre Vera? Sobre Vera e Nina e tudo que houve entre elas? Qual vai ser o foco?

Ele não tem uma resposta. Simplesmente não sabe. Nina lhe disse em uma das conversas telefônicas durante o planejamento da viagem que tinha uma ideia, mas ainda não conseguia exprimi-la. "Ainda não está toda pronta", ela disse, e quando Rafael a pressionou, ela só disse que quando estivermos no lugar em questão, na ilha, ela ia saber se estaria disposta àquilo. Nosso diálogo transcorreu, como disse, junto à porta do banheiro, e foi interrompido quando meu pai entrou.

Ele se demora lá dentro. Nos últimos anos ele tem sido um pouco lento nesse assunto, e eu, como aquela que está publicamente em contato com ele, sou percebida pelos que estão na fila como sua representante, e absorvo toda a radiação do azedume deles.

Sai Rafael, entra Guili.

Limpo aqui e ali, elimino evidências, embora ninguém fosse suspeitar que era eu a culpada por aquilo ali. Bem, ele é meu pai e sou um pouco responsável por ele.

Zagreb vista do alto é uma cidade bonita. Chuva nas janelas do avião. Belo pouso. Aprendi que os croatas também batem palmas entusiasmadas para o piloto automático.

Controle de passaportes. Tudo transcorre sem percalços. Nós nos dividimos: deixamos Vera e Nina tomando conta das malas, eu e Rafael vamos pegar o carro alugado. Rafael fala de novo, agora para a câmera, sobre o momento na festa de aniversário — momento que me emocionou também — em que Vera ergueu no ar o pequeno Tom e o traço de todo um ciclo de vida se desenhou por um instante naquele movimento. E de repente o pensamento banal de que Vera em breve não estará mais aqui, diz Rafael enquanto esperamos que o funcionário da Avis com seu corte de cabelo moicano traga o Mazda, e esse pensamento o fere de modo quase insuportável, como se se tratasse da morte de alguém muito jovem, na flor da idade, mas também, acrescenta admirado (Rafael, doce como só ele, às vezes é como um turista acidental dentro da própria alma), também se sentindo como um menininho prestes a perder a mãe a qualquer momento. "Um pensamento bastante ridículo para um homem da minha idade, ainda mais um homem que ficou órfão uma vez", ele diz com um espanto sincero para a câmera que eu seguro diante dele, e no mesmo instante vejo o que já tinha visto mais de uma vez em documentários: como coisas comuns e banais que uma pessoa diz diante de uma câmera — uma câmera atenta, simpática — de repente ressoam nela como se as tivesse ouvido pela primeira vez, e na história que ele tem contado para si mesmo durante anos abre-se uma rachadura.

Rafael fica em silêncio, passa distraído a mão no rosto grande, na barba desgrenhada, na testa alta e enrugada, mostrando-me a tocante figura de um homem exposto, e então se refaz. "Basta, Guili, o filme não é sobre mim, é sobre Vera, não se esqueça." Mas eu já começava a pensar diferente. Era sobre todos nós, eu disse a ele, "sobre você também, e sobre Nina e talvez um pouco sobre mim, ninguém vai se salvar." E pensei que seria um clássico filme de catástrofe, só que, no nosso caso, catástrofe em slow motion, a catástrofe da vida comum, com a qual aprendemos a conviver e que come na palma de nossa mão.

"*Ial'la*, desligue o aparelho, é uma pena gastar bateria, o nosso Mustang está chegando", diz Rafael. E eu me viro com a câmera num movimento suave e equilibrado (hoje em dia existem câmeras que fazem movimentos suaves como os da natureza — um dia, quando eu for rica...), vejo um limãozinho pequeno e amarelo sobre rodas, se arrastando preguiçoso em nossa direção, e meus olhos escurecem. Que idiota, juro, por que fui tão muquirana? Rafael tinha dito explicitamente para não economizar no carro, mas eu, como sempre, estava preocupada com o orçamento do documentário, isto é, com o orçamento do meu pai, que é o assistente social mais velho de Israel e mal ganha o suficiente para sobreviver de um sábado a outro; é o magnata das quadrilhas de rua, como já mencionei, imagino.

O limão parou ao nosso lado e o funcionário se espremeu para fora dele como se fosse o caroço. Rafael me lançou um olhar que dizia "onde é que você estava com a cabeça?". Ficou ali coçando a testa. Só o pé dele caberia, nós quatro iríamos sufocar. Vamos virar um bloco compacto. Simplesmente seremos fundidos num só ser. Mas logo se constatou que no limão cabiam muitos. As malas e mochilas, e também meu pai, se acomodaram, e eu sentei ao lado dele, e havia espaço até para a imensidão das minhas pernas, e atrás, pelo visto, também era suportável. Vera e Nina sentaram caladas e sombrias, talvez ainda atordoadas pelo voo, ou enfim conscientes de que estávamos ali todos juntos, para a vida ou para a morte.

"O quadrilátero das Bermudas", escrevo no caderno, e Vera se inclina para a frente e pergunta: "O que está escrevendo aí?". "Nada de mais. Para mim mesma. Anotações. Lembretes para a hora de editar." E Nina, lá de dentro de seus invólucros, se interessa: "Anotações de que tipo?". Não respondo. "Guili, sua mãe fez uma pergunta." "Ela não é minha mãe", eu digo.

A caminho. Eu luto com um GPS incrivelmente sofisticado, que insiste em dar instruções em croata. Vera reclama que aquelas instruções a fazem lembrar dos avisos nos alto-falantes do campo de prisioneiros. Nina está enrolada em seu casaco como a crisálida no casulo.

É meio-dia. Vera distribui sanduíches. Mais duzentos quilômetros até Čakovec, sua cidade natal. Direção noroeste. Colinas suaves. Muito verde. Abundância. Vera começa a emitir sons abafados de emoção. Bate com as duas mãos no rosto, aponta com o dedo: "Ioi! Que florestas! Que montanhas! Como é belo minha pátria!".

Uma chuva fina. Belos jogos de luz nas nuvens. Eu fotografo em *still*.

Rafael dirige muito bem (o homem foi diretor de cinema, hoje cuida de jovens dos mais difíceis, e assim mesmo sempre me surpreende ao demonstrar qualquer habilidade no mundo prático).

Consegui fazer a conversão do GPS. Suspeito que neste automóvel, antes de nós, viajaram israelenses: as instruções em hebraico são com a voz de Shimon Peres.

Čakovec. A cidade natal. Cinquenta mil habitantes.

A chuva cessou.

Agora eu também começo a me emocionar. Vera nasceu aqui. Aqui ela era uma menina. Durante toda a minha vida ouvi falar da cidade, da casa, da loja — "o firma" — e dos feitos do meu bisavô. E eu já lamento não ter tido tempo para me preparar emocionalmente. Tudo foi muito rápido. A festa em homenagem a Vera, a visita de Nina, a notícia da doença dela.

E também uma simples emoção civil se apodera de mim — estou no exterior!

Faz sete anos que não viajo para fora.

Sinto que de minuto em minuto vou perdendo as angústias israelenses (e imediatamente isso me enche de angústia).

Estacionamento municipal. Fileira 3, coluna B. Caminhamos até o centro da cidade. Está começando. Acontecendo de verdade. Estou com o caderno na mão. Rafael segue à frente. Ele nos filma, me faz um gesto para tomar notas, registrar pensamentos. Escrevo. Canteiros de flores, cafés, guarda-sóis com o logo da Coca-Cola, estátuas. Telhados de telha. Pombos. "Anote." Não há como saber do que vamos precisar quando eu editar o filme. Filme que não dá para saber o que será.

A rua principal de Čakovec. Um calçadão tranquilo. Silêncio. Apenas uma caixa de som tocando um jazz em algum lugar. Não há prédios com muitos andares. Árvores, bordos (eu acho. Filmei com a portátil, para identificar depois). Casas de tijolos vermelhos e brancos. Uma igreja de cor clara. Cafés quase vazios. Casais passeando com carrinhos de criança. "Anote." Grandes cães sonolentos estendidos nas calçadas. Têm algo de pueril que inspira confiança. Vera corre a nossa frente, oscilando sobre suas pernas finas, de amazona. Aqui era assim, ali era assado. Vai até uma mulher idosa com um cão minúsculo enfeitado com uma fita: "Perdão, será que a senhora me conhece?".

E todo esse tempo Nina não diz uma só palavra. Ela se arrasta atrás de nós.

É esta a mulher que tornou escura minha vida?

A cada minuto, a cada segundo, mesmo sem olhar, meu corpo sabe direitinho onde ela está.

A caminho da casa de infância de Vera.

Tenho a impressão de que ela tem um pouco de receio desse encontro. Pede que paremos para nos fortalecer com um café. Declara que nos Bálcãs só existe um café que presta. E vai nos guiando agilmente por ruelas estreitas, sem um mapa, até o Cabana Royal, que ela conheceu na infância. É inacreditável que ela não tenha a menor dúvida de que ele ainda esteja lá, esperando por ela, obediente, mesmo depois de oitenta anos.

"Dá para não ter inveja?", sussurra Rafi em minha orelha ao me ultrapassar e ir atrás dela com a câmera.

Para grande surpresa, o café ainda está lá. Vera é toda palpitação. "Aqui! *Ioi!* A gente sentava aqui. Aqui meu pai jogava preferans com os amigas dele, e eu tomava sorvete de amora aqui!" Acima do balcão há um anúncio do espetáculo de um hipnotizador, de cuja boca desponta um dente lateral com uma estrela prateada. O chefe dos garçons — a bem da verdade, é o único empregado, mas como tem uns bigodes imperiais resolvi promovê-lo — nos mostra, presa a uma parede, uma pequena cristaleira que contém um maravilhoso aparelho de porcelana: bules delicados, xícaras finíssimas e ornamentadas. "Em Buckingham, no palácio do rei George, tinha um serviço de chá igualzinho a este, meus senhores! Em Londres!"

Ele não sabe se há uma sinagoga em Čakovec. "Mas há uma estátua em memória dos judeus da cidade que morreram na Segunda Guerra. Eles foram levados para Auschwitz." "Meu pai e minha mãe também foram para lá", diz Vera. "Que terrível", diz o homem, "até hoje não dá para entender que isso tenha acontecido." Ele fala com simplicidade e sinceridade. Seus olhos lacrimejam.

No café, um homem sentado ao nosso lado lê um jornal preso a uma haste de madeira. Ele nos ouviu falar hebraico e, com uma reverência, pede licença para se juntar a nós por um momento. Barbicha, óculos, paletó de camurça marrom com reforço nos cotovelos, como manda o figurino. É professor de literatura eslava e põe um pouco de ordem em nossa confusão balcânica. Conta da guerra que houve aqui na década de 1990. "Não, não foi uma guerra civil!", ele se enfeza quando cometo o erro de dizer isso. Seu rosto fica vermelho: "Foi um ataque militar bárbaro por parte de soldados sérvios, com tanques sérvios!". Agora é impossível fazê-lo parar. Descreve impetuosamente os rios de sangue, os assassinatos, os estupros. Quatro membros de sua família foram mortos, assassinados por vizinhos e amigos.

Me sinto mal. Mal de verdade, a ponto de ter vertigem. Todo esse sangue, essa maldade, toda essa gente.

O professor continua com sua aula e eu tento anotar, tanto por respeito a ele quanto para ampliar meu conhecimento. Canso logo, salto trechos, superficial como sou. Rafi e eu trocamos olhares fortuitos em nossa frequência interior. Uma salada total, esses Bálcãs, e só aterrissei faz três horas. Em Israel tenho um conflito encantador só meu, que tampouco consigo entender totalmente.

A casa em que Vera nasceu fica na rua principal, não longe do café. Seguimos apressados para lá. Vera caminha o tempo todo alguns passos a nossa frente. Quando chegamos, ela já está lá, os braços estendidos: "É aqui, crianças, foi aqui que eu nasci". Eu pego a câmera de Rafi, que reluta em me ceder. Filmo Vera com a casa ao fundo. Conheço sua história de cor. No primeiro andar funcionava a "casa comercial de Bauer", que era do pai de Vera, meu bisavô; no segundo andar morava a família. Pai, mãe e quatro irmãs. Hoje o primeiro andar é uma grande agência do Zagrebačka Banka, e o segundo é uma residência particular. Por um portão trancado se pode entrever um grande jardim, abandonado. Eu filmo tudo. Alterno o tempo todo entre vídeo e stills. O módulo fotográfico da minha câmera portátil está estragado, tira fotos com manchas brancas e longas rachaduras. Pergunto a Vera se ela quer que a gente tente entrar na casa da família dela, no segundo andar.

"Nada aqui é como era, e não tem nada que eu queira procurar lá."

Mas é com boa vontade que ela conta: "Nós tivemos aqui, afinal de contas, vida boa, rica. Tínhamos um cozinheira, e eu

tive um governanta até dez anos, e um moça que limpava quartos, e um jardineiro, e mais um sujeito que cuidava das árvores no jardim lá atrás, e tinha fogão a lenha, forno de cerâmica com três níveis..."

Ela nos descreve uma sala de estar gigantesca, iluminada, tapetes grossos, uma escadaria em curva que levava ao segundo andar. Junto à cozinha havia um *shpaiz*, uma despensa, com salsichas penduradas e grandes sacos cheios de arroz, farinha e açúcar, frascos com banha de ganso, barris com pepinos em conserva e repolho. E no porão, em cima de palha, batatas para o ano inteiro...

Rafi pede a câmera, está vermelho de excitação, os olhos sorriem. Esta jornada começa a entusiasmá-lo. Ele foca em mim. Me deixe em paz. Mas ele insiste, pede uma fala de abertura para a viagem. Não sou boa nesse tipo de declarações, mas de repente até que me lembro de algo: "Tem um verso de Moti Baharav, '*Antes de nascer novamente, verifique bem onde você se encontra*'".

Rafi pergunta onde eu gostaria de ter nascido.

"Por que você acha que eu gostaria de ter nascido?"

Ele se retrai, procura um objeto mais confortável, mais cooperativo: "Vera, aqui, para mim. Fale algo sobre seus pais. Eles se amavam?". Se Rafi procura a fonte de inspiração do amor absoluto de Vera e Miloš, não está no lugar certo.

"Amor?" Vera ri. "Não, não, ela com certeza acabou por acostumar com ele. Mas minha mãe era mulher muito contida, e entre eles havia muitas diferenças. Ele, por exemplo, gostava de aproveitar a vida, curtir, e ela não. Ele, todo inverno, em época do Natal, ia para Budapeste. Levava uns 50 mil dinares e ia de café em café, ia a teatro e quem sabe aonde mais. Ele se divertia! Dançava! Assim são povos húngaros, Rafi, eles ouvem música cigana e quebram copos! Meu Miloš também era assim. Se por um lado era delicado e tímido, por outro dançava como demônio. Você não tem ideia. Quando ele e a mãe, camponesa, dançavam, pés deles não tocavam o solo! E ela, minha sogra, assim, com lenço...", e ela dança rodopiando sobre si mesma na rua, faz um sapateado desarticulado com seus tênis de um roxo fosforescente. Que grande tomada. Rafael sorri para mim, satisfeito.

Mas onde está Nina? A continuísta, como se sabe, também é o cão que reúne o rebanho, e Nina, por qualquer critério, é a cordeirinha desgarrada e também a ovelha negra. Está de costas para nós, a cabeça baixa, parece um tanto perturbada.

Vera conta: "Com doze anos, primeira vez veio um pensamento sério, ainda estou dormindo em minha cama debaixo de cobertores, e já chega em casa empregada e arruma quartos e banheiro, e quando eu levantar, quando grandes senhores levantar, vão estar aquecidos. É primeira vez que esse tipo de ideia começa a trabalhar dentro de mim".

"Que ideia?", pergunta Rafi.

"A ideia de responsabilidade das pessoas, e a ideia de dinheiro e de pobreza. Porque eu ia para ginásio de trem, e de todas aldeias em volta vinham crianças a pé e no escuro, junto aos trilhos. E lá na escola tinha fogão, e elas punham meias em cima dele. E eu voltei para casa e perguntei, mãe, posso trazer duas ou três crianças como essas para casa? E minhas três irmãs maiores zangaram: Esses fedorentos com piolhos? Para de ser idiota!

"E mamãe até que concordou, mas ela não mandava em casa. E ela sentou e leu para mim trecho do livro *Mãe*, de Górki, e então compreendi que minha mãe estava comigo, e aqui na barriga começou a trabalhar algo sobre pobres e ricos e sobre injustiça que existe no mundo."

E de repente ela se dirige a mim: "O que você escreve tempo todo, Guili?".

"Escrevo o que você diz, vovó. E o que filmamos, e o que

existe a nossa volta." E o que não foi dito, e o que não está visível aos olhos.

"É? Isso serve para quê?"

"É assim que Rafi e eu trabalhamos, isso vai nos ajudar depois na edição."

A partisan que existe nela está inquieta. A mulher que depois da guerra trabalhou dois anos na contraespionagem de Tito não está tranquila. Ela me estuda com os olhos contraídos. Ser sua neta há quase quarenta anos não me concede neste momento nenhum crédito. O olho direito dela se aproxima de mim num close up: "E o que, por exemplo, você escreveu agora, neste momento?".

Eu leio: "'Vera tem uma alma comunista'. Está correto dizer isso?".

"Não! Não, não, não! Vê, ainda bem que perguntei! Alma socialista, isso sim! E só depois cheguei ao comunismo, mas de maneira alguma comunismo de Stálin... Não de assassinos!" E mais uma vez ela me lança um olhar pensativo. Seus sentidos não se enganam. Desde que nos pusemos a caminho, e nos dias que antecederam a partida, estou um pouco afastada dela. Toda vez que nossos olhares se cruzam, eu lhe transmito advertências do tipo: você é minha avó, e eu adoro você, e você salvou minha vida quando eu era uma menininha, e cuidou de mim e de meu pai quando Nina nos abandonou, e me criou como uma filha, mais que uma filha, sua filha Nina você não criou assim, e salvou minha vida novamente quando tentei o suicídio, e durante um ano inteiro você me ressuscitou com quiches e sopas e bolos, você cozinhou para mim, não esqueço, vó. Mas se nestes dias em que estaremos todos juntos você não contar a sua filha o que me contou naquela noite na UTI, juro que não sei o que vou fazer.

Na verdade eu já sei.

Eu vou contar a ela.

* * *

Mas por que vou contar a ela? Boa pergunta. Por um lado eu espero que ela passe a vida inteira sem saber o que de fato ferrou com a vida dela. Este é o castigo que determinei para ela: que até o último dia sinta que toda ela é uma nota estridente e dissonante. Uma galinha com a cabeça decepada continuando a correr sem compreender o que aconteceu com ela. E por outro lado...

Será que existe outro lado?

Pois até mesmo em nome da bebê que fui, e em nome da menina que fui, me é proibido ceder a ela em qualquer coisa, jamais, assim prometi, assim jurei, não posso trair aquela bebê e aquela menina, pois não há quem vingue a vingança delas a não ser eu. E no entanto, quando ela se arrasta assim atrás de nós...

Não sei. Desde esta manhã, desde que ela caiu sobre mim no aeroporto Ben-Gurion, de repente não me sinto bem com o que ela está tirando de mim.

A maldade que ela me desperta me faz mal.

Ainda na rua, junto à casa da infância de Vera: "Quando tinha cinco anos operei amígdalas no Privat Senatorium, e minha mãe disse: 'Porque você comportou bem e não chorou e não teve medo, vai ganhar presente'. E o que foi? Menina de cinco anos, por primeira vez na vida, na ópera! Não lembro qual ópera, mas no intervalo tinha cantor com um desses perucas de juiz, e ele cantava '*Funiculì funiculá*'".

E, no meio da rua, ela canta em napolitano. Forma-se uma pequena roda a nossa volta, algumas pessoas cantam com ela, duas agitam os chapéus no ritmo da música, uma fica batendo no asfalto com sua bengala. Vera rege com as duas mãos — a bolsa de plástico branco com fecho dourado está na dobra do cotovelo — e ela está nas nuvens. Resplandecente. Alguns batem palmas. E eu, de algum modo, bem, desde que Nina chegou naquele sábado para o aniversário da minha avó, ela estraga um pouco a avó que eu tinha. Sem nenhum esforço, apenas com o olhar, ela faz com que Vera pareça, como dizer, integrar um pouco um espectro narcisista.

"Estamos em Čakovec", Vera diz para a câmera num tom de guia de excursão, "perto de fronteira com Hungria, perto de fronteira austríaca. Iria para a teatro ou para o ópera tanto em Budapeste quanto em Viena. Era nossa cultura, e húngaro foi nossa primeira língua. Assim, não sou judia balcânica, nem do gueto. Sou judia da Europa Central! Europa verdadeira! Não sobrou nenhuma europeia como eu!"

O pequeno público composto de moradores do lugar, é claro, não compreende hebraico, mas o páthos dela os conquista. Quando batem palmas, ela inclina a cabeça num gesto cheio de graça. É preciso apressá-la. Em breve o sol vai se pôr e temos uma longa viagem pela frente. Pena que eu não tenha tido tempo para organizar esta viagem como deveria. O ideal seria ficar aqui mais um dia, pelo menos. Permitir que Vera se assimilasse melhor. Dói pensar que é a última vez que voltará aqui.

Numa caminhada rápida chegamos à escola. A essa hora está deserta e fechada. Um prédio monótono, sem personalidade. Telhas, chaminés. Imagino a pequena Vera andando por aqui, lépida, um raio de luz. "E eu era o menor do turma em idade e também o mais baixinha. Parecia ter seis anos, e eles, oito, e no turma tinha uma menina, Yagoda, que quer dizer amora, e desde primeiro dia na escola ela resolveu ser minha guarda-costas. E uma semana depois eu já era camarada comandante dela em tudo. E em todas excursões na neve e na floresta eu pego mão de Yagoda e digo aonde vamos e o que vamos fazer e quando vamos voltar…"

Nina, no pequeno grupo dos locais, atrás, está assentindo para ela mesma com uma expressão sombria, alegre como fel. Assume à força o papel de um cão vadio e ferido que foi atrás de nós mas sabe que logo iremos pegar uma pedra e atirar nele.

Vera, estou vendo, está dividida entre a emoção que lhe desperta o lugar e a pena que tem de Nina. Para mim, já deu. "Me diz uma coisa", eu vou até Nina, "você está com a gente ou não está? Estamos fazendo tudo isso por você ou estou enganada?"

Ela me olha sem qualquer expressão. Meu Deus, eu me assusto de repente, ela quase não está viva. Está agarrada a um tronco. Talvez não tenhamos percebido quão grave é o estado dela. Talvez não tenha nos contado toda a verdade. "Isso tudo é um pouco demais para mim", ela diz com dificuldade, e seus lábios estão brancos. "Não fazia ideia. Vamos devagarinho, está bem?"

"O que é demais para você? Ainda nem começamos. Você ainda nem nasceu." Eu me afasto.

"Guili."

"O que foi, agora?"

"Pensei uma coisa…"

Eu trato de ficar diante dela numa postura de corpo impaciente. Esta mulher vai me deixar adolescente para sempre, ou pelo menos uma menininha de três anos, por toda a vida.

"Tive uma ideia, Guili, e estou pensando se talvez…"

"Departamento de ideias é com Rafael. Dirija-se a ele", eu digo seca e vou embora.

E volto. "Quer um pouco d'água?"

"Não. Só preciso falar."

"Rafael vai ficar contente."

"Guili-"

Alto! A palavra que acabei de escrever, Guili com hífen. Foi assim: a garota que eu era com dezesseis anos, e que, com dor no coração, estava com um metro e setenta, uma mandíbula de boxeador bonzinho e muitas espinhas no rosto, viajou até o escritório do Ministério do Interior em Haifa para corrigir a carteira de identidade que tinha acabado de receber. No balcão a sua frente encontrou um Górgona com cara de nada que não concordou em tirar da carteira o nome da mãe. E a garota, que devido à altura e ao tamanho evitava fazer cenas, já estava prestes a ir embora levando consigo sua vergonha, mas um instante antes de se declarar vencida perguntou, para sua própria surpresa, se talvez fosse possível, por favor, acrescentar o nome "Nina" ao seu.

Ela atirou isso, esse pedido, no espaço, quase gritando, e logo o apagou da memória, já que era impossível acreditar que essa possibilidade teria lugar no mundo real. E quando, duas semanas depois, chegou a nova carteira pelo correio com o nome Guili-Nina, ela se sentiu como que vítima de um feitiço...

E aos dezoito anos, já com um metro e setenta e sete ("Deus", pensava então, "e se isso simplesmente não parar? Se eu ficar me espichando como uma piada ruim, cadê a linha vermelha para pôr um fim nesse percurso?"), a garota voltou ao escritório do Ministério do Interior em Haifa. Desta vez topou com uma sorridente jovem ruiva que trabalhava lá durante as férias de verão, e ela, sem problemas nem drama, cortou a Nina da Guili. E Guili ainda perguntou, com a subserviência de quem tem uma paixão que não consegue controlar, se seria possível, talvez, deixar o hífen, só de brincadeira. E a garota perguntou: "O que você quer dizer?". E Guili pronunciou baixinho seu nome com um hífen no fim, como uma chamada em aberto para algum lugar. A atendente a contemplou longamente, e talvez tivesse captado algo, porque olhou para os lados e disse que aquilo era de fato incomum, um nome com um hífen solto, mas vamos experimentar. Que é que tem? Se alguém perguntar, diremos que foi um erro de digitação.

Tomada externa, dia. Mais uma vez em frente à casa da família. Foi um tanto caótico e sinuoso nosso itinerário em Čakovec. O pequeno grupo de fãs já se dispersou, voltamos a ser quatro.
"Meu pai e minha mãe não tiveram bom casamento", começa Vera. "Isso já disse a vocês, crianças. Ela não gostou dele logo de cara, e ele, também já disse, ele estava sempre traindo ela. E eu era como, digamos, o par dela. Comigo falava tudo, desabafava. Não com ele nem com minhas três irmãs mais velhas.
"Há vinte anos, lembra, Rafi?, em festa surpresa de meus setenta anos que vocês fizeram, tão bonita, minhas irmãs viajaram do Iugoslávia até o kibutz para ver com próprios olhos como Vera, a boboca, vivia e abria mão de capital privado. Ficamos juntas por alguns dias, e a gente fazia o quê? Falava de tempos passados. E elas me perguntaram: 'Como é que ficou tão próxima dessa esfinge, nossa mãe, que nunca ria nem chorava?'."
Nina ergue a cabeça. Na hora eu me lembro: no kibutz, quando elas chegaram da Iugoslávia, o apelido dela era Esfinge.
"E eu retruquei: 'Vocês alguma vez perguntaram algum coisa para a mamãe? Sabiam algum coisa de sofrimentos dela?' 'Não!' 'Por que não? Não sentiam nada por ela?' 'Talvez nossa mãe não fosse pessoa interessante. Mas para mim toda pessoa é interessante! Não tem ninguém que não seja! Vocês sabiam, por exemplo, que nosso pai engravidou ela oito vezes, e fizeram aborto nela em cima da mesa?' 'Não, não sabíamos... Mas como você sabe?' 'É que comigo ela falava, para mim ela contava, e fui eu que acompanhei ela toda vez que ela procurou o mulher que fazia isso!' 'Ela levou você?' 'E quem nossa mãe tinha além de mim?' 'Mas você era menina, Vera!' 'O que importa isso de menina? Eu era

menina e estava com ela. Eu *via* ela! Ela entrava lá dentro, talvez por meia hora, não mais, e eu ficava brincando no quintal..."

Rafael, Nina e eu estávamos com os olhos fixos em Vera e mal respirávamos. Ela ia desenrolando a história com uma leveza estranha, um distanciamento, como se estivesse falando de outra pessoa e não de si mesma e da mãe. "Lá no quintal tinha prateleiras de ferro, com caixas de parafusos e de pregos, com certeza de marido da mulher que tirava bebês, e eu brincava com aqueles pregos como se fossem mãe, pai e filhas, e falava com pregos, tranquilizava eles, até que mamãe saía e nós íamos de mãos dadas para casa devagarinho, com cuidado."

Sua fala ficou pesada, o olhar mais denso, como se só agora ela estivesse assimilando a história, a primeira vez desde que aquilo tinha acontecido, há mais de oitenta anos. "E no caminho todo ela chorava, e eu contava para ela sobre família de pregos..."

Ela se cala. Passa a língua no lábio superior. "Bem, com certeza isso não interessa vocês. Vamos continuar caminhando."

Ainda não tínhamos nos refeito da história quando passa um senhor gordo de cabeça raspada. Ele para e fica olhando para nós, segurando pela correia um belo husky siberiano. Pergunta que língua Vera está falando, e quando lhe respondo ele cospe no chão e se vira para ir embora. Vera, é claro, percebe. Grita em croata e lhe agita um punho cerrado. Rafael filma. O rosto dela se inflama de uma só vez. Está prestes a correr e se atracar com o sujeito. Rafael a impede com o corpo, e ela se choca contra a câmera (tomada fantástica!). O homem cospe mais uma vez, sem se virar. Algo nele, não sei o quê, talvez a nuca com a dobra, me faz associá-lo à imagem do pai de Vera batendo na mãe dela, o bisavô que não conheci mas por quem meu coração se enternece agora. O cão de olhos azuis até que vira a cabeça para nós. Ele tem certa nobreza, é até altaneiro, o que faz tudo isso ser ainda mais deprimente.

* * *

Nosso moral baqueou. Já, já vai escurecer e ainda temos trezentos quilômetros pela frente até chegar ao hotel no litoral, de onde, amanhã, pegaremos o barco para ir à ilha.

Mas ainda nos aguarda o clímax de nossa visita a Čakovec: voltamos depressa ao Cabana Royal, e em frente ao café há um prédio de tijolos amarelados e uma porta larga. "É aqui", Vera diz, e de repente tudo fica mais lento, e silencioso, e grave.

Uma espécie de véu desce sobre nós.

Rafael: "Foi aqui que vocês se conheceram? O que era esse prédio?". "Lugar para danças, festas. Agora é..." Vera põe os óculos de leitura, chega perto da parede até o nariz quase tocar os avisos colados ali. "Agora é lugar para apresentações artísticas."

Rafael: "E como aconteceu de vocês se encontrarem justo aqui?".

"Foi na festa da formatura do colégio. Eu, mocinha, dezessete anos e pouco, danço com todos, e estou alegre, sou rainha da festa, e então chega um rapaz. Me tira para dançar, e eu..."

Vera se cala. Ergo os olhos do caderno e vejo que Nina de repente entrou na história.

Isto é, no frame.

Ela deu três ou quatro passos e entrou no frame, por iniciativa própria. E agora se postou ao lado de Vera, ombro a ombro diante da câmera. Rija, o rosto contraído. Está havendo alguma coisa com ela. Vera a olha de esguelha, pelo canto do olho. Olha para Rafi. Tenta compreender o que está acontecendo.

"Por favor, continue", Nina lhe diz numa voz estranha.

"Continuar?"

"Por favor."

Vera se aconselha com Rafi trocando olhares com ele, que assente com um gesto de cabeça. Vera respira fundo: "Certo. Está bem. Está bem. Onde estava?".

"Um rapaz abordou você", Nina diz.

"Sim. Bem. Rapaz era soldado, um oficial, muito magro, alto, orelhas grandes e testa como a de um filósofo…"

Os olhos de Vera focalizam ora Rafael, ora Nina. As palavras são como pedregulhos em sua boca.

"Continue", Nina quase implora.

"Está bem. Ele chega e convida para dançar. E enquanto dançamos ele diz que não conhece ninguém na cidade."

Ela engole em seco. No ar, um devaneio obscuro e ameaçador. Como se abrisse uma rachadura na imagem da realidade.

"E nós dançamos sem falar, e pouco a pouco o não falar vira falar, ainda mais do que antes. Continuo?"

"Por favor."

"E ele sente prazer em dançar assim, e por primeira vez eu penso talvez seja isso que pessoas chamam de amor."

Silêncio.

Talvez a palavra amor é que tenha provocado tudo. Nina diz em volta alta para a câmera: "Shalom, Nina".

Silêncio. Rafi abaixa a câmera lentamente. "Nina, querida, você se confundiu um pouco."

"Por que você está me interrompendo?"

Ele sorri com esforço. "Você se confundiu."

"Com o quê?"

"Nada, coisinha de nada, com certeza devido à emoção. Você não percebeu que disse 'Shalom, Nina'."

"Não me interrompa, Rafi."

"Está bem. E agora?"

"Vai filmando."

"O.k., filmando."

"Shalom, Nina", Nina repete olhando para a câmera. "Olhe para mim. Por favor erga a cabeça e olhe para mim." Nina acena para a câmera. "Sim, assim. Ótimo. Você está me vendo. Você me conhece?"

A voz dela é doce e sufocada. Pronto, está começando, é assim que começa, com bizarrices assim. Não tínhamos imaginado até onde o estado dela era grave. E por outro lado... não. Isso não está acontecendo de verdade. Não é possível que em tão pouco tempo... Na verdade, quando é que ela foi diagnosticada?

"Eu sou Nina. Olhe para mim. Eu sou você. Mas você como você era há algum tempo, até mesmo há alguns anos." Vera não consegue virar a cabeça e olhar para a filha. Está ao lado dela olhando para a câmera. Vejo gotas de suor na testa de Rafael.

"Não tenha medo de mim, Nina", Nina diz para a câmera, "eu quero que você fique bem. Olhe para mim, não feche os olhos, está me vendo? Nós na verdade somos uma só. A mesma mulher, a mesma pessoa. Olhe para mim: você era assim há três, quatro anos, ou cinco. Eu sou você."

Rafael filma. A julgar por sua expressão, a Sony pesa uma tonelada.

"Diga, Nina, você gosta do que está vendo? Me acha legal?" Longa pausa. Entre minha boca e o nariz começa a se formar estalactite que anuncia tragédia. Penso que o que está acontecendo com Nina talvez seja um pequeno acidente cerebral. Tento me lembrar se vimos aqui na cidade alguma indicação de hospital.

Mas as palavras de Nina parecem tão sinceras e convincentes que por um momento eu fico esperando que uma voz humana lhe responda de dentro da câmera.

"Olhe para mim, querida", ela abre o anoraque que a envolve, "está vendo este suéter que estou vestindo? Lembra como você ficou contente quando encontrou ele naquela feirinha na Provence?

"Você lembra que esteve na Provence?" Nina sorri para a câmera, e eu vejo que tudo isso — mas o que é isso? O que está acontecendo aqui? — lhe custa muito sofrimento, mas ela não desiste. "É um lugar bonito, na França, no país dos franceses. Você lembra que existe esse país, a França?"

E ela torna a sorrir para a câmera: "Você esteve na Provence há muitos anos, com Rafi, lembra de Rafi? Você era jovem, vocês dois eram jovens. Jovem e bonita, você, é o que Rafi sempre diz. E Rafi amou você muito, você lembra de Rafi que amou você tanto?".

Olho para meu pai. Dentro dessa loucura toda parece que o destino dele agora depende da resposta à pergunta de Nina. Mais do que isso, a resposta dela vai determinar se ele de fato existiu durante todos esses anos.

"E você também amou Rafi", sussurra Nina, "talvez nunca lhe tenha dito isso como se deve dizer, mas você o amou."

Rafael emite um som estranho, engasgado.

"E eu espero que estejam cuidando bem de você, aí no lugar onde você está", Nina diz e dá um passo à frente. E meu pai, talvez de susto, recua um passo. E ela dá mais um passo na direção dele, e ele se firma diante dela, novamente estável. E filma. E ela sorri para ele em reconhecimento.

Ela diz: "Espero, Nina, que você esteja aquecida, e bem agasalhada, que estejam vestindo você com roupas bonitas, de bom gosto, e fazendo comidas de que você gosta, e que te deem banho uma vez por dia, com delicadeza, e passem um bom creme nas suas mãos, e nos cotovelos também, Nina, porque você sempre teve a pele muito seca nos cotovelos...".

Tem alguma coisa acontecendo aqui que não estou entendendo. Está acima da minha compreensão.

"E cuidem de seus cabelos e de suas unhas. Não deixem que eles negligenciem suas unhas, lembre-se do que sua mãe, Vera, lhe dizia sempre: as unhas são o cartão de visitas de uma lady..."

Agora é Vera quem deixa escapar um suspiro abafado.

"Sem ruído de fundo, por favor", sussurra Nina, que volta a olhar para a câmera com uma desenvoltura que me causa espanto. "Quero lhe contar uma história, Nina", ela continua com a mesma voz estranha, flutuante e um pouco adocicada. "E é uma história sobre você, Nina, sobre sua infância, e sobre seu pai e sua mãe, Vera e Miloš."

Ela não desatinou.

Não.

Está fazendo algo que não consigo descrever com palavras.

E justo neste momento Nina cruza os braços no peito, e numa voz completamente diferente, sua voz normal, diz: "É isso aí, Rafi, pode parar de filmar. É isso que estou pedindo a vocês".

Silêncio.

"Mas o que é isso?", Rafi pergunta cauteloso.

"Este é o favor que estou pedindo."

"Favor?"

"Só a vocês três eu posso pedir esse favor."

Vera dá alguns passos, fraqueja e desaba na calçada. Agarra a cabeça com as mãos.

"Você está bem, mãe?"

"Você me assustou tanto, menina."

Rafael engole em seco. "E quando você pensa que... Isto é, onde você... onde você vai assistir a isso?"

"No lugar em que eu estiver."

"Onde?"

"Ainda não sei. Quando voltarmos da ilha vou começar a procurar. Um lugar para pessoas na minha situação."

"Em Israel?", pergunta Rafi, sem voz.

"Sim", ela responde desamparada.

Um homem muito velho caminha pela ruela. Todo encurvado, ele se apoia em duas bengalas. Nós nos calamos. Ele para e olha para nós por um bom tempo. As engrenagens de seu cérebro giram lentamente enquanto ele tenta compreender o que estamos fazendo ali.

"Vou achar para ela um lugar bom, um lugar que se comprometa a lhe mostrar esse vídeo pelo menos uma vez por semana", diz Nina depois que o velho se afasta.

"A ela quem?", pergunta Vera, confusa.

"À mulher que vou ser dentro de algum tempo."

"E o que vão mostrar a ela?", sussurra Vera.

"O filme que estamos filmando agora, e o que vamos filmar amanhã na ilha."

"E ela vai se sentar diante de uma tela, ou de um computador...", meu pai murmura, e sei que a cabeça dele está em outro lugar: Nina pelo visto está voltando. Nina vai ficar em Israel.

"Não sei o quanto ela será capaz de compreender", fala Nina, "mas uma vez a cada xis tempo, digamos uma vez por semana, por mês, ela vai ver e ouvir a sua história, de como ela já foi um dia."

"Como uma história que se lê para uma criança antes de dormir?" Agora sou eu quem sussurro.

"Isso mesmo." Nina se surpreende comigo, me agradece com um aceno de cabeça. "Exato. Uma história de boa-noite antes que ela..." Nina pigarreia e engole em seco. "Antes que ela entre na escuridão."

Isso dói como um soco. Não tinha imaginado.

"Ela vai ficar ouvindo a história dela", repete Nina, com espanto, como se só agora começasse a compreender o que estava nos propondo. "Talvez isso a devolva a si mesma por alguns momentos. Talvez até lhe dê a sensação de que ela é alguém. Vai ter uma história, enfim."

Silêncio.

"Vamos fazer isso", diz Vera, se aprumando e esticando sua baixa estatura, "não é mesmo, crianças?" E Rafi concorda: "Claro que vamos fazer". Ele vai até Nina e a abraça. "É simples, vamos falar para ela, só para ela", diz Nina.

"Mas não é 'ela', é você", Vera barganha.

"Sou eu quando estiver muito doente. Quando já serei 'ela'."

Os gestos, os olhares que trocamos, tudo lento e grave. Ainda não compreendemos em que barco estamos, mas um sentimento de respeito toma conta de nós.

"Então é isso que você quer...", diz Rafael. "Sim." "E de onde vamos começar?" "Talvez daqui, do encontro de Vera e Miloš", diz Nina. "É o mais lógico, não?" "Lógico em que sentido?", ele quer saber. "No sentido de que foi assim que ela veio ao mundo."

"Você."

"Ela. Eu. Ela." Nina espicha os lábios com desconforto. "Quem sabe vocês simplesmente não aceitem que é isso que vai me acontecer nos próximos anos? Eu, ela."

"Então é para contar tudo de novo desde o começo?", pergunta Vera, que parece muito triste. "Começar contando como conheci Miloš?" "Isso, mas agora conte para *ela*, fale com ela", Nina diz, e Rafael completa: "Imagine que a lente da câmera são os olhos dela". "Está bem." "Apenas tente sorrir, *majko*, não faça ela ficar deprê." Eles estão falando de modo totalmente pragmático. E entre uma e outra frase há uma pausa. Parecem pessoas andando no nevoeiro, tentando se orientar umas às outras.

"E o que você diz, Guili?", pergunta Rafael. "Está tão calada." Não digo nada. De qualquer maneira eles já decidiram sozinhos. De qualquer maneira já desistiram num piscar de olhos do filme que queríamos fazer, do meu filme. Sou descartada. Sinto um sufoco na garganta. Sou velha demais para reviravoltas criativas como esta. Também é verdade que fico puta quando num segundo ela seduz Rafael e Vera e eles fazem exatamente o que ela quer, uma bruxa manipuladora é o que ela é. E por outro lado, ora, está certo, por outro lado...

Mas aquela bebê, e a menina de outros tempos, atiram-se de unhas eriçadas na veia de meu pescoço, para que eu não ouse ceder, não existe "outro lado", não esqueça nem por um minuto o que ela lhe fez. E eu vou sentar à parte no meio-fio, erguendo os olhos inchados para meu pai, que veio me acariciar a cabeça e olha dentro de mim com tristeza e me lê como se eu fosse um livro aberto.

"Anote, Guili. Escreva tudo, sobre você também."

Mas ainda demora um tempinho até que a gente recomece a filmar. E Vera diz: "Nina, não zangar comigo, mas não posso continuar sem saber se você tem mesmo certeza que está com *aquilo*".

"Estou doente, Vera, e vou enlouquecer se você continuar duvidando. *Estou doente!*"

"Está bem, está bem, não precisa ficar assim…"

"Há quanto tempo?", pergunta Rafael.

"Há quanto tempo eu sei que estou doente ou quanto tempo ainda me resta?"

"As duas coisas."

"Saber de fato, isto é, saber que é isso mesmo, com certeza, eu já sei faz seis meses. Talvez mais. Uns oito ou nove, desde janeiro, mais ou menos." Ela deixa escapar um suspiro. "Por enquanto meu estado não é nada ruim — como você vê, estou bastante lúcida", ela ri. "Mas quem é mesmo o senhor? Nós já nos conhecemos?"

Rafael ri, mas sei que notou, como eu, que na festa de Vera, no sábado, ela esqueceu os nomes de Orli e Adili, as netas de Ester, e também perguntou a Shleimale, marido de Ester: "E como vai sua esposa?". E em seguida fez disso uma piada.

"E os médicos?", Vera pergunta.

"Estão bem, obrigada, saudáveis como touros."

"Nina", geme Vera.

"Depende do médico a quem eu pergunto. Na média dos prognósticos que ouvi, tenho entre três e cinco anos até perder a memória por completo e deixar de ser eu, mas me preocupa muito a ideia de que depois disso eu ainda vou continuar a viver alguns anos. *Ohi*, como vamos rir de mim."

Agora é minha vez de gemer. A voz que sai de mim é estranha, meio grito, meio lamento. Um tanto esganiçada e ridícula.

"Você realmente tirou as palavras da minha boca", Nina me diz.

Ela põe as duas mãos nos ombros de Rafael: "Você está entendendo onde é que está se metendo?".

"Já disse, vou cuidar de você."

"E sabe que isso também inclui me ajudar a terminar, quando chegar a hora."

Ele assente.

"Você e Vera e Guili."

"Eu?", estou sufocando. "Por que eu? O que que eu tenho a ver com isso?"

"Porque Rafi vai arregar na hora agá."

"E eu?"

"Você é uma pirralha de cabeça dura."

Ela não ri. Está séria, seriíssima. Olha para mim. Existe um diálogo constante entre nós duas, por meio de um canal secreto. Tão secreto que não sabemos nem o que está sendo dito.

"Guili", ela diz depois que esse momento esgotou todos os seus recursos, "é um alívio saber que você está por perto."

"Obrigada."

"Vamos continuar?", pergunta Nina.

Mas Rafael ainda não está em condições. Ele pede uma pausa. Deixa a câmera comigo. Anda para lá e para cá pelo pequeno beco, as mãos de urso na imensa cabeça. Era assim que ele caminhava e urrava pelos corredores do hospital quando tentei o suicídio. Depois ele bombardeia Nina com todas as perguntas que esqueceu de fazer quando ela lhe contou. Como sempre, quando está com medo, ele mais atrapalha do que ajuda.

Nina já voltou a seu abominável normal, e até nisso há um alívio. Suas respostas às perguntas dele são curtas e sarcásticas. Demência e esquecimento, agonia e morte aparecem com a frequência de sinais de pontuação. E ela também as profere com estranha satisfação. Tem prazer em nos maltratar, e mais ainda em maltratar a si mesma. Eu a filmo num plano médio e me aproximo para um close-up. Conheço o beliscão que essa pessoa dá na circunvolução dos intestinos da minha alma.

Porém Vera, num último ímpeto de resistência, não desiste: "Ainda não estou cem por cento convencida que você... tem isso que você disse. Não tem! Olhe só sua aparência, você está ótima! De onde veio isso? Isso é coisa hereditário, e eu tenho memória fantástico..."

Nina — percebo que a obstinação de Vera a está exaurindo. Ela se contém com esforço: "Será que isso não vem de meu pai?."

"Como de seu pai? Miloš conhecia de cor uns cem poemas!"

"Mas ele morreu jovem, não dá para saber."

E de repente Vera tapa a boca: "*Ohi*, pai dele, de Miloš... Seu avô... quando voltei de Goli..."

"O que tinha acontecido com ele?"

"Não importa, bobagem." Vera cospe em seco, desta vez para o lado esquerdo. Algum dia ainda vou escrever o glossário completo das cuspidas dela.

"O que tinha acontecido com ele, mãe?"

"Bem, ele às vezes se perdia, mas não muito longe, só dentro da aldeia..."

"Bingo", diz Nina, e seu rosto fica sombrio.

"E mulher dele amarrou nele um sininho…"

"Me poupa. Sem detalhes, por favor."

Vera se encosta no prédio. Rafael entra no Cabana para usar o banheiro. Lava as mãos. Lava o rosto. Se olha no espelho. A porta está entreaberta, podemos vê-lo no retângulo de luz, com as mãos apoiadas na pia. Então sua cabeça cai, como se tivesse sido decepada. Ele chora. Faz o que Vera, Nina e eu não somos capazes de fazer neste momento, cada uma devido a sua própria deformidade.

"Vamos continuar?", pergunta Nina quando ele volta. De repente ela exerce um novo poder sobre nós. Não é só a percepção da doença como uma faca que a separa de nós, mas também isso que ela está fazendo aqui conosco. Como se algo tivesse sido acrescentado a ela, a fina camada de outra existência.

Nisso existe algo de fantasmagórico.

Se eu vou fazer um filme sobre ela…

Vou fazer um filme sobre ela?

Rafael tira a câmera das minhas mãos. "Nina, estou pronto. Avisa quando estiver." Ela está de novo com as costas na parede, os ombros caídos. Agora, é com você, hora do profissionalismo — estou diante dela e lhe endireito a gola. Antes estava torta para a direita, e convém manter isso. Preciosidades de continuísta, que em inglês, acho que já disse, chamam de *continuity supervisor*, continuísta. Besteira, na verdade é a minha mão que sente a necessidade de roçar o rosto dela.

E o tempo todo ela me olha nos olhos.

A noite cai. Um lampião de rua acende sobre nós. Estamos numa cidadezinha na Croácia à qual com certeza jamais voltarei. Experimento uma estranha sensação de alheamento. De pairar em parte alguma. Talvez seja algo parecido com o que aguarda Nina dentro de não muito tempo. Por um momento percebo o pavor que ela agora experimenta com qualquer frase incorreta que venha a dizer, qualquer erro que venha a cometer, toda pequena confusão e esquecimento que possam ser uma evidência a seu desfavor.

Quem sou eu sem meu ódio por Nina?

"Abrindo, Nina, *take three*", Rafi balbucia consigo mesmo.
Nina respira fundo, fecha os olhos. A única ruga da sua testa se aprofunda e logo se suaviza. Ela abre os olhos. "Shalom, Nina", ela diz para a câmera. "Hoje vamos lhe contar uma história. É uma história bonita, comovente. E ela é sobre você, e sobre o grande amor que a trouxe ao mundo, e também sobre o que..."

Mas estávamos condenados a não começar esse filme, pois Vera de repente girou num semicírculo, como aquelas figuras no relógio de um campanário, e está de pé, virada para Nina e de costas para a câmera: "Por que falar assim com ela?", pergunta num sussurro, como se aquela na câmera fosse capaz de ouvi-la.

Nina se espanta com a interrupção. "Assim como?"

"Assim, como se ela é abobalhada."

"Ela de fato é abobalhada", Nina responde com uma tranquilidade de enregelar o sangue. "Eu já lhe disse. Ela vai estar totalmente apagada quando assistir a isso. Pare um pouco", ela ordena a Rafi, que continuava filmando, "e me faça um favor, Vera, não me dirija. Já me dirigiu o bastante!"

Foi como uma chicotada a lhe sair da boca.

"Guili, anote", sibila Rafi.

"É assim que se fala com crianças pequenas", insiste Vera. "Quem não tem filhos fala assim com crianças pequenas."

"Talvez eu não tenha tido experiência bastante com crianças", sugere Nina. "Será que você pode me dar aulas particulares?"

Vera volta para seu lugar. Estão lado a lado.

Em retrospecto, digo que ainda restava em mim alguma célula cinzenta ativa, pois encontrei escrito em meu caderno: "Algo na postura das duas, de costas para a parede, era como se estivessem diante de um pelotão de fuzilamento".

"Minha Nina, shalom, shalom, querida", ela diz para a câmera, e já nessas palavras sinto que aceitou a direção de cena (correta) de Vera. "Quero lhe contar hoje uma história, uma história que tem a ver com você, e é uma história boa, não tenha medo, é uma história de amor. Você sabe, Nina, houve muito amor em torno de você, e com grande amor fizeram você", ela respira fundo. "Sua mãe está aqui a meu lado. Ela se chama Vera, e está acenando um shalom para você…" Vera acena para a câmera com a mão rígida. "E ela vai lhe contar agora, junto comigo, a história da sua vida, desde o início."

Sente-se certo desafogo na voz de Nina, como se ela tivesse achado o tom certo. "E se por acaso você não se lembrar de mim, ou de Vera, não é terrível. Isso acontece, a gente esquece. Apenas saiba que esta que está aqui a meu lado é sua mãe, Vera, que a ama muito. Que sempre cuidou de você. E agora ela vai lhe contar como encontrou o seu amado, Miloš, que é seu pai. Por favor, mãe."

Vera esfrega o rosto com as duas mãos. Apruma-se. Tenho uma lembrança física, com o corpo, desses seus movimentos de despertar. Certa vez esta velha leoa lutou por mim, e venceu.

"Estou pronta, crianças."

"*Take four*", sussurra Rafi consigo mesmo. "*Action.*"

"Foi numa festa de formatura do colégio aqui na Croácia, em minha cidade, Čakovec, que uma vez foi da Hungria e se chamava Čaktornia…"

"Fale para *ela*", murmura Nina com o canto da boca, "e sorria para ela, o tempo todo sorria para ela, lembre-se o tempo todo o quanto ela precisa de você."

"Estou tentando, Nina, mas isso tudo é muito confuso."

"Eu sei. Mas pense nela, como *ela* está confusa."

"Eu era garota, dezessete anos e pouco, e danço com todos, sou o rainha da festa e tudo o mais, e eis que vem uma rapaz me tirar para dançar."

"E fale um pouco mais devagarinho. Para que ela entenda. Sem pressa. Temos tempo."

"E ele diz, o rapaz: 'Sabe, *gospozitsa* (corresponde ao inglês *miss*, ela explica para a câmera), tem um coisa que quero que você saiba de mim logo de cara: nasci num aldeia pequena, em estrebaria, em cima de palha, junto com porco, galinha e ovelha. Meus pais são agricultores, mas sem terra, e somos muito, muito pobres, e todo mês envio metade do salário para eles."

De palavra em palavra a voz dela vai relaxando. Nina está a seu lado, ouvindo de cabeça baixa. Às vezes ergue a cabeça e dá um grande sorriso para a câmera. Eu me pergunto o que aquela Nina, a do futuro, vai assimilar de toda essa informação. Dessas duas mulheres.

Não vai entender nada.

"E ele vê que não me assusto nada com sua pobreza, e me conta que um dia a general comandante estava passando tropa em revista e disse: 'Senhor tenente, seu colarinho está rasgado'. E ele, rapazola, respondeu a general: 'Este é meu colarinho para ir à igreja também, e também para morrer! Não tenho outro! Sou filho de camponês sem terra!'"

Nina assente com um gesto de cabeça e um sorriso, como quem diz "Sim, continue assim. Fale para ela, para ela".

"E nós dançamos, e vejo que dançar ele sabe, e também gosto muito de dançar, até hoje, e você sabe, Nina, aquele programa de música ao meio-dia, *Momentos de encantamento?* Programa no rádio? Eu danço com o transistor na mão..."

E ela faz uma demonstração prática para a câmera, finge dançar com o transistor como se tivesse nascido no Harlem, movendo-se com uma leveza inacreditável (tem noventa anos!), cantarolando "Bella ciao", a canção dos partisans italianos e iugoslavos de sua juventude. "E enquanto dançamos ele quase não fala comigo, o Miloš. Apenas me segura como um gentleman, não se vale de oportunidade, e só fala quando faço pergunta. E assim ele conta que terminou academia militar, até com mérito, e destacaram ele para nossa cidade, e ele não conhece ninguém, e está sozinho..." Ela se cala, embaraçada. "Está bom assim?", pergunta num cochicho a Nina e a Rafi. "Vocês estão me entendendo bem?"

"Está ótimo, mãe, não se preocupe com a filmagem, Rafi e Guili vão editar tudo depois, para que seja ainda mais fácil para ela entender." Sinto um frio na barriga toda vez que Nina diz "para ela" ou "ela" referindo-se a si mesma no futuro. Como se ela tivesse cortado uma pessoa ao meio e criado duas, e cada uma delas acenasse para a outra com seu chapéu e seguisse seu caminho.

Mas por que este meu espanto? Em matéria de cortes ela é campeã.

Esqueci de registrar que desde que Rafi me telefonou para contar da doença dela em todo momento livre eu fico fuçando na internet à procura de informação. Leio sobretudo à noite, quando não consigo adormecer, e depois não adormeço por causa do que li. Leio a respeito de pesquisas sobre o ritmo do apagamento da consciência e sobre as regiões do cérebro que se degeneram. A língua é apagada. A memória, evidentemente.

A aptidão para identificar pessoas. Para se localizar no espaço e no tempo, para compreender situações. Para tirar conclusões. A percepção do eu fica nebulosa.

Olho para a cabeça de Nina, essa caixa pequena e bela. Que drama está ocorrendo lá neste momento. Uma guerra de vida ou de morte.

Em todas as minhas buscas, não achei pesquisas sobre o ritmo ou a ordem do desaparecimento de sentimentos como arrependimento, vergonha, culpa.

"Conte então o que pensou quando viu meu pai pela primeira vez. Que impressão ele lhe causou?"

"Não me causou nenhuma impressão."

"Nenhuma impressão?" Nina ri. "Simples assim?"

"Seu pai, Nina, não era homem de causar impressão. Não era bonito, quer dizer, era bonito, sim, até bem bonito, toda família, todos homens Novak são bonitos, mulheres nem tanto, mas homens... e como! Muito! E viris! Mas ele até que era um Novak não especialmente viril, nem especialmente bonito, e também gostei disso nele, de ser ao mesmo tempo duro e suave, forte e fraco, como se fossem muitos homens num homem só. Também era muito magro, como um *windhund*, um galgo. Talvez pesasse uns cinquenta e cinco quilos em seu um metro e setenta e oito de altura. De modo que quanto ao corpo e à figura não era nada de mais. Só tinha caráter, e como!"

"Mais, conte mais."

Vera olha para a câmera: "Eu não sou uma pessoa que se deixa levar por impressão, Nina, não mesmo, mas eu *senti* ele, você compreende? Eu senti quem ele era, e isso me causou impressão. Não pensei: '*Ohi*, que homem bonito! *Ohi*, que músculos!'".

Estou sentada no meio-fio, escrevendo. De todos nós, Vera

é a que fala mais depressa (e Rafi é quem mais engole as palavras, e a barba também não colabora). Continuo pensando o que aquela Nina, a do futuro, conseguirá entender do que Vera está contando. Vamos ter de acrescentar legendas para facilitar. Se é que ela vai saber ler.

Mas talvez isso tudo, a narrativa, não seja importante para ela no filme.

Não as palavras, não os fatos, mas algo para o qual não existem palavras.

"... E imediatamente eu vi que ele tinha uma cabeça aberta e um alma livre. Na seriedade dele eu vi uma pessoa que ninguém no mundo ia dizer para ela o que pensar. E como falou sobre injustiça, e como falou sobre as pais dele! E eu pensei, ele é *gói*, gentio, e é sérvio, e militar, o que tenho a ver com ele, e se olhassem para nós de acordo com rótulos nada aqui combinava com nada, mas acontece que ele é o alma que veio ao mundo para mim."

Uma suavidade ilumina o rosto de Nina. Uma suavidade infantil que eu nunca tinha visto nela. Num piscar de olhos, a menina que ela foi está diante da menina que eu fui e dentro de meus olhos passa lentamente um pensamento: nossa pele fina.

Mas então lembro o que ela contou a Rafi quando eles se encontraram cinco anos atrás, e a lembrança dói como uma bofetada. Sobre os amiguinhos dela. Ela ainda morava em Nova York, "os pretendentes de Penélope" era como ela chamava os caras, e também, com um afeto estranho, "meus fornicadores". "E justo quando ela quase começou a sentir novamente alguma coisa por mim", disse Rafael naquela mesma manhã, cinco anos atrás, depois que Nina voou de volta para Nova York. Ele estava comigo na cozinha, em nossa casa no *moshav*, e ele sentiu necessidade de falar comigo, apesar de nós dois sabermos que isso era um erro, que conspurcava a ambos. Ele estava com as mãos na cabeça, como se aquilo que acabara de saber fosse insuportável. "E estávamos tão próximos um do outro naquele momento, antes dela contar sobre eles", disse, sinalizando com os dedos uma distância de um centímetro. "E então foi como um soco." "Socos", eu o corrigi com uma simpatia que apenas uma filha venenosa e amorosa é capaz de demonstrar. "Para ser exato, pápi, um-dois-três-quatro socos."

"Sabe, Guili", ele nem ouviu o que eu disse, "quando estávamos juntos, Nina e eu, nos anos em que moramos em Jerusalém, eu nunca a tratei de 'minha amada', era sempre 'meu amor'. Amadas e amantes eu ainda tive algumas depois dela, mas só ela foi o meu amor."

"E foi assim, dança e mais dança", conta Vera, "e de repente isso me dá um pouco de medo. Era amedrontador, mas eu queria mais, mais, mais. E tempo todo olhando para ele e pensando: 'Quem é essa pessoa? Quem é que chega do nada e num instante rouba minha coração?'"

Nina, literalmente na ponta dos pés, se afasta, sai do frame.

"E o pai de Miloš", continua Vera, "quando Miloš estava no colégio, na cidade, ainda antes de ir para Exército, duas vezes por semana o pai dele caminhava talvez quinze quilômetros entre ida e volta, para que Miloš comesse pão feito no casa deles, e milho do campo deles, e queijo que a mãe tinha feito. Você compreende, Nina'le?", ela pergunta à câmera.

Nina'le. Nunca na vida eu tinha ouvido ela chamar Nina assim. Vi que Nina também congelou por um instante.

"Eu olhava para ele enquanto ele falava, e pensei 'quanta coragem ele tem'. Tinha vinte e dois anos e parecia mais jovem!

Perguntei como chamava a mãe dele, e ele disse: 'Nina'. Eu disse: 'Que nome bonito. Se eu tiver filha vou botar a nome de Nina'."

Nina fica arrepiada, se inclina, as costas em arco, as mãos entre os joelhos.

"E ele perguntou: 'O que você vai fazer amanhã, *gospozitsa*?' Eu disse: 'Amanhã é domingo, vou viajar de trem para ver uma amiga e volto de trem para casa'.

"'Quando você volta?', ele perguntou.

"'Ao anoitecer'.

"'Então é isso, até logo, obrigado, *gospozitsa*', e ele se curva como nobre, assim, dá um passo atrás e sai do salão, aqui, por este porta ele saiu, e eu já sabia."

E com estas palavras ela se cala, mergulha dentro de si mesma.

"É isso aí. Sim. Foi assim mesmo. O que eu estava dizendo?"

"Que você já sabia."

"Isso." Ela suspira. "Miloš. Certo. Voltei da festa e disse para minha mãe: 'Mámi, hoje eu conheci rapaz que veio a este mundo para mim, e eu vim para ele'. E minha mãe disse: 'O que tem ele de tão especial?' Eu disse: 'Mámi, ele é tão orgulhoso da pobreza dele! As pessoas querem esconder pobreza delas e mentem sobre isso, e ele todo mês recebe um tanto de lenha para aquecimento, vende metade e envia dinheiro para os pais, e sente tanto frio, mámi'.

"Na noite seguinte estou voltando de trem da casa de minha amiga, Yagoda, e de repente minha mãe está na estação. 'Mãe, o que está fazendo aqui?' E ela: 'Eu sabia que ele viria!' E eu olho em volta, e lá está, junto a sua bicicleta, olhando assim desse jeito, um tal de Miloš..."

Nina sorri. A julgar por seu sorriso, pelo modo como o rosto seco e rachado bebe, absorve as palavras, me ocorre que sem dúvida é a primeira vez que ela está ouvindo essa história.

Dezenas de vezes (não estou exagerando) Vera me contou sobre o primeiro encontro com Miloš. E quem sabe quantas vezes ela contou essa história em todo tipo de evento na família de Tuvia. E pelo menos dez vezes ela contou para os trabalhos sobre evocação de raízes de cada um dos netos e bisnetos de Tuvia que se preparava para o bar-mitsvá. Como é que se omite da filha uma história como esta? Juro, eu quase grito para Vera, eu faria um filho só para lhe contar uma história assim!

Nina também está ressentida, de luto. "Mil vezes ouvi de você sobre Goli, os espancamentos e as torturas, e os piolhos e os pântanos e as rochas, e nunca tinha ouvido como você e meu pai se conheceram."

"Pode ser." A boca de Vera se entorta, assume a forma de uma foice. "Você era pequena, havia Goli. Havia o guerra."

"Enfim", sussurra Nina, o rosto sombrio. "Agora me conte. A ela. Na verdade a mim também."

"É isso. Foi assim que conheci Miloš, aqui nesta casa. E desde então, até ele morrer..."

"Um momento", protesta Nina, "não tão depressa. Ainda falta muito até ele morrer."

"Desde então e até ele morrer", insiste Vera, "quase não nos separamos. Esperei por ele quase cinco anos, até ele receber licença do Exército para casar. Em 1936 nos conhecemos, em 1941 nos casamos e em 1951 ele morreu. No total tivemos quinze anos."

Nina faz um sinal para que Rafi a filme. E ri. com desânimo: "Perceberam que eu não apareço nas datas importantes da família?".

"Ora, francamente, Nina", Vera se zanga. "O tempo todo você só fica procurando erros em mim? Eu desde já digo que existem muitos, não precisa se esforçar."

Rafi e eu trocamos olhares. Para nós, Vera neste ponto está

enganada: não cometeu muitos erros, não mesmo. Mas cometeu um que bastou para uma vida inteira. "E eu tinha alguma alternativa?", Vera devolve um olhar penetrante para mim e para Rafi.

Os olhos de Nina — nós três percebemos agora — saltam de mim para Vera e para Rafi e de volta para mim. Ela parece um animal acuado, que percebe que os donos estão tramando seu destino

"Intervalo", Rafi anuncia, e devolve a câmera a seu estojo. Pega uma maçã e a fatia com o canivete. O gosto fresco nos enche a boca. Ficamos aliviados quando a câmera fecha o olho. Logo pegaremos a estrada, e amanhã embarcaremos para a ilha.

"Mas eu falei direito para máquina de filmar?", pergunta Vera, olhando-se no espelhinho redondo e arrumando, com ajuda de saliva, um pega-rapaz na testa.

"Você falou muito bem", eu digo, "você é uma contadora de histórias nata."

"Nu-nu", ela suspira, "tiraram o vovô da naftalina."

Às oito horas da noite, em meio a uma tempestade de chuva e relâmpagos, pegamos a estrada. Rumamos para Tsrikvenitsa, ao sul, uma cidade na costa do Adriático onde vamos passar a noite antes de seguir para a ilha. Vera e Nina se apertam no banco de trás, cada uma fechada em si mesma. Eu completo as lacunas e os vazios do caderno. Decifro observações que tinha anotado durante o dia e registro algumas ideias que me ocorreram. Depois dou uma olhada nas mensagens e escrevo para Meir dizendo que o dia foi exaustivo, e que essa jornada está sendo, em todos os sentidos, mais do que eu tinha esperado. "Está me fazendo em pedaços", escrevo e apago. Não preciso dificultar as coisas para ele, o cara é alérgico a exageros. Espero alguns minutos. Com ele a gente pode esperar um dia inteiro até ele checar se tem alguma mensagem. Desta vez a resposta chega rápido: "Cuide-se bem".

Não há dúvida: o cara está morrendo de saudade.

O nevoeiro fica mais denso a nossa volta. A chuva fica ainda mais violenta, rajadas de vento repentinas sacudem o limão. O aquecimento começa a falhar. Encolhemo-nos nos casacos e nas luvas, e também em gorros de lã diversos e distintos, que cada de nós trouxe para esta viagem (e descobrimos que Vera tinha tricotado todos eles). Parecemos uma excursão anual dos idiotas da aldeia. Rafi dirige devagar, a cabeça quase tocando o para-brisa. Repetidamente pede que eu seque seus óculos, que embaçam o tempo todo. Por duas vezes caímos num buraco na estrada do tamanho de uma cova coletiva, e pensamos que era o fim, que o carro havia quebrado, mas o limão era excelente e superou todas as crises, aplausos para ele.

"Quase que desde primeiros dias em que nos conhecemos", de repente ouço Vera murmurar consigo no banco traseiro e mergulho na sacola com o equipamento de Rafi, que está no chão, entre minhas pernas. Pego a Sony, ligo enquanto solto o cinto de segurança para poder me virar e ficar de joelhos virada para trás. Retiro o apoio de cabeça do encosto, para que não atrapalhe, vejo com o canto do olho que Rafi está contente com minha iniciativa. Já tenho Vera na grande angular e Nina a seu lado, piscando os olhos, confusa. "Não estava dormindo!", ela diz, como se alguém tivesse alegado o contrário.

Então é esta sua aparência quando acorda.

Um pavor sombreia seu rosto. Como o medo é feio. Uma menina aterrorizada, pronta para receber um golpe, uma tragédia.

E logo desaparece.

Eu vi.

Nenhuma expressão.

Uma esfinge com seis anos e meio.

"Desde nossos primeiros dias", Vera diz para a câmera, "Miloš passa todo dia, exatamente à uma da tarde, por nossa casa, aquela que vocês viram, e espada de oficial dele faz tac-tac na calçada, e vou logo para janela. Ele olha para mim e eu para ele, sem falar.

"E à noite meu pai está com amigos naquele café que acabamos de visitar, joga preferans, e mamãe está só, e eu e Miloš caminhamos, conversamos. E depois de uma semana eu digo: 'Não posso deixar minha mãe sozinha, de amanhã em diante ela vem com a gente!' E Miloš diz: 'Eu gosto ainda mais de você porque você pensa em sua mãe!'"

Por meio de sinais, Rafi pergunta se dá para ver alguma coisa no monitor da câmera nessa escuridão. Sugere acender a luz interna acima dos passageiros de trás. Improviso um pequeno refletor com o papel-alumínio que embrulhava os biscoitos que Vera trouxe. Não é a iluminação ideal, mas eu até que gosto bastante da imagem avermelhada e granulada.

"Apenas se lembre …", pede Nina.

"Nina!", Vera ralha, "não esqueço você nem por um instante."

"Obrigada, mãe."

"E durante três anos nós três passeamos assim. Vamos à fábrica de lã e de tricô dos irmãos Graner e sentamos em bancos ao ar livre e conversamos, vamos até estação ferroviária e voltamos, sempre conversando… e lembrem, lembre, Ninotchka", Vera acena com um dedo encurvado para a lente, "que minha mãe era da Hungria e não falava palavra de sérvio, e Miloš era sérvio e só falava sérvio. E eu caminho entre os dois, traduzindo. 'O que ela disse?' 'O que ele disse?', cabeça para cá, cabeça para lá."

Nina sorri, prazerosa. "Três anos?", ela pergunta, e Vera: "Duro de acreditar, não?". Elas riem. No pequeno monitor veem-se duas figuras indefinidas, arredondadas, infladas em seus casacos, apertadas uma contra a outra a ponto de não se distinguir onde termina uma e começa outra. O rosto delas — retalhos de manchas avermelhadas e sombras escuras. E até gosto disso, que às vezes seja difícil saber qual das duas está falando e qual está ouvindo. A história flui entre as duas, como se a compartilhassem.

"E minha mãe escondeu de meu pai que tinha namorado não judeu, e ninguém na cidade teve coragem de dizer a ele que sua Vera tinha namorado não judeu, ou até mesmo que tinha namorado, e nós e minha mãe falávamos tempo todo sobre o que ia acontecer se ele soubesse, o que ele ia fazer e o que a gente faria, se a gente ia fugir ou ficar, e se levava ela junto. Você entende, Nina, entende tudo que estou dizendo?"

Vera entrou completamente no jogo, como se naquele momento aquela Nina estivesse de fato olhando para ela do fundo da Sony. A Nina daqui olha para ela de lado, divertida e um tanto constrangida, e de repente, num gesto tocante, ela se abraça a Vera, como que tentando chamar sua atenção para ela.

"E o família de Miloš até que recebeu aquilo muito bem. Ele foi até seu pai e disse: 'Estou amando pequena judia, e se você não deixar casar com ela vou embora e você não vai mais me ver'. E pai disse: 'Se você trouxer cigana negra ou pequena judia quem vai estar com ela é *você*, não eu.'

"Em fevereiro de 1940 uma judia disse a meu pai: 'Ouça, Bauer, você não vê aparência de sua filha? Ela ainda vai pegar tuberculose. Eles estão tão magros, ela e namorado dela, um oficial sérvio — parecem duas capas de chuva andando pelas ruas sem ninguém dentro!' E assim, Nina, querida, meu pai ouviu falar de meu namorado Miloš e quase desmaiou!" Ela bate com força no joelho. "Correu para casa e perguntou para meu mãe se era verdade. 'Pergunte para sua filha', ela lhe disse. E ele grita para eu ir imediatamente até o quarto. Eu corro, olho para o rosto dele e já compreendo tudo."

Rafi está agora a menos de trinta quilômetros por hora. Estamos sozinhos na estrada, e a chuva, por não ter outro público, se concentra toda em nós e nos oferece o show de sua vida. Eu me pergunto se o microfone da câmera está captando a voz de Vera em meio ao som dos limpadores de para-brisa e o barulho da tempestade, e Rafi pensa o mesmo. Ele diminui a velocidade dos limpadores, mas logo vemos o perigo que corremos e decidimos fazer concessões quanto ao som também.

"Então, lá está meu pai junto a aquecedor, o pé sacudindo como se tivesse eletricidade, e ele pergunta: 'É verdade que você tem namorado?'. 'É.' 'E é verdade que você tem namorado oficial?' E eu: 'É!'. E ele diz: 'Pela última vez, pergunto, Vera, e pense bem, pois é sua última oportunidade: é verdade que você tem namorado oficial sérvio?'. E eu, de cabeça erguido: 'É! É! É!'.

"E ele ficou branco: 'Primeiro você terá de me matar'. E eu: 'Pai, permita que eu me case com ele'. E ele: 'Antes de passar por esse vergonha eu pulo do janela'. Eu disse: 'Veja, estou abrindo o janela para você'.

"Na manhã seguinte meu pai foi ver rabino, muito liberal, e ele disse: 'Sr. Bauer, durante três anos temos observado sua filha e namorado dela, e como passeiam respeitosamente com sua senhora. Nós já conhecemos ele na cidade, e é excelente rapaz. E Hitler já entrou na Áustria, e quem sabe se graças a esse rapaz somente sua filha, entre todos nós, é que vai sobreviver. Não ousamos contar para você, com medo de que matasse menina. Convide ele para ir no seu casa, conheça rapaz e veja quem ele é'.

"E meu pai pensou que estava ficando louco. Disse: 'Tragam-me rapaz'.

"E nunca na vida vou esquecer essa cena, Nina'le: em nossa sala, junto a aquecedor, meu pai empertigado como um soldado. E Miloš chega, se ajoelha num joelho só, pega mão da meu pai e beija.

"E meu pai grita: 'Mein Got! Um oficial se ajoelhando ante um velho judeu? Vera, diga para ele se levantar já!'.

"E desde então meu pai gostou mais dele do que de todos outros genros. 'Oi, simpático genro gói', ele dizia, 'não existe ninguém no mundo como marido de Vera!'"

Ela se recosta, cansada. Acena para a figura que aparentemente a contempla de dentro da câmera, tece com ela uma fina teia, que não compreendo de todo.

"Quer ouvir mais, Ninotchka?", ela pergunta baixinho à câmera.

"Sim, conte", diz Nina a seu lado, e ela também soa enfraquecida e exausta.

E me vem à cabeça um vislumbre de Nina dentro de dois ou três ou cinco anos. Numa cadeira de rodas num quarto vazio em alguma instituição. Na parede a sua frente, entre dois vasos com plantas de plástico, um televisor apresenta esta nossa jornada. Sua cabeça pende sobre o peito.

"Um ano depois da gente se conhecer, como tinha uma lei que oficial não podia casar antes de vinte e seis anos, Miloš foi e comprou um anel de ouro..." Vera tira o anel do dedo. Seus dedos são magros e retorcidos, e brilham como se fossem de cera. Ela segura o anel diante da câmera, eu focalizo ele. A boca de Vera parece um arco, como um fundo para o anel.

"Está vendo, Nina'le?", ela diz com delicadeza para a lente. "Este é anel que seu pai deu para sua mãe."

Rafi tamborila, assustado, em minha coxa. Nina. Ele percebeu que eu a abandonei e logo captou onde estava o drama neste momento. Os olhos de Nina são duas brasas, apagam e acendem. "Veja como Vera se esquece por completo de nós", dizem seus olhos.

"E Miloš me diz: 'Você agora é minha esposa diante de Deus e diante de mim'. E eu digo: 'Não há nada que possa separar a gente. Não existe tal coisa'. E não mostrei a ninguém anel que ele me deu, nem a minha mãe, minhas irmãs, nem amigas, eu cobri ele com um anel maior, e continuamos a viver como antes... E foi uma vida e tanto..."

Vera põe uma das mãos no peito e fecha os olhos. Num primeiro momento penso que é mais uma de suas encenações. Ela se recosta, a boca aberta, balbucia que está com calor, com palpitações. Eu filmo. Estou um pouco assustada, mas não deixo passar esta tomada. Nina a massageia entre os ombros, oferece água. Vera sufoca. Espasmos de vômito. É assustador. Rafi olha nervoso por cima do ombro, mas com batidinhas de mão me faz sinais para continuar filmando (uma vez ele me resumiu uma regra de ouro: fotógrafos não ficam imóveis de pé quando toca o hino nacional). Vera faz um sinal para abrirmos uma janela. A tempestade nos invade pela fresta. Uma rajada gelada irrompe dentro do carro com um uivo estranho, quase humano. *Ima'le*, mãezinha, eu penso. E vejo que também Nina, que tecnicamente é minha mãe, grita em silêncio *"ima'le"*. O carro passeia solto pela estrada, arrastado e empurrado para cá e para lá, e Rafi faz que não com a cabeça, e no meio da confusão e do medo (talvez seja a tempestade que esteja revolvendo meu cérebro) me ocorre que existem algumas mercadorias de primeira necessidade — certo tipo de humor, por exemplo, boa resistência à solidão, índole de cacto no que concerne a relações com pessoas — que Nina, mais do que todos, pode compreender bastante bem.

"Sabe, mãe", Nina fala mais tarde, depois de Vera se refazer e a janela ter sido fechada, "você nunca, nunca mesmo, me contou essa história."

Ela já tinha dito isso antes. É uma coisa que não a deixa em paz.

"Não contei? Grande parte disso eu contei, sim."

"Não. Só o que aconteceu em Goli você contou e recontou."

"Não pode ser", diz Vera, "você deve ter esquecido."

É um golpe baixo, mesmo que involuntário.

"Você acha que eu esqueceria esse tipo de coisa?"

Vera não responde. Cruza as mãos no peito. Os olhos passeiam ao longe, os lábios se distendem, fingindo inocência. É uma raposa esta leoa.

"Sério, mãe", sussurra Nina, "você não sabe como isso poderia ter me ajudado? Teria posto um pouco de terra firme debaixo de meus pés."

"Vamos, Vera, conte mais", Rafael intervém para apagar o incêndio antes que saia do controle. "Você tem forças?"

"*Vocês* têm forças?", ela responde.

"Isso me mantém acordado", ele ri e bate com as mãos no volante.

"Mas é Nina que tem de dizer. O que acha, Nina? Contar mais? Não quer dormir um pouco?"

"Já dormi bastante."

"E também preciso contar, Ninotchka", Vera, num movimento brusco, se volta para minha câmera, "que seu pai Miloš não era pessoa muito saudável. Teve doenças graves, pois era menino de montanhas e colinas, de aldeia, de céu e ar limpos, e de repente veio para cidade, exército, fumaça, comida estragada, todos venenos, e ele pegou tuberculose." Ela suspira. "Ele tossia à noite, tossia como cachorro. Eu punha compressas com cebola e mel em seu peito. Os médicos disseram que ele era campeão nacional do bacilo de Koch, porque ele era, ouça bem, Nina'le, ele era pessoa mais doente de tuberculose de toda Iugoslávia! Tinha duas cavernas abertas nos pulmões! E meio ano depois que a gente se conheceu e dançou na festa ele ficou doente de hepatite também. Foi logo internado num hospital militar em Zagreb e depois disso ele nunca mais ficou bom. E teve muitas consequências. Contar?", ela nos pergunta com o canto da boca, e Nina mais uma vez fica fula. "Conte tudo, cada detalhe, eu não tenho quase nada, você não está entendendo?" "Está bem, está bem, não precisa gritar. Eu conto. Conto tudo." Vera inclina a cabeça. Fica assim por longos momentos. A testa franzida, o rosto com uma expressão grave, os lábios se movendo sem voz.

"Oi, Ninotchka", ela diz baixinho, e tenho a impressão de que usa os cabelos para erguer a cabeça e olhar para a lente. "Nada mais funcionava nele como devia. E dores de barriga e diarreias o tempo todo, e sangue o tempo todo, e febre, e fraco, com dieta especial, comendo como passarinho. 'Mas estou bem, Miko', assim ele falava, ele me chamava de 'Miko', que entre nós queria dizer 'meu amiguinho'. Em geral ele falava comigo como se eu fosse menino, rapaz, a gente gostava de falar assim e me acostumei. 'Se eu e você estivermos bem, Miko, a mundo inteiro vai estar bem, nós dois, em nosso estar juntos, sustentamos a mundo inteiro!'"

"Miko?", Nina ri com prazer, admirada, "É verdade, ele chamava você assim... disso eu lembro..." Ela se aproxima de Vera num movimento lento, furtivo, repousa a cabeça no ombro dela.

E enquanto isso Rafi e eu desenvolvemos entre nós uma linguagem: com a mão no meu joelho, ele me sinaliza — com apertos do mindinho, do dedo médio e do polegar — para onde mover a câmera. Para falar a verdade, isso é enervante. Este filme é meu, lembremos, e eu vejo que ele não é capaz de abrir mão de seu status. Por outro lado, nesta situação despirocada que está se criando aqui, é bom haver mais um par de olhos.

Seja como for, muito em breve vou ter de lembrá-lo do nosso acordo, sobre quem está subordinado a quem.

"E minha mãe não se incomoda nem um pouco por ele não ser judeu, para ela isso não tem o menor importância! Eu já disse isso. Nós, sobretudo minha mãe, éramos judeus modernos, ateus; mas o que ela não conseguia compreender era como uma moça jovem e saudável como eu pensava em viver com pessoa tão doente.

"E eu disse a minha mãe: 'Doente? Que seja, doente! Quando conheci Miloš, faz meio ano, ele não estava doente, e quando dancei com ele, ele não estava doente, então agora vou deixar ele porque está doente?' Justo o contrário, quanto mais fraco ia ficando, mais eu me ligava!

"E minha irmã de Zagreb, Rogi, seu tia, Nina, depois disso não falou comigo por dez anos. Ela chamava Miloš de 'sérvio fedorento'" — Vera acentua o efe — "e o marido dela convidou Miloš para ir a Zagreb conversar com ele, ouve só..." Vera segreda alguma coisa para Nina, que está no plano de fundo: "Esse meu cunhado, se fazendo de simpático, disse: 'Estou disposto a pagar uma soma enorme se você pedir ao Exército para ser enviado a outra cidade, longe daqui, e esquecer que existe uma Vera no mundo'. E Miloš disse: 'Sou muito pobre, mas não sou uma vaca à venda!'.

"E eles atazanaram Miloš!" Ela se apruma e apresenta tudo isso para o julgamento da Nina-do-futuro, e eu fico louca como, em minutos, não mais, ela capta e também interioriza essa ideia que Nina concebeu, esta fala dirigida a uma Nina-do-futuro. E traduz tudo isso numa linguagem prática, simples e objetiva, exatamente como há cinco anos, quando, com oitenta e cinco anos, decidiu que tinha de aprender a usar computador. "Não vou ficar para trás!" Ela teimou e bateu pé diante do comitê para questões particulares, no kibutz, e conseguiu que lhe enviassem dois geeks de computação, os dois com catorze anos, para instruí-la. Duas vezes por semana eles se reuniam com ela, e é óbvio que se apaixonaram, e em um ou dois dias ela começou a se comunicar comigo pelo Messenger e por e-mail com uma frequência de uma vez a cada duas horas. Golpeava o teclado com garras de ferro, navegando em fóruns de laranja e romã, enviando links de caricaturas da *The New Yorker*, receitas de geleias e bolo de *povidel* ("Miloš lambia dedos"), e em algumas semanas ela administrava um império de contatos e correspondência com seus velhos amigos em Belgrado e em Zagreb. E com novos amigos que surgiam a cada dia em Praga e em Montevidéu, que logo entravam para a família e sabiam direitinho quem era a tia Chana, e onde as netas de Ester iam servir durante o ano, e qual era a situação da castanheira de Shleimale. E tudo isso ela fazia com agilidade e aptidão técnica, e com um maravilhoso talento para compreender o mundo interior de objetos e instrumentos, como se fosse um deles. E é assim mesmo que ela capta — e nem precisa consultar o manual de instruções — como funcionam o aspirador, o micro, o celular e os outros aparelhos que Rafi lhe compra sem olhar o preço, pois acha que com isso ele a mantém jovem — aparelhos com os quais eu, por exemplo, às vezes luto por horas só para compreender como abrir as embalagens (meu amado é uma negação total em tudo que exige dedos inteligentes).

(Correção: na maioria das coisas.)

"Mais cento e trinta", anuncia Rafi, lendo uma placa na estrada, e ficamos na dúvida se é em quilômetros ou milhas, e nosso pequeno grupo discute apressadamente se continuamos ou paramos para um xixi, pois o frio está acabando conosco, e de nós todos apenas Vera, que tem uma bexiga legendária, está disposta a continuar até o final. Mas a opinião dela é minoritária, e

Rafi desliza o carro até a entrada de uma gigantesca e reluzente loja de conveniência e lanchonete de beira de estrada, na qual, a esta hora, poucos atendentes operam em balcões de comida e bebida — pizza e pasta e hambúrguer e café. Uma música heavy metal ressoa no ar, e para nós quatro é muito difícil se reacostumar com o mundo exterior e o rangido de suas engrenagens.

Nós nos arrastamos aos trancos e barrancos entre os longos corredores coalhados de brinquedos, animais de pelúcia em cores fosforescentes, pequenos aparelhos elétricos e bomboneiras antigas. E nos entreolhamos repetidas vezes como se quiséssemos agarrar algo que nos dava sustentação e que se dissolvia rapidamente na luz. Nina e eu nos vemos frente a frente num labirinto, e é impossível fingir que não, e ela até que está tranquila ao me dizer: "O que era mesmo que estávamos sonhando agora?".

Ela diz isso com uma secura calculada para que eu não a ignore, e descubro também um movimento simpático em seu rosto — como se suas sobrancelhas dessem de ombros. E sem pensar eu estendo a mão e toco em sua delicada clavícula, e isso funciona. Inacreditável. Ela sabe se comportar. Atenta a meu dedo trêmulo, ela assente.

Isso dura muito tempo. É muita informação passando. Em certo momento, acho que ela gostaria de inverter a direção, tocar em mim com seu dedo, mas é inteligente o bastante para compreender que não é o caso. Depois as duas nos separamos e voltamos a vagar pela floresta perene capitalista, e meu coração palpita.

Em algum lugar à distância meu pai está sentado numa cadeira alta tomando um espresso duplo, e eu me deixo arrastar até ele como uma tartaruga recém-nascida para o mar, e sento a seu lado, e eis que ele já pediu para mim um café com leite com muita espuma, esquentado durante quinze segundos, com uma barrinha de canela e passas.

Na parede, acima de nossas cabeças, um grande espelho mostra o reflexo de Vera e Nina passando em corredores paralelos. Rafi pergunta: "Temos um filme?" "Talvez. Tudo indica." E ele diz: "Não fique zangada quando eu de vez em quando lhe dou um conselho, este filme é todo seu". "Claro", digo, "mas foi bom você sublinhar isso." "Ah", ele diz após breve pausa, "não pensei que fosse tão grave assim." "Apenas tenha isso em mente", eu digo.

"E depois que no Exército souberam que Miloš e eu estávamos noivos", continua Vera assim que Rafi liga a câmera, "ele foi transferido para lugar mais distante, a mil quilômetros, na Macedônia, em Skopia, como castigo por casar com judia, pois no governo já havia pró-alemães, e havia leis antijudaicas e, nas escolas, *numerus clausus*: as cotas para judeus já estavam preenchidas. Então meu pai disse: 'Exatamente porque enviaram Miloš para o fim do mundo, você vai casar com ele!'. Então eu e minha mãe: Avante! Fomos de imediato para a Macedônia ao encontro de Miloš para eu casar com ele.

"Mas no caminho resolvemos visitar o aldeia de Miloš para minha mãe conhecer as pais dele e toda família. É uma aldeia muito pequena na Sérvia. Primeiro fomos de trem, e pai de Miloš nos esperou na estação com uma carroça e um cavalo. E minha mãe subiu no alto da carroça com roupa feita por seu alfaiate de Viena, e chapéu com véu, e sombrinha azul e sapatos de salto alto. E depois de uns trinta quilômetros chegamos num rio, e meu sogro disse: 'Venha, noiva, vou puxar um corda de um lado e você puxa do outro'. E minha mãe, sentada lá em cima, me cochicha: 'Aonde você me trouxe, Vera? Para inferno?'.

"E puxamos o carroça ao longo de seis quilômetros. Não tem estrada, não tem eletricidade, não tem água encanada, só montanhas e rochas e um pouco de rio, e por isso alemães não chegaram lá.

"Nós chegamos, e o aldeia inteira saiu para ver o milagre: senhoras da cidade! E me trazem presente por eu ser noiva de Miloš — três nozes, um ovo, dois cubinhos de açúcar, um pintinho... quiseram dar um pintinho para minha mãe, ela tremeu de medo, ficou com nojo...

"E de lá fomos para a Macedônia, eu e minha mãe, e Miloš nos esperava, abraços e beijos, e ele já tinha arranjado padre, só precisava de alguém para testemunha. O padre emprestou cavalo e carroça para a gente ir atrás de algum oficial bêbado que concordasse em fazer isso, e nós pegamos carroça e cavalo, e no caminho, à beira da estrada, aparece um tal de Simo Mirkovitch, e ele era oficial mais bêbado que Miloš conhecia lá, então nós guindamos ele para carroça e ele foi com a gente, e assim nos casamos.

"Mas o principal eu esqueci, é que quando encontramos Miloš vimos que ele tinha tido mais um problema, tinha operado uma úlcera — *ohi*, que idiota eu sou, esqueci de mostrar!" E ela mergulha nas profundezas de sua bolsa branca e dela extrai um saquinho de náilon, escuro de tão velho, com algumas fotos, entre elas uma de Miloš após a cirurgia. Eu fotografo o retrato. Pensava que já tivesse visto todas as fotos de Miloš, e fico pensando por que Vera escondeu esta.

Miloš. O peito nu, com um curativo grande e quadrado na barriga. Ele é magro e frágil, mas de forma alguma exala debilidade. Vera diz que é a foto dele da qual ela gosta mais.

Este oficial sérvio seminu, com as costelas salientes, os olhos enormes e um olhar tão penetrante que quase constrange quem o vê, é meu avô.

Este homem esquelético, com uma testa alta e um nariz forte, autoritário, é Miloš Novak, pai de Nina, oficial na seleção de hipismo da Iugoslávia, oficial da cavalaria do marechal Tito, partisan durante a Segunda Guerra Mundial, herói de guerra. Meu avô.

Ele é muito claro e muito magro. A magreza empresta a seu rosto uma aura de espiritualidade. As faces são encovadas, por isso as orelhas parecem grandes e engraçadas. Mas o principal são os olhos, sem dúvida. Há algo neles que não tem idade. São como os olhos arregalados de um cego, de uma alma complicada e pungente. Quanto mais olho para eles mais sinto que poderíamos ter sido bons amigos. Que ele é dos meus.

Aqui ele tem mais ou menos trinta anos. Nove anos mais moço do que eu hoje. Lembra um pouco meu pai quando moço. Eu até consigo imaginar que algo no jovem Rafael pareceu conhecido a Nina, e querido, quando os dois se encontraram na plantação de abacate. Talvez por isso ela lhe tenha dado aquela cabeçada, com toda a força.

E eu, eu me pareço com ele?

Se em alguma realidade alternativa nossos olhares se cruzassem por acaso na rua, iríamos adivinhar que o sangue dele corre em minhas veias? Que sou neta dele, a única? Será que íamos diminuir o ritmo de nossos passos por um momento?

Esse pensamento me entristece (tenho certo interesse pela tristeza do acaso. Mas agora não é o momento para isso).

"E ele amou tanto você", diz Vera para Nina, "sabe que não me deixava dar banho em você? Dizia que eu não era delicada o bastante. E ele fazia tudo, banhava, secava, trocava fralda."

Nina pede para ver a foto. Olha para ela e depois para mim. Por um longo tempo. Eu não a evito. Pelo contrário. Que veja quem ela ignorou. Que veja quem ela perdeu.

E Nina sussurra: "Toda vez isso me surpreende". A foto passa por todos, inclusive pelo motorista, e a julgar pelo silêncio eu compreendo que estão vendo alguma coisa que eu não vejo.

"É por isso que eu gosto tanto de olhar para rosto de Guili", diz Vera.

"Os olhos", diz Nina.

"Olhos como estes só uma pessoa no mundo tem", diz Vera. "Miloš está morto, e agora eles são de Guili."

"Ei", eu digo, "que tráfico de órgãos está acontecendo aqui?"

Vera se vira para a câmera. "Vamos falar de coisas alegres: uma vez, num domingo, era seu aniversário, Nina'le. Cinco anos? Seis? E depois que acabou o desfile da escola de equitação, de repente todos cavaleiros com seus cavalos entraram em nossa rua com espadas erguidas, e todos gritaram 'Nina! Nina!', e você fez assim com as mãos para eles..."

Vera tira do saquinho mais uma foto: ela está em frente à pequena casa que Miloš e sua família construíram na aldeia para o casamento. Uma casa de desenho infantil: duas janelas quadradas e uma porta, um telhado de telhas e uma chaminé. Vera tem mais ou menos vinte e dois anos, veste um suéter de lã fina sobre uma blusa branca, tem uma aparência muito respeitável, mas seu olhar é de desafio, provocador, sedento de vida. É linda, sobrancelhas arqueadas, delineadas, lábio inferior intumescido, brilhando. Um pega-rapaz na testa.

"Já quando eu tenho dezoito anos, Miloš me envia cartas lindas, você não ia acreditar, Nina'le, que homem tão jovem pudesse escrever assim. Mas eu também via nele um coisa que dava medo. Uma grande tristeza no alma." Vera se inclina para a câmera: "Pois ele estava desiludido e não acreditava nem um pouco nas pessoas. E isso era estranho, porque era comunista e idealista, e mais que tudo humanista, mas verdade só eu sei, que ainda jovem ele deixou de acreditar no bondade das pessoas."

Nina fica agitada com o que está ouvindo, se abraça naquele seu gesto de solidão.

"Ele sempre dizia: 'Para fazer bem no mundo, Vera, até mesmo um pouquinho, é preciso esforçar muito, mas maldade é como se fosse continuação do mundo, como só estivéssemos prolongando ela, só'.

"E também me dizia: 'Você me trouxe luz, Vera, me deu alegria, um norte. Sozinho eu não tinha um norte, não tinha nada'. Sabe, Ninotchka", diz Vera, "sempre tive muitos amigos, e sempre tinha burburinho a meu redor, assim é meu temperamento, que fazer, tem gente que gosta e gente que não. E Miloš, ele não tinha amigo. Nunca teve. Mesmo menino. Mesmo na aldeia. Não acreditava nas pessoas. Só acreditava em mim."

E estas palavras fazem o olhar de Nina procurar o de Rafi no retrovisor. Eles têm, esses dois, o tempo todo, uma espécie de conversa. As coisas que Vera diz lhes despertam ecos — e eu fico fora disso.

E pela milésima vez eu percebo que aparentemente não ouso compreender como era forte e profundo — apesar de tudo — esse estar junto deles.

"Fomos programados para sermos dois", ele me explicou uma vez.

"E eu abri os olhos dele, de seu pai. Ele, por exemplo, não era de jeito nenhum um revolucionário. Não era! Às vezes, por causa do que fez na guerra, nas florestas, pessoas pensam que ele foi grande revolucionário, grande herói, partisan corajoso, ideólogo, mas não, nada disso, isso ele pegou de mim. Desde o início fui eu que ensinei essa linguagem para ele."

"Taí uma coisa que me deixa louca", Nina intervém de repente. Dá para sentir suas garras se projetando. "Se qualquer um falasse dessa maneira de si mesmo, diriam que a pessoa está se gabando, é megalomaníaca e egomaníaca, e com você, de algum modo, bem, não sei como, isso passa... é parte de... entende o que quero dizer?"

"Não." Num impulso Vera lambe o lábio superior. "Explique, por favor."

"De você as pessoas aceitam. Todo mundo. Em todo lugar. Na família, no kibutz, seus amigos na Iugoslávia, e não é só que aceitam: eles elogiam. Como pode? Não, realmente, mãe, me explique, me ensine..."

Vera dá de ombros. É um gesto cruel e terrível.

Eu tinha quinze ou dezesseis anos, estava na cozinha com Vera, cozinhando e conversando, e ela, como de costume, falava de Nina, sua ferida aberta, e deixou escapar um comentário: "Nina não tem carisma". Foi isso que ela disse. Acho que na época eu nem sabia o significado dessa palavra, mas, claro, concordei na hora, com veemência. Ela não tem carisma, Nina, e sempre foi mimada, e fraca, e princesa, e nós, Vera e eu, em nosso caso a "hereditariedade" tinha pulado uma geração... Mas como é que eu pude me deixar enganar assim? Que idiota eu fui, como permiti que ela me programasse como uma versão dela?

"E entenda, Nina querida", diz Vera, ignorando o desabafo da filha, contornando a armadilha sem piscar e se dirigindo à Nina mais submissa, a que está dentro da câmera. "Você tem de entender que Novaks homens não têm nenhum revolucionarismo no sangue. São tranquilos. Sem iniciativa. E eu sempre fui revolucionária. Fui combatente desde pequena e durante vida toda."

"Combatente em prol de quê?", provoca Nina, fora de foco.

"Como, em prol de quê? Ainda não sabe?"

"Quero ouvir isso de você. Quero que fique registrado."

"Eu queria mais justiça para humanidade!"

Entre seus olhos se delineia um traço marcante. Um ponto de exclamação que ao mesmo tempo joga a mandíbula à frente, empina o nariz, minha avó fofa, engraçada, generosa, afetuosa, dedicada, fanática, durona, cruel. A vovozinha e o lobo sob a mesma pele. Como resistir a ela? Como aceitar o que ela fez com Nina?

E como continuar a ser eu mesma e continuar a amá-la?

"Então, se é assim", diz Nina, "me explique como uma revolucionária como você se apaixonou por um homem que na verdade, a julgar por como você o descreve, era um soldado obediente."

"Antes de mais nada", diz Vera, "o cabeça que ele tinha, e nós tínhamos muito, muito o que conversar. Meio ano depois do casamento ainda estávamos conversando. Não nos tocamos."

Meu pai pisa no freio, os pneus gemem, o carro nos sacode.

Nina quase sufoca: "Não se tocaram?".

"Foi isso que você ouviu." Vera cruza os braços contra o peito. Olha para um ponto distante a sua frente.

Nina pede uma explicação.

"Desde início tínhamos um acordo: durante meio ano após casamento não íamos tocar um no outro. Era coisa platônico, Nina, que você não pode imaginar... Éramos como dois ímãs, dormindo em mesma cama e pegando fogo, e nada!"

"Mas por quê?", Nina quase grita.

"Foi o que ele disse, logo no início. Meio ano. Como sacrifício. Você oferece aquilo que é mais caro a você. Foi isso que ele inventou, e eu gostava do cabeça dele, e acompanhei meu marido, e nós orgulhamos disso."

Nina, ao fundo, ferve. "E vocês conversavam sobre o quê, enquanto não se tocavam?"

"*Oho!* Conversávamos sobre tudo que estava acontecendo no mundo. Já tinha Hitler, já tinha Mussolini, tinha muito sobre o que pensar. Ideias, programas, discussões, caminhos novos a buscar, sionismo também. Tem onde a gente se sente em casa e tem onde a gente se sente estranha."

Ela fala, mas eu, e talvez também Nina e Rafi, não estamos com ela agora. Essa ideia de um jovem casal se contendo, tão decididamente, eles como que são postos sob um refletor impiedoso.

"Por exemplo, em 1942 recebemos de Moscou informação de que agora slogan era 'Pela pátria e por Stálin!'. E eu disse: 'Miloš, para mim, isso acabou. Onde é minha pátria? Onde tiver proletariado, lá será minha pátria! Sou internacionalista!'. E Miloš se assustou: '*Ohi*, você é trotskista! Você é nihilista! Não diga um coisa desses!'. E ele ficou infeliz por eu ser assim, e, Deus me livre, isso poderia afastar a gente. E para mim estava claro que em Stálin havia algo de mentiroso. Stálin não resolvia meus problemas como judia, pois eu queria socialismo como foi depois o de Dubček, socialismo humano..."

Ela para, suspira. Talvez perceba uma lufada de frio e afastamento que vem de nós. "Vocês não conseguem compreender isso, não é verdade? Para vocês é como um mundo de dinossauros..."

"Por que você acha isso? Não foi há tanto tempo assim", meu pai diz baixinho, e eu e Nina produzimos juntas um murmúrio indefinido.

"Não, não, vocês não podem compreender meu mundo. E minhas guerras, e ar que eu respirava." Ela empalidece e se encolhe, tomada abertamente por um frêmito de solidão. Solidão de uma mulher com noventa anos, cujo mundo já passou, e todos os amigos já morreram.

"Vocês não vão entender nada", ela balbucia, "vocês dizem 'guerra', mas uma guerra nos Bálcãs não é como em Israel. Nos Bálcãs lógica é outra. Guerra nos Bálcãs é, antes de tudo, estupro. Eles estupram. Não porque estão querendo mulher. Eles estupram mulher com revólver no cabeça para que ela dê a eles um rebento, e aí marido dela não quer mais essa mulher. É lógica da guerra. E aí sérvios chetniks degolavam crianças dos comunistas e lambiam o sangue da faca. E croatas ustašes que ajudavam alemães — nem quero contar o que faziam. Os Bálcãs divertiam com isso. Absorveram alguma coisa daquilo que turcos fizeram com eles. Algo anormal ficou por aqui. E vocês viram crueldade deles na guerra que teve aqui não faz muito tempo. Não existiu nada igual no mundo, talvez só na Idade Média tenham acontecido coisas assim."

Silêncio. Vera faz uma pausa para assimilarmos suas palavras. Algo escorregadio e evasivo passa por aqui.

"Mas vocês querem ouvir outros coisas… uma história de amor… Hollywood…", ela suspira.

"Conte o que quiser contar", meu pai diz baixinho.

Ela fecha os olhos. "Quero falar sobre Miloš e eu."

"E nós queremos ouvir", meu pai a tranquiliza.

"Por exemplo, eu também tinha muito interesse por livros. Ah, Ninotchka, seu pai lia muito mesmo. Não conheci nenhum homem que tivesse lido tanto." Aos poucos o rosto de Vera volta ao que era, ilumina-se para a Nina que está na lente. O fato de dar as costas — fisicamente — à Nina que está sentada a seu lado começa a me incomodar.

"E você era pequena, meu bem, e seu pai toda noite lia livros em voz alta para mim, e uma vez, você devia ter uns quatro anos, eu estava sentada na cama tricotando, e você brincava de boneca, e pensamos: 'Ela é menininha e não entende'. E ele estava lendo um livro sobre Momish Uli, que foi herói dos cossacos na Segunda Guerra Mundial. E algumas semanas depois você ficou doente, com muita febre, e começou a ter alucinações, e gritou: 'Eu sou Momish Uli! Me deem metralhadora para eu matar todos alemães!'."

Risos no carro. É uma oportunidade para retomar o fôlego. Nina enxuga os olhos, espero que seja de tanto rir. "Está vendo, Guili, até meus pesadelos são nacionalistas!", Vera diz.

"Sabe quando a infância termina?", meu pai me disse certa vez, depois de mais uma diatribe minha contra Nina. "Quando é que uma pessoa começa a amadurecer? Quando ela concorda em aceitar a ideia de que seus pais também têm direito à psicologia."

"E eu e seu pai, Nina, jogávamos jogo, ver como pensávamos mesmo coisa sobre todo tipo de ideias. Pensamentos. Uma frase ele, uma frase eu. Ver como nossas lógicas funcionavam juntas. Sobre cada coisa pensávamos juntos, em cada caso chegávamos juntos ao mesmo ponto. Um só cabeça, um só alma. E não pense, Nina, passados seis meses em que não nos tocamos, que havia entre nós só sexo e cama", ela explica muito séria para a câmera, "era aliança entre almas. Em nosso cérebro, aqui, tínhamos concordância interior e não precisávamos falar muito.

"E antes do casamento Miloš fala comigo e diz: 'Ouça, somos muito jovens. Nenhum de nós tem certeza de que vida inteiro vamos nos amar como se fôssemos um só. Mas eu prometo que se acontecer algo em meu cabeça que me atraia para outra pessoa eu vou contar na hora, e vamos nos separar como gente grande. De cabeça erguido. E tudo que a gente fizer, besteiras, erros, a gente vem e conta. Assim, você nunca me trair e eu não trair você. Não haverá isso entre nós, traição."

Rafi tamborila com furor em meu joelho. Meu Deus, ele diz em nosso Morse privado, ela realmente nunca traiu Miloš.

"Não... ele era coisa especial, Ninotchka." O olhar transparente de Vera nas profundezas de minha lente me constrange, como se tocasse dentro de mim. No espaço compacto do interior do carro ela está oferecendo algo precioso e profundo, mas o está oferecendo à Nina do futuro, e pelo visto nunca o ofereceu à Nina que está aqui, que agora se abraça a ela sem se conter, e eu posso ver ao vivo como é isso, essa necessidade exposta, esse soluço de lamentação.

"E seu pai, Nina'le, *mila moie*, minha querida, não era rapaz bonito nem saudável, já disse, mas era tão gente, tão humano... nossos almas se falavam mesmo quando a gente estava dormindo... muitas vezes eu sabia o que ele ia dizer dali um minuto. Eu sei, Miloš, o que você quer..." De repente a voz dela muda, seus olhos se fecham, as duas mãos se juntam como numa prece. "Até hoje sei pensar junto com você, e é tão profundo isso de estar com você, que mesmo depois de cinquenta e sete anos tenho lágrimas presas dentro de mim porque você foi embora." Ela fala baixinho, quase não dá para ouvir. "Eu perdi algo, felicidade assim não existe no mundo. Nenhuma mulher, acho, usufruiu de felicidade assim com um homem. Com homem que fala e pensa e ama e é fraco e é forte..."

Nina se afasta dela. Todo o seu ser está dizendo: que chance eu teria diante disso?

"Mas então já tinha guerra e tinha Hitler, e de repente eu não sabia onde estava Miloš, e não sabia onde estavam meus pobres pais, e só depois soube que tinham levado os dois para Auschwitz..." Vera hesita, sussurra com o canto da boca para Nina, a seu lado: "Pode contar para ela sobre Auschwitz?"

"Para... aquela Nina?", Nina pergunta.

"Sim. O que ela sabe, e o que ela não sabe..."

"Tente, não faço ideia."

"Imagine que presente", Rafi me diz num cochicho, "esquecer Auschwitz."

"Seja como for, estou na aldeia com família de Miloš, faz frio terrível e não tem comida. Apenas dois quilos de gordura, e talvez vinte de milho, para todo mundo. E começam a aparecer listas de quem morreu e quem alemães aprisionaram. Elas são penduradas em quadro de avisos da escola, e Miloš não aparece nas listas, e eu digo a meu sogro: 'Sogro, vou procurar Miloš. E ele diz: 'Está louca, minha nora? De que modo? Para onde você vai? Está tendo guerra!' Porém passa mais um dia, e mais um dia, e ele vê que estou decidida, e diz: 'Prometi a meu filho que ia proteger você, por isso vou junto'.

"Assim, com revólver que Miloš me deu uma vez, roupas de camponesa sérvia, sapatos opanka de ponta, e meu sogro vem comigo, e ele veste roupas da aldeia dele, meias grossas, bordadas, calças bufantes e cinturão. Era muito bonito, um Novak bonito. E caminhamos a pé, são cem quilômetros, pois precisa andar sempre contornando. Vamos por montanhas, passando por redis de ovelhas. Quando o noite cai, meu sogro diz: Deite aqui! E ele fica no porta, ereto, tomando conta de mim com arma na mão. Durante a noite, toda vez que abro olho — eu vejo ele ali de pé, de guarda."

Eu movimento a câmera para enquadrar Rafi. O rosto grande e barbudo e sulcado de rugas. Imagino se está pensando em suas viagens de busca atrás de Nina.

"E por todo caminho conversamos. O tempo todo ele quer saber mais e mais, sobre mundo, cafés, teatro, cinema... Era muito inteligente. Eu já disse, homens Novaks são inteligentes, e ele, pai de Miloš, era camponês analfabeto, mas que conversas, Nina! Que filosofia! Quando anoitecia a gente acendia uma pequena fogueira e cobria com pedras, para esconder, e assava batata ou milho, e a gente conversava. Ele pedia: 'Me conte, nora, sobre a grande mundo, me fale de judeus, de sua fé'. Ele em toda vida nunca tinha ouvido falar desse povo, de judeus. Pensava que a gente era tsintsares, uma espécie de mistura de gregos e sérvios que viviam na Macedônia.

"E o tempo todo ele me dizia: 'Você é doida, minha nora. O que vai acontecer se pegarem a gente?'. 'Não vão pegar!' 'Mas até onde você quer procurar?' 'Até Alemanha! Até Hitler! Eu vou encontrar meu Miloš!'

"E assim a gente caminhava, da manhã até noite, comia um pouco de pão com gordura, bebia em riachos, não via ninguém. Se avistava de longe, a gente se escondia.

"Ele era homem puro e eu tinha confiança nele. Tinha dois grandes olhos azuis, como um menino", Vera ri. "Sua mulher, mãe de Miloš, não era bonita, mas era mais forte do que ele. Era demônia, *oho!* Venha ouvir um coisa, Nina querida…"

Vera apruma o corpo no assento, se inclina para a câmera e esfrega as mãos alegremente: "Uma vez perguntei para o meu sogra se no Primeira Guerra Mundial, quando ele estava no exército, ela tinha traído ele. Ela então me disse: 'Sabe, Vera, quando a gente dançava eu tinha na cabeça flor vermelha, então fulano pegava com dentes a flor de meu cabelo…', e com isso eu sabia que ela havia tido romance com fulano.

"Em geral, eu já disse uma vez e vou dizer de novo: homens Novaks eram tranquilos, muito bonitos, inteligentes de meter medo, mas não sexy. As garotas … demônios. Nem um pouco bonitas, mas sexy. E irmãs de Miloš… *Oho!* Aconteceram muitos problemas com elas, muitas histórias…"

Os olhares de Nina e de Rafi se encontram novamente no retrovisor. Quase se pode ouvir o tilintar daquela esgrima. Devido ao ângulo em que eu estou sentada, preciso me dobrar toda para captar a imagem no espelho. Rafael envia a Nina um sorriso um pouco torto, ela lhe devolve, e eu vejo tudo, e consigo não mover um músculo do rosto, de tal modo que Nina lhe pergunta, com um olhar, se ele me contou. Ele assente.

"Eu lhe pedi que não contasse", dizem os olhos ofendidos dela.

"Não guardo segredos de Guili", dizem os ombros de meu pai.

E agora Vera enruga a testa: "Ei, por que vocês estão assim?".

"Não é nada, vozinha", eu digo. "Vivências de sobreviventes." Nina começa a rir, e eu me encho de um orgulho bobo: consegui fazer a princesa tristonha rir.

"Você parece um pouco chocado", Nina disse a ele. Foi há cinco anos, em agosto de 2003, no final do dia em que havíamos comemorado os oitenta e cinco anos de Vera. Nina chamou Rafi para um passeio vespertino no lugar onde uma vez existira o pomar de abacateiros em que eles tinham se conhecido. Hoje tem uma fábrica de telas de celulares que rende um bom dinheiro ao kibutz. "Estou vendo como é difícil para você, Rafi querido, seus olhos... Você não consegue acreditar que o que estou lhe contando seja verdade. E talvez não seja mesmo... Ouça", ela solta um riso rouco, "às vezes, de manhã, antes de eu acordar de todo, fico deitada por alguns minutos pensando 'não pode ser que esta seja a minha vida, que ela seja assim, que me aconteceu esse lance doido'...

"Não sei por que estou lhe contando", riu, "a coisa toda, toda a graça da história, é que cada um deles só conhece uma parte de mim, só a namorada deles, e eu, por minha própria vontade, eu lhe dou tudo, dou o pacote inteiro para um sujeito, e ainda mais um sujeito com uma câmera na mão. E é o sujeito em quem eu mais confio no mundo, não confio em ninguém mais do que em você, você sabe disso, não sabe, Rafi?"

Rafi disse que sim. Ele é alérgico a álcool, e o bafo de Nina lhe causa enxaqueca.

"Mas você também é a pessoa menos indicada para ouvir isso", Nina riu, "e a pessoa que mais vai sofrer com isso... Você ainda pode se arrepender."

"Estou ouvindo", ele disse secamente. Tinha se espantado por Nina ter sugerido, e até mesmo exigido, que ele filmasse o que ela queria lhe contar — uma confissão? Um testamento? Mais um libelo acusatório contra Vera? Não tinha como saber, mas uma sensação de frio começou a se espalhar em seu corpo, e ele já adivinhava que era um desses momentos a partir dos quais muitas coisas não teriam mais volta.

"Pois até mesmo eu, em momentos de discernimento, quando o cérebro, como se diz, começa a funcionar novamente, não consigo aceitar que isso aconteceu de verdade. Que compliquei assim minha vida, e agora não vejo como voltar à vida das pessoas normais, comuns, íntegras... E no meu caso, aqui..." E ela de repente dá um tapa com força na parte de trás do crânio. "Aqui tem tantos segredos e mentiras, e como é que não enlouqueço com isso, me diga? Como é que mantenho nesta caixinha todo este emaranhado..."

Rafi disse a si mesmo que ele era apenas o olho da câmera. Que só depois tentaria compreender.

"Quando estávamos juntos, em Jerusalém, o fato de estar com você ainda me segurava um pouco. Desenhava uma linha em torno de mim. Eu tinha um limite. Sabia onde ficava o certo, onde ficava a luz e onde começava a escuridão. Verdade que na maior parte do tempo eu queria fugir disso, e fugia, mas também voltava. Ouça, Rafi..." "Estou ouvindo", ele balbuciou. "Nos últimos tempos estou pintando e bordando como nunca." Rafi disse a si mesmo que nada do que ela lhe contasse iria quebrá-lo.

"E saiba, a mais ninguém, a mais ninguém no mundo eu não... não assim... e por isso quis que você me filmasse contando isso, compreende?"

Ele nega com a cabeça.

"Não compreende o quê?" Em seus olhos havia um obscuro desespero. "É para que de uma vez por todas, em algum lugar do mundo, todas essas coisas estejam juntas, todas as mentiras, e então por alguns momentos elas serão verdade..."

"Nina", ele diz com delicadeza, "chega. Por que não voltamos para o quarto de Vera?"

"Olho para mim agora, olho para mim com seus olhos e não acredito que seja eu, que isso aconteça comigo, que minha vida tenha se complicado tanto, e também o meu amor. Não me refiro a meu amor por alguém, isso eu não tenho agora, estou falando do lugar do amor que eu tinha dentro de mim, o lugar onde eu podia experimentar um amor simples, fiel, como se ama o pai e a mãe quando se tem três anos...

"E percebo que agora ele ficou corrompado. Corrompado ou corrompido? Como se diz? De repente me fogem as palavras, eu bebi um pouco... Meu amor ficou corrompido, e eu mesma já fiquei também, e não precisava ser assim!" Ela gritou estas últimas palavras, Rafi se retraiu e ela riu. "Estou amedrontando você, hein? Não era isso que estava escrito na cartas, Rafi, e, acho, tampouco está em meu caráter... Meu verdadeiro caráter me foi tirado quando eu tinha seis anos e meio, e me devolveram três anos depois, estragado, acabado... Pois ainda lembro quem eu era, que menina eu era..." Nina gritava do fundo do coração. "Lembro dela, eu lembro dela. Era uma menina alegre. Séria mas alegre. E ela é a coisa mais preciosa que eu tenho, é dela que extraio a força que tenho até hoje, não tenho outra força a não ser a dela. Imagine só, uma mulher da minha idade extraindo tudo que tem de uma menina de seis anos e meio..."

"Sorte que você tem essa menina", ele diz. "Agora vamos voltar. Vera deve estar preocupada."

"De repente me lembrei, do nada, assim, sem nenhuma relação... Eu tinha seis anos, e meu pai tinha viajado com a seleção de hipismo para Roma, e ele me trouxe de lá sandálias brancas, lindas... E uma outra vez ele me trouxe uma blusa de seda, de xantungue, e disse que ela ia destacar ainda mais os meus olhos... Mas eu queria lhe dizer outra coisa. Os pensamentos me fogem... Ultimamente venho esquecendo coisas, é engraçado, de tanta complicação, de tanta coisa que eu escondo, de tanta vida dupla. Quem me dera fosse dupla... Tripla, quádrupla... Mas estávamos falando de outra coisa... O que é que eu queria... Espere, um momento... lembrei. Era sobre a diferença que existe entre o que se vê de fora e o que de fato... Olhe para mim. Esqueça por um momento que você me ama um pouco, faça esse esforço por mim, e diga o que vê. Uma mulher bem comum, certo? Já não muito atraente. Não dessas que fazem as cabeças se virarem, a não ser a sua cabeça, para sorte minha, mas isso já faz parte da sua autossabotagem, não assumo a responsabilidade... Mas veja, uma mulher bem comum, à primeira vista. No emprego dela, no Brooklyn, ela já está lá há sete anos, talvez cinco das mil pessoas que trabalham na companhia saibam qual é seu primeiro nome, o nome da miss Novak, ou mesmo que ela tenha um primeiro nome... Uma mulher um pouco anêmica, e sem muita carne, ainda que às vezes, dependendo da iluminação, digamos, pareça bem-apanhada, talvez até bonita, mas evidentemente já não em seu auge. Você concorda com a descrição?"

"Vou dizer depois." De repente ele percebeu, Rafi, como era importante para ela que ele a filmasse agora, logo depois da festa da família, e com a mesma câmera com a qual haviam sido filmados todos os momentos em que ela se exilara deles.

"Imagine então que sob a pele fina de miss Novak, a loura pálida do setor de tradução comercial, econômica e técnica, departamento de línguas do Oriente Médio, Irã e Turquia, expert em hebraico, algo se agita o tempo todo, um demônio, mas de verdade, com rabo e olhos vermelhos enlouquecidos. E o que é esse demônio dentro de mim, Rafi? De onde ele veio? Me diga, se por acaso você o conhece, se por acaso ao menos uma vez na vida você sentiu ele queimar seu cérebro e suas vísceras enquanto caminha até seu pau, e te agarra pelas bolas e revira você de dentro para fora como se fosse uma luva. E ele não dá a mínima para você, entende, não dá a mínima para mim, e eu aceito isso, combina comigo, *suits me well*, ele só me usa para poder viver. Para o prazer dele, *dele*, muito mais do que para o *meu* prazer. Ele me esfrega em todo pau que passa por mim, é disso que ele precisa, meu demônio. E eu assinei esse trato com ele, para mim é bom, porque o que ele procura é o movimento, a esfregação, você entende? A velocidade, o movimento, a esfregação e o rodízio, o tempo todo, o rodízio dos meus fornicadores tão ingênuos, que não têm a menor noção de que não são o *one and only* nesse meu leque. Mas agora você sabe, e você é o único no mundo que sabe, Rafi, que eles são quatro — quatro para hoje, quatro que se revezam, tac, tac, tac, tac!" Ela mexeu as mãos num movimento de quem joga cartas na calçada. Suas pálpebras estremeceram e seus olhos se fecharam, e havia uma qualidade estranha, de embriaguez mas também de tensão, na sua fala engasgada. "E talvez em breve quatro não me bastem, já estou prevenindo, Rafi, talvez quatro não bastem, pois já sei como é com quatro, entende? Aprendi a lançar quatro no ar sem que nenhum deles caia, e um não se choca com o outro. A situação é tal que com certeza em breve vou precisar aumentar a dose, ser como algum malabarista com cinco, um instante, cinco não, seis, por que não seis? E talvez depois de algum tempo seis também não sejam suficientes, e vou precisar de sete, por que não?..."

Ela respirava pesadamente, suas faces ardiam. Quando a viu assim, meu pai me disse, quando viu o seu olhar, compreendeu o significado da expressão "*esh zarah*", o fogo estranho que arde em nós mas que é estranho a nós, vem de outro lugar.

Ele me mostrou o que tinha filmado, a cena inteira, sem concessões. Só mostrou depois de infindáveis pedidos, súplicas, e o tempo todo eu rezava para que ele não o fizesse, que fosse adulto e responsável e me protegesse, que fosse *meu pai*. Mas afinal ele cedeu, e depois, segundo me disse, se arrependeu pelo resto da vida, a cada dia, e eu também.

Onde é que eu estava?

"Do jeito que você está me olhando agora, Rafi... Sei o que está pensando, mas quero que ouça até o fim e só depois chegue a uma conclusão, tudo bem? Depois pode me dar a sentença de uma pessoa como você, honesta, cuidadosa, lúcida." Ela cuspia essas palavras. "E talvez você decida que é preciso me enviar para o exílio, para uma reeducação, talvez para uma prisão em alguma *island*. Até que uma *island* combina bem com minha família, especialmente uma *naked island*, como Goli. Mas lembre-se, Rafi, lembre também que não tem como me amedrontar com isso, pois já estou lá faz tempo, na ilha. Desde que tinha seis anos e meio eu estou lá, e estou lá sozinha. Me enviaram para lá sem julgamento, enviaram de uma hora para outra, eu nem pude levar ao tribunal alguém que dissesse alguma coisa boa de mim. Você é a única entre todas as pessoas do mundo que é capaz, talvez, de dizer alguma coisa boa de mim, e a única que ainda acredita que pode me inocentar, não é mesmo, Rafi?"

Nina agitou os braços como se estivesse se afogando. "Inocentar não só no caso desses caras, os fornicadores, inocentar de tudo... Uma vez, se fosse possível que pelo menos uma vez eu fosse imersa em alguma substância e saísse limpa e pura, e, mais que tudo, *simples*. É disso que tenho mais saudade, esqueça todo o resto, apenas simples, como já fui uma vez, você sabe, antes do que aconteceu, antes do que aconteceu a Vera e a Miloš e a mim. Estar mais uma vez, mesmo que por cinco minutos, naquela manhã em Belgrado, quando minha mãe me mandou para a casa de sua amiga Yovanka. Saí de casa e já fazia frio, estávamos em outubro, e na calçada havia um desenho meio apagado do jogo de amarelinha, e eu pulei, e folhas da desfolha de outono caíam sobre mim, lembro disso tão bem." O pescoço dela se distendeu para trás, as pálpebras se cerraram. "Folhas grandes, amarelas e vermelhas, e o vendedor de castanhas chegou com sua carroça na esquina da nossa rua, e eu olhei para trás, eu lembro, para casa. Naquela manhã eu tinha sentido que minha mãe estava preocupada e distraída... Vera, você sabe, nunca está distraída, e naquela manhã ela me vestiu o suéter ao contrário, tentou fazer minhas tranças por duas vezes e seus dedos como que não... E quando olhei para trás, vi que na porta de casa havia um homem alto e largo com um casaco preto, e ele olhava para mim e fiquei com medo. Comecei a andar mais depressa para a casa de Yovanka. Não corri de volta para casa, nem que fosse para minha mãe não ficar sozinha com aquele homem. Eu estava com medo dele e fugi, meu instinto foi se afastar. Mas como é que eu acabei falando sobre isso?"

Ela fitou Rafi com um olhar erradio, assustado.

"Sobre o que eu estava falando?"

"Sobre ser simples."

"Simples, sim, transparente. Para que fosse possível olhar dentro de mim e enxergar até o fundo. Mas comigo isso não é mais possível, no meu caso a lente está embaçada. Ou na verdade há várias lentes superpostas, uma sobre a outra, e sobre a outra... Quantas é possível, me diz? Quantas mentiras se podem enfiar e comprimir na vida de uma pessoa antes que o cérebro dela comece a vazar? Eles vêm a mim um após outro, às vezes dois por dia, um sai e duas horas depois eu recebo outro. E não vá pensar que faço isso por dinheiro — aliás, se algum cometer o erro de propor grana, ele é posto para fora do time, não há perdão. Mas nos outros aspectos eu sou a mais doce e a mais crocante das mulheres, sou ingênua e suave e maternal, ou prostituta, segundo a preferência do público. Nina aceita qualquer ideia, qualquer iniciativa, e quanto mais louco melhor, você não é capaz de imaginar, Rafi. E chafurdo cada vez mais, e é isso que deixa loucos os meus senhores, vale tudo, toda fantasia e todo capricho. Estou enojando você? Paro?"

"Estou me limitando a filmar."

"Filme sim, foi o que eu lhe disse, pelo menos uma vez é preciso que todas as mentiras, juntas... Meu pobre Rafi... Que vida você poderia ter tido se sua alma não tivesse se prendido no prego que eu... Continuo?"

A câmera assente.

"E eles não conseguem acreditar na boa sorte deles, que aquela mulher magrela e macilenta do departamento *so and so*, aquela com quem eles flertaram um pouco no elevador, ou no metrô, ou na fila do *frozen yogurth*, flertaram até sem nenhuma intenção, talvez só por gentileza, ou pelo prazer do flerte — que aquela coruja anêmica de repente se acende e inflama entre seus braços, e se retorce e se agita como se estivessem deitados com três-quatro-cinco mulheres diferentes. E ela só não permite que a beijem na boca, e até nisso se parece com suas irmãs as prostitutas. Oi, Rafi, meu querido", e aqui ela deu um passo à frente, lançou os braços em torno do pescoço dele com um suspiro desesperado. Depois se refez, recuou e falou para a câmera. "Eu estou falando e falando e não digo o principal, e o principal é que... o que é o principal, de repente não me lembro o que é o principal, me fale..."

"O principal é que você inventou tudo isso para me deprimir." Rafi diz baixinho, com uma raiva que só não explode porque ele a contém com dificuldade.

"Ah, antes fosse", ela suspira. "Quem me dera... Se houvesse um modo, alguma mágica para levar isso para o reino da fantasia... É tudo verdade, Rafi, e você não entende, você é bom demais e lúcido demais para compreender uma coisa dessas. Agora ouça, e me deixe falar até o fim, pois uma segunda vez na vida isso não vai acontecer comigo, contar essas coisas para alguém. E o que vamos filmar aqui você vai pôr bonitinho na minha mão e eu vou jogar no buraco mais fundo que encontrar. O principal é que eu quis contar para você, para que você soubesse. O principal são os últimos momentos antes que o cara da vez bate à porta; o momento em que meu cérebro está ardendo mais, espante-se, é *antes* de ele chegar, o fornicador número dois, ou três, você percebe? O principal são os dez ou quinze minutos antes, quando eu o imagino descendo na estação do *subway* e o vejo caminhando em minha direção, cada vez mais perto. Eu paro um pouco no ar a cada passo dele, devagar-devagar, *darling*, e ele voa para mim como uma flecha, mas em *slow motion*. E ele passa pelo salão de manicure das garotas coreanas, depois tem a déli, a mercearia do indiano, e eu já quase morrendo à espera dele. *Ohi*, Rafi, por que não ficamos juntos em casa, em meu quarto no kibutz quando éramos crianças, por que você não me trancou lá depois que transamos até eu ficar limpa desse veneno, dessa droga?"

Rafi se cala.

"E ele já está junto à farmácia da esquina, e sorri para si mesmo pois minhas ondas quentes começam a deixá-lo molhado, se elevam para ele da rua, do asfalto, e tem também, como se diz, rodas de fogo, como no circo, a palavra me fugiu..."

"Arcos?" Rafi sussurra com abjeção.

"Ar-cos...", ela saboreia a palavra com prazer. "Mas só ele enxerga esses arcos, as pessoas passam por eles e não os percebem, passam à esquerda e à direita deles, e só ele passa por dentro de meus arcos de fogo. Ele os salta e os atravessa com facilidade, como um leão elegante — a juba dele infla, e seu terno está explodindo em cima de seu pelame. E ele sabe, ele sabe. Ele sente que agora está saltando nos meus arcos de fogo, compreende que já perdeu por completo a capacidade de se movimentar na rua por conta própria, e o que o atrai agora sou somente eu, o ímã poderoso que eu sou. Por que estou fodendo com seu cérebro? Rafi, me diga para parar quando ficar de saco cheio disso. Como é que você não se enche? Então, veja, imagine, fique comigo, não me abandone agora, veja com seus olhos como o velho elevador desce rangendo e sobe vagaroso até mim com aquele sujeito, nono andar, décimo, décimo primeiro, décimo segundo... E ele deseja, aquele sujeito, todo ele é um só querer ardente. Ele quer a mim, Rafi, a mim, você entende? A mim. E eu também ardo pela vontade dele, sou toda fogo porque ele me escolheu agora, a pequena Nina dele. E estou dentro do desejo puro dele, e o pau dele é como a agulha de uma bússola apontando para mim, pois ele escolheu a mim entre os milhões que vivem em Nova York neste momento. E ele tem de ser claro e infalível. Aliás, todos os meus fornicadores são assim, não tem isso de 'não sei o que me deu hoje, nunca me aconteceu na vida', não tem. Bateu na trave, vamos arranjar um substituto, pois a mim, Rafi querido, a mim é preciso querer. Entendeu? Entendeu?"

Rafael suspira, a cabeça lhe dói como se a tivessem perfurado. "Você está bêbada, Nina. Vamos voltar para Vera, faço um café bem forte..."

"Querer e desejar, e novamente querer, até não restar lugar no cérebro para nenhum fato a não ser o fato de que me querem, esta é a condição para serem recebidos por mim. Precisam ter me escolhido, me querer..." Ela grita, e de repente irrompe a chorar.

Rafi engole em seco. Nos últimos instantes tem estado fora

de si. Agora sente como se um hipnotizador o tivesse tocado junto à orelha e o despertado. E a dor.

"O quê?", ela diz após alguns momentos de silêncio.

"O que o quê?"

"Diga alguma coisa, cuspa em mim, me esmague com sua sola como se eu fosse um cigarro, chame o kibutz para me apedrejar. Não acredito que fiz isso."

Ela desaba e senta numa tampa de esgoto. Segura a cabeça entre as mãos. "Não acredito", ela geme, "logo a você, no mundo inteiro? Me dê a câmera."

"Sobre isso vamos resolver de manhã. Quando passar o efeito do porre."

E para sua surpresa ela concorda. Ergue para ele seus olhos exaustos. "Ao menos diga alguma coisa. Não me deixe ficar assim sangrando."

Ele senta a seu lado. Respira fundo e a atrai para si.

"Você não acha que sou imunda?"

"Não sei o que estou sentindo."

"Você acha que sou imunda."

"Uma vez, quando éramos... Quando estávamos no começo, quando procurei você por todo o país, eu fiz um juramento", ele suspira. "Bem, vou contar para você. Jurei que sempre iria absorver os seus venenos, até você se limpar por completo, e então, pensei, poderíamos realmente começar."

"E agora?"

"Não sei. Acho que cheguei ao limite do que sou capaz de absorver."

"No limite ou já passou do limite?", a voz dela fraqueja. Rafi fica calado. Pensa que talvez de fato tenha chegado a hora de tirá-la de sua vida.

"Entendo", ela diz.

"Vamos voltar, Vera está esperando."

Nina gruda em seu braço. Se abraça a ele. Ele pensa no corpo dela, na vida do corpo dela. Uma vez ela lhe havia dito que seria possível escrever duas biografias totalmente separadas: uma dela, a outra do corpo dela.

A mão dele em seus ombros está mais leve do que de costume.

"Ele está frio comigo", observa Nina. "Ele tem nojo de mim."

Vê-la ter se afastado tanto, para além de tudo que ele era capaz de compreender, o desespera. Sente Nina despencar, mergulhar num abismo. De repente se vira para ela e a beija na boca.

Beija e beija de novo. Ela também. Os dois se beijam.

Depois se afastam e olham um para o outro.

"E então", ela diz ofegante, "absorveu um pouco de veneno?"

"Foi como se fosse nosso primeiro beijo", ele balbucia. Um grupo de garotas passa ao lado deles. "Arranjem um quarto!", grita uma delas, e outra acrescenta: "Num asilo de idosos!".

Nina e Rafi riem.

"Meu primeiro foi há muito tempo", ela diz.

"Que boca doce você tem."

"Nós nos beijamos...", ela murmura. "O que você fez comigo, Rafi?"

"Beijei a mulher que amei toda a minha vida."

Ela exala um leve suspiro. "Você está tão ferrado", ela diz, e de repente se enche de raiva, como se ele lhe tivesse estragado agora, inadvertidamente, um plano complicado no qual trabalhara durante anos.

Mas logo volta a se colar nele com todo o corpo. "Fuja", diz, "salve-se." Beijam-se novamente. "Já estamos com nove beijos de profundidade", murmura. Ele ri e ela se alegra. Ele torna a beijá-la. Ela faz uma observação: "Este beijo foi de despedida?". Ele a beija mais uma vez. A cabeça dela repousa em seu braço. Seus olhos estão fechados. Os lábios distendidos. Ela diz: "Você já passou por isso de começar a comer alguma coisa e só então perceber que estava com fome?".

O corpo dela relaxa, desliza para dentro dos braços dele. "Nunca antes disso estivemos tão juntos no corpo e na alma", Rafi me disse quando terminei de ver o material que ele tinha filmado. E eu quis morrer.

Na manhã seguinte, dois dias antes da data marcada, sem se despedir de meu pai e de Vera, ela voou de volta para Nova York.

"Chegamos em Belgrado, meu sogro e eu, era noite e precisamos ir para a Croácia, meu país, mas antes quero visitar minha casa e de Miloš em Zemun, que fica bem ao lado de Belgrado. Quero estar pelo menos dez minutos em minha bela casa e pegar alguma roupa e coisas para vender, e dinheiro ajudaria a encontrar o Miloš.

"Mas em Belgrado tem estado de sítio, e tem um ponte flutuante no rio, e sobre ele já passou exército alemão. Vejo veículo militar com bandeira húngara, e grito em húngaro 'Carona!'. E ele leva a gente pelo ponte. Já estamos na Croácia, está escuro, caminhamos e chegamos a minha casa. Lá tem prédios altos, quatro andares, e vejo minhas persianas Aslinger abertas; tem roupas de soldados alemães penduradas num corda do lado de fora, eu subo as escadas no escuro e no porta tem placa vermelha com aquela ave deles e está escrito 'Ocupado pelo exército alemão'.

"Eu entreabro o porta e espio lá dentro, a luz está acesa, tem soldados, prostitutas, e meus belos copos de cristal quebrados, eu fecho o porta silenciosamente, desço e digo para sogro: 'Vamos esperar um pouco e depois eu entro'. E ele diz: 'Você está louca, minha nora, eu não vou deixar você voltar para lá, pois prometi a seu marido que ia cuidar de você'. E eu digo:

'Preciso ir buscar coisas meus para salvar o Miloš, e já tenho um plano'. Ele me diz: 'Mas onde você vai procurar o Miloš? E se Miloš não existir mais?'. E eu digo: 'Miloš existe, e eu vou achar ele'. E fazemos grandes planos, e nem lembramos que estamos em plena Croácia, e que meu sogro está com roupas sérvias, e eu vestida como camponesa sérvia, e quando nos lembramos disso ficamos muito infelizes.

"E eu logo penso 'não consigo fazer nada certo, será que é prova que não amo Miloš o bastante?'. E de repente vejo junto a meus pés, talvez a dois metros, na calçada, a figura estirada de um homem, e ele me diz: 'Miko, de onde você veio agora até mim?'. E eu digo: 'Miloš, como você soube que, entre todos os lugares do mundo, era para vir aqui?'. E Miloš diz: 'Eu sabia que você viria para nossa casa pegar coisas para poder chegar a mim'. E eu digo: 'Miloš, você parece estar muito doente, você está vivo de verdade?'. E ele diz: 'Eu estou vivo, mas estou ferido grave. Durante quase duas semanas eu me arrastei até aqui'."

"Não pode ser", sussurra Nina.

"O que não pode ser?" Vera se contrai toda.

"Foi assim mesmo que aconteceu?"

"Foi assim mesmo."

"Juro, vocês são uma história…", ela balbucia. Não consigo interpretar o que ela quis dizer com isso.

"Sim", Vera diz com uma alegria estranha, "nós somos uma história."

"Continue, vó", eu peço.

"E Miloš conta que divisão dele dispersou, e que fascistas croatas tinham aprisionado sérvios como ele e confinado num ginásio na cidade de Bielovar, e Miloš pulou por janela e caiu de barriga bem no lugar que tinha sido operado. Com barriga aberta ele começou a caminhar e a cair no rua, ainda estava com uniforme sérvio, e viu uma loja Grinhud, um judeu! Bateu no porta, disse: 'Sr. Grinhud, abra para mim'. O judeu se assustou mas abriu. E Miloš disse: 'Minha mulher é judia, Vera Bauer'. 'Bauer? Eu conheci uma Clara Bauer, do firma Bauer, com certeza é a mãe dela! Venha, entre depressa'. E deu de comer, queimou uniforme do exército sérvio, deu roupa da Croácia, e Miloš dormiu lá algumas noites, no depósito, até que disse: 'Agora tenho de ir encontrar minha mulher'.

"Foi isso que Miloš contou para nós, e eu noto que me trata como mulher, e não como homem, talvez por seu pai estar conosco, e talvez tinha muita saudade de mim. Enquanto isso estamos sentados na calçada, nós três, no escuro, e me contenho para não abraçar ele, dançar em volta dele, e ele também se contém para não me tocar nem com ponta da unha, por respeito a seu pai. E nós vemos que soldados e prostitutas começam a sair, bêbados e cantando. Eu digo aos dois homens: agora é meu mundo. Vou entrar. Se tiver alguém lá, bêbado ou prostituta, eu mato. Com meu revólver na mão eu entro em minha casa e lá não tem ninguém. Tudo destruído. Acabaram com minha casa, prostitutas e soldados. E eu começo a jogar para meu sogro, pela janela, joias de minha mãe, que eu tinha escondido em potes de marmelada, e achei também algum dinheiro, e um faqueiro de prata. Enchi duas malas e joguei lá embaixo, lençóis e edredom de penas de ganso, que tenho até hoje. Rafi, quando era pequeno, e depois também Guili, gostavam de dormir com ele até mesmo no verão."

Rafi diz que aquele cobertor tinha cheiro de algum lugar no exterior. Lembro de que gostava de senti-lo a me envolver. Eu filmo o silêncio de Nina.

"E assim eu roubei meus coisas, desci e voltei para meu sogro e para Miloš e disse: 'Agora, bem devagar, vamos levar Miloš de volta para casa'.

"E então, qual era problema? O problema que Miloš quase não consegue andar, se apoia em mim, sente dores. Ferida da cirurgia está aberta e escorrem pus e porcaria, e ele segura barriga com as duas mãos para que intestinos não se derramem para fora. Mas estamos juntos, então está tudo bem, e pai dele caminha alguns passos na nossa frente, fazendo que não olha, não vê como aliso cabelos de Miloš para que não caiam nos olhos. E fico pensando comigo mesma, tomara a gente andasse assim durante toda vida, não peço mais que isso. Mas Miloš já perdeu forças e eu carrego ele em minhas costas, pois o pai tem lesão nas costas, da Primeira Guerra Mundial.

"E chegamos a um ponte, às três horas da manhã, esperamos até ter um pouco de luz, quando eles põem o ponte de volta e permitem que passem primeiro os agricultores que têm terras na Sérvia. Eu vou até um deles, que tem carroça e duas vacas. 'Temos aqui um ferido', eu digo. 'Tenho garfos e colheres de prata, e tudo isso é seu.' Ele diz: 'Ponha tudo aqui'. Subimos na carroça e ele leva a gente até outro lado do ponte, e lá no outro lado tem uma feira e os agricultores já estão na feira. Eu deixo Miloš com seu pai e levo comigo anel com diamante, um *ialom*..."

"*Iahalom*", Nina diz distraída, "em hebraico, diamante é *iahalom*."

"Mas foi isso que eu disse."

"Você disse *ialom*. Não importa. Continue."

"Exatamente isso, *ialom*!"

"Está bem, não se enerve." Nina recosta a cabeça inclinando-a para trás, dizendo consigo mesma, "quarenta e cinco anos em Israel, e fala como uma imigrante nova".

"E lá também tem espécie de bar, *beit marzeach*", Vera acentua o termo em hebraico. "O palavra está certo, Nina? Ou é palavra de imigrante novo?" E Nina ri: "Você venceu, mãe, eu só... Ora, chega, continue."

"E eu entro dentro e grito: 'Quem tem cavalo e carroça, eu dou este anel com *ialom*!'. O dono do bar examina e diz: 'Isto vale três carroças, com cavalos'. 'Para mim basta uma!' Nós botamos Miloš no carroça. Embrulho ele muito bem nos lençóis e no edredom. Digo a dono do bar para ir até aldeia de Miloš, e que quero entrar na aldeia à noite, assim ninguém fica sabendo que Miloš voltou. Poderiam denunciar e ele ser levado novamente, e de novo eu teria de procurar. E assim chegamos, e mãe dele, minha sogra, matou ovelha na mesma hora, tirou pele com lã, embrulhou Miloš com ela e costurou com uma agulha grande. Miloš adormeceu lá dentro e dormiu quase dois dias, e quando tiramos ele de dentro da pele a cor já estava voltando em seu rosto, e pusemos ele num quartinho sem janela, e só eu e mãe dele cuidávamos dele.

"E pobre Miloš sofria por minha causa mais que por causa dele. 'Como você aguenta, Vera? Toda esta vida não combina nada com você!' E eu: 'O que me importa? Estou com você? Tudo bem! Você vivo? Do meu lado? Tudo bem!'."

Rafi aponta para uma placa: mais quarenta milhas, ou quilômetros. A chuva amainou um pouco. O limão navega com a serenidade que se segue a um grande esforço. Rafi se espreguiça e preenche com seu corpo e seu bocejo — um rugido de leão da Metro-Goldwyn-Mayer — o interior do carro. Depois viajamos em silêncio por um bom tempo. Tenho a impressão de que Nina começa a cabecear.

"E tempo todo eu também trabalhava na aldeia", Vera conta baixinho, quase sussurrando, para a câmera. "Trabalhava no campo e vinhedo. E Miloš estava doente, de cama, e mãe dele me disse: 'Você tem de fazer duas fileiras, uma para seu marido também!'. 'Mas ele é seu filho!' 'Mas é uma boca que come!' Isso é lógica de agricultores, e eu aceitei."

Eu focalizo o rosto de Nina. A tensão e a raiva desapareceram. Ela presta atenção de olhos fechados. Sorri.

"E toda manhã eu olhava bumbum de galinha para ver se

tinha ovo, e cozinhava comida para porco — cascas de batata, e abóbora, e acrescentava farelo. De manhã fazia pão de farinha de milho, pães grandes, eu tirava eles do forno com dificuldade. E cozinhava para homens no campo, couve ou feijão, comida nacional deles. Carne quase não tem, só em festas. Às vezes, galinha. Abatem porco talvez uma vez por ano."

Ela esfrega os olhos. Nina, a seu lado, cabeceia. Vera, num movimento brusco, numa decisão repentina, a atrai para que se apoie nela, cabeça com cabeça.

"Eu gostava de estar na aldeia", ela fala dentro dos cabelos de Nina, toma a mão de Nina nas suas e a acaricia lentamente. "Eu gostava de lá, Nina. Para mim tudo era bom. Tomava banho no porão, em barril grande. Eles lavavam os pés todas as noites, e eu, como nora deles..., me ajoelho, tiro sapatos e meias de meu sogro e lavo seus pés com água."

Está quase sussurrando. Espero que a Sony capte alguma coisa. Talvez as palavras já não sejam tão importantes. Seus lábios estão junto à orelha de Nina, que tenta não adormecer. A Nina do futuro parece ter desaparecido, sumido de uma vez só. A sensação é de que as coisas voltaram a ser elas mesmas. Que estão finalmente arraigadas dentro do tempo, e da família.

"E todo mundo na aldeia me contava coisas, porque de algum modo eu sabia me introduzir. Tudo me interessava. Cada pessoa era para mim especial. Então o mãe de Miloš me contou que o sogra dela era ruim e terrível, e o sogra contou que mãe de Miloš tinha traído pai dele durante a Primeira Guerra Mundial... Isso tudo me interessava muito, eu queria devorar tudo aquilo..."

A câmera está em Nina, ela sorri para si mesma, olhos quase fechados, procurando um lugar confortável onde se aninhar no corpo de Vera.

"Eu ia no cemitério para falar com mulheres que choravam no túmulo do marido e pedia: 'Me digam, por favor, minhas boas vizinhas, quem era este seu falecido querido, me contem sobre ele, por favor'. E lembrava de tudo. Até hoje lembro, como se fosse ontem.

"Veja, Nina'le", ela murmura, "eu queria tanto assimilar tudo que tinha a ver com Miloš, o mundo dele. Tinha de compreender tudo para compreender ele, aquelas eram suas raízes..."

Seus lábios roçam o rosto de Nina. Nina abre olhos enevoados, talvez tente se lembrar como chegou a esta situação, e aos poucos vai cedendo ao sono. Algo em toda esta cena faz o coração estremecer: Rafi dirige, eu filmo, Vera conta uma história. Nós três despertos e ela, entre nós, adormece.

"E eles gostam de mim porque não sou madama. Vou a lugares sujos e fedidos, em vez de privada tem buraco na terra, e não tinha cama. Quando eu e Miloš viemos por primeira vez eles tomaram emprestado de uma aldeia vizinha duas camas e forraram com palha. Tinha pulgas pulando, e naquela época não tinha isso de raspar perna, eu tinha pelos, e carrapatos entre os pelos."

"Eca, vó", eu rio.

"Eca hoje", Vera diz secamente, "lá tudo era diferente. Era pobreza, e guerra, e Bálcãs. Mas eu queria isso, queria ser parte. Por primeira vez na vida senti ser parte de algum coisa. Eu fazia comida, todos iam trabalhar e ao meio-dia eu punha um grande vara nos ombros, com panelas penduradas de cada lado, e ia pelos campos até o vinhedo levar para eles, cantando e alegre e sentindo que aquilo era o melhor do mundo, pois Miloš estava perto de mim, e ele devagar ia saindo dos problemas e das doenças. E camponeses nos campos em volta: 'Hei, Milošev, quem é essa caminhando lá? Cantando como passarinho?'. 'Ah, essa é nora do Novak! Está levando comida para eles!'"

Nina está dormindo. Minutos depois Vera adormece também, a cabeça sobre a dela. Eu desligo a câmera. Até o fim do percurso eu e meu pai viajamos em silêncio.

* * *

E agora desce sobre mim uma tristeza cinzenta e indefinida. (Escrevo à noite, no peitoril de uma janela que dá para um pequeno ancoradouro de botes no mar Adriático, numa cidadezinha cujo nome nem ouso pronunciar, pelo risco de ter de operar a mandíbula.) No frigobar brilha uma única luzinha branca. Na calçada a minha frente esvoaçam bandos de folhas secas e sacos plásticos. É uma cidadezinha litorânea zero atraente, com uma fileira de hotéis de frente para o mar, e restaurantes — ainda abertos, vazios e iluminados por lâmpadas fluorescentes — que exalam colunas de fumaça com o mau cheiro, e mesmo assim convidativo, de espetos de shawarma. Em todos eles há longos balcões com vitrines que exibem montanhas de sorvetes de cores apavorantes. Em três outros quartos dormem Vera, Rafael e Nina. Amanhã de manhã, se o mar permitir, se a tempestade não recomeçar, vamos para aquela ilha que está em algum lugar no outro lado do nevoeiro. É a ilha, não lembro se já escrevi, onde se passou boa parte de minha infância e juventude, apesar de eu nunca ter estado lá, nem por um minuto. E esta viagem vai terminar e poderei voltar a ser eu mesma, não um holograma confuso produzido por qualquer movimento que meu pai e Nina façam. Toda vez que eles falam um com o outro, olham um para o outro nos olhos, se abraçam, suspiram, experimento um arrepio de intolerância que me desce pela espinha, como se eu fosse um bombeiro no topo da escada a caminho do incêndio.

E de repente tenho um insight: eles continuam a me conceber.

Madrugada. Quando não estou rodeada por eles, imediatamente penso em Meir. Não consigo parar de pensar em nós e no que vai acontecer. Jurei que o apagaria da minha cabeça durante a viagem, para não confundir as ideias, e não estou conseguindo. Pensei que seria mais fácil se eu escrevesse sobre ele. Ou sobre nós. Sobre nós não, para mim não seria bom escrever sobre nós agora. Vou escrever sobre o nicho que criamos para nós. O *start up* não foi dos mais sexy, digamos, foi o mais *low tech* possível, mas foi adequado a nós e nos mantém com a cabeça fora d'água quando estou num período entre filmagens: na montanha em frente a nossa casa, entre os pinheiros, sepultamos animais de estimação. As pessoas, sobretudo as da região, mas não só, nos trazem seus bichinhos mortos — cães, gatos, papagaios, hamsters. Chegamos a sepultar um pônei, e já enterramos dois burros. Uma vez enterramos um falcão adestrado (encontramos para ele um jarro lindo, com o desenho de uma ave de caça), e temos um setor inteiro de coelhos. Em geral quem vem para o enterro é uma criança acompanhada de um dos pais, mas às vezes é a família inteira. Eu sempre participo. Meir precisa de um tempo para entrar no espírito, e enquanto isso eu arrumo uma mesinha com uma garrafa térmica de café, um jarro de suco, biscoitos e frutas, e um buquê de flores. Meir pega no porta-malas do carro da família o animal, que em geral vem envolto num lençol ou num cobertor, segundo nossas instruções. Toda a beleza de Meir desabrocha nesse momento, uma paternidade serena, suave.

Não, não há dúvida alguma.

O problema sou eu. É em mim que não confio.

A sepultura foi preparada com antecedência. Meir deposita o animal na terra e o cobre — é sempre um momento difícil para todos. Depois ele põe sobre a sepultura um cartaz com o nome do cão, do gato ou do papagaio. Às vezes a família pede para botar uma foto do animal de estimação. E às vezes eles pedem que acrescentemos ao nome do animal o sobrenome da família. E sempre tem um texto pequeno (combinamos o teor antecipadamente), e então um menino lê uma carta de despedida a seu hamster, ou uma garota toca no violão uma música para sua cadela. Se a família não preparou nada, Meir os estimula a falar, faz perguntas sobre o animal e sobre a família. Quase sempre isso desperta lembranças e também risos e lágrimas. É bonito ver como ele ameniza o sofrimento deles.

Depois que a cerimônia termina, nós sugerimos à família que dê uma volta pelas sepulturas. Isso melhora o estado de espírito deles. Eles veem que seu animal querido não estará sozinho. Depois que vão embora, nós nos sentamos junto ao túmulo, tomamos chá e conversamos sobre a família que acabamos de conhecer.

Recentemente tivemos alguns problemas. Alguém, pelo visto do *moshav*, nos denunciou, e o Fundo Nacional Judaico está ameaçando nos processar e acabar com o cemitério, pois são terras do Estado ou algo assim. E o imposto de renda também resolveu nos atazanar, mas não importa. Vamos sair disso, cabeça erguida. Estão batendo à porta.

Nina está ali, as mãos atrás das costas. "Não me mande embora."

Eu me afasto e abro passagem. Ela entra. É uma e meia da manhã.

Ela põe sobre a mesa uma garrafa de uísque. No rótulo, o desenho de um urso-polar branco. Na garrafa faltam pelo menos dois dedos da bebida. Ele pede licença para sentar na única cadeira do quarto. Me acomodo em frente a ela, ao pé da cama.

"Não consigo dormir", ela diz.

"Estou vendo."

"Que hotel de merda."

"É? Para mim ele é até legal."

"Não transmite nenhuma... sei lá, sensação de estar em casa."

O riso me escapa como se eu o tivesse cuspido.

"O que foi?", ela se interessa. "Disse alguma coisa engraçada?"

"Não, só que eu em seu lugar não usaria palavras que desconheço."

"Nossa, como você é espirituosa."

É como se toda vez a gente precisasse percorrer desde o começo todo o caminho, de uma até a outra. Ela bebe e me estende a garrafa. Nunca bebo, lá em casa o álcool é um diabo que exorcizei. Um deles. Mas umedeço os lábios e tusso de botar a alma para fora. Meus olhos lacrimejam de tanto que a bebida me arde.

"Na minha aldeia tem um pub", ela diz. "Na verdade são dois. Um diz que tem o melhor uísque do mundo. E o outro, que é o de que eu gosto mais, diz que o uísque dele é o melhor da aldeia. Ao entardecer, no final do dia, eu gosto de ir lá. Não sou a única. No momento em que a noite cai, sobretudo na época da escuridão — quatro meses sem sol —, as pessoas começam a ir para lá. Uma espécie de necessidade de estar junto dentro de um mingau quente. De humanidade."

Eu estou ouvindo.

"Às vezes vem uma turma da estação de satélites do círculo Ártico, às vezes também os mineiros da mina. Esses encontros, só o fato de estar lá... E quase toda noite nós cantamos."

"*Você* canta?"

"Cantarolo."

Ela bebe. Em goles bastante generosos.

"Em torno da aldeia", ela diz, "há montanhas gigantescas, monstruosas, cobertas de neve, e durante quatro meses a escuridão é total — já disse isso? Não dá para enxergar a um metro de distância. As pessoas andam com lanternas. O mais estranho é caminhar junto ao mar naquele negror. Ouvir o mar e não ver o mar."

"Lá é bonito?"

"Se é bonito?... Não se pode falar de lá usando palavras assim. Decididamente, as palavras não são o forte daquele lugar."

"Explique melhor."

Ela fica pensando por um instante. "Não, se for explicar estrago a visão que tenho de lá."

Sua franqueza me faz bem. Sinto que ela e Meir se entenderiam às maravilhas, se ela não tentar uma foda com ele.

"Mesmo assim, me dê uma ideia."

"É como o fim do mundo e a criação do mundo, ao mesmo tempo."

"É bom para você estar lá?"

"Se é bom? Não sei dizer. É bom para mim que lá tudo seja pouco. Um concentrado, uma essência. Nunca estive tão tranquila interiormente, dentro de mim, como estou lá."

Deixo escapar um suspiro. O meu Meir, o essencial.

"E como tudo é reduzido e restrito", ela diz, "você passa a prestar atenção nas menores coisas. Em todos os sinais."

"Sei, conheço a sensação."

As duas estamos fazendo um esforço. Tateando em busca do ponto em que sejamos possíveis.

"E há quanto tempo você está lá?"

"Dois anos. Desde que fugi da América."

"Fugiu?"

"Mal-entendido com as autoridades fiscais", ela ri. Eu também. Temos um inimigo comum. Mais um instante e estaremos falando de imposto sobre valor agregado e sobre despesas reconhecidas pelo fisco. "Mas de qualquer maneira eu já estava querendo ir embora. Tinha de ir. Sou uma pessoa em constante movimento."

"Percebi."

"E lá no norte algo se aquietou."

"Sabe", eu digo depois de um gole suicida, "eu olho para você e penso... não pode ser que esta mulher me expulsou de sua vida quando eu tinha três anos e meio."

"É um fato."

"E você nem mesmo... nem pensou, digamos, em pedir desculpa por isso?"

"Não. Não. De maneira alguma."

"Não?", estou quase gritando. Que descarada.

"Não tem como pedir desculpa para isso, e mesmo se eu pedir não haverá perdão. Este horror eu preciso viver."

Olhos nos olhos. Há algo aquoso em seu olhar, e por um momento acredito nela. Então penso nos 'artistas da vida' de Van de Wilde, o homem que me ensinou sobre "pessoas muito pobres de sentimentos e que fingem provar afeto". E aí acredito um pouco menos.

"Me conte mais", eu peço.

"Sobre o quê?"

"Não sei. Sobre aquele lugar."

"O que mais tem nas montanhas são ursos. Ursos-polares. Brancos. Lindos."

"De verdade?"

"Verdadíssima. Mais ou menos uns dois mil. Uma vez a cada algumas semanas um deles entra na aldeia para procurar comida nas latas de lixo, ou para devorar pessoas. Nos celulares temos um aplicativo de alerta de ursos, mas assim mesmo uma vez a cada xis meses alguém é morto. Desde que estou lá já foram quatro. Faz parte da questão."

"Que parte? Que questão?"

"O medo."

Eu lhe faço um sinal, pedindo que explique.

"Não é como ter medo de alguém que te xinga no trânsito, ou de um homem que está te seguindo num beco. Ele acontece num lugar completamente diferente do corpo."

"E as pessoas lá não têm, sei lá, arma? Um revólver?"

"Se você sai dos limites da aldeia, tem de levar um fuzil, mas um que você saiba manejar. Com o qual já praticou tiro ao alvo."

"Você anda com um fuzil?" Esse modelito dela com uma arma me preocupa.

Ela ri. "À noite, quando volto do pub para casa, vou sem fuzil."

"Sozinha?"

"Estou sozinha lá."

"Ahh."

Ela me fita com um olhar perscrutador. É um absurdo, mas me parece que ela está considerando se sou digna de sua confiança. "Caminho pela rua principal chamando o urso aos berros."

"Gritando mesmo, em voz alta?"

"As pessoas pensam que estou bêbada, mas sou a criatura mais lúcida deste mundo."

"Andando e chamando ursos?"

"Também em hebraico, para o caso de haver um urso poliglota."

Um urso-polar ataca Nina por trás enquanto ela caminha sozinha pela rua à noite. Num silêncio total ele faz picadinho dela. Garras gigantescas lhe rasgam o corpo delicado. A ele não importa quem ela seja. Não importa que esteja começando a esquecer nomes. Que uma vez abandonou sua filha. Para ele, ela é carne. Em minha visão ela não grita, não chama por socorro. Ao contrário, exibe um sorriso terrível, de alguém que quer ser apenas carne. E me vêm à mente os fornicadores, e também aquele coreano mormônico de Jerusalém, eles também a tinham devorado. Por cima dos ombros deles, quando estão em cima dela, posso ver seu sorriso terrível, o sorriso de uma caveira, e penso em quanta estranheza pode estar contida numa pessoa e ela ainda continuar a ser ela mesma.

"Onde você estava?", ela me pergunta. "Agora, neste instante, onde você estava? O que estava vendo?" Seu olhar me perfura e escava, febricitante, desesperado.

"Ainda não", eu respondo, "deixe eu me acostumar."

"E temos uma mina de carvão, talvez a última em toda a Escandinávia. Todas as outras foram fechadas por causa da poluição. Ficamos só nós, para sermos poluídos."

"Você alguma vez desceu na mina?"

"Eu trabalhava lá."

"Você trabalhava na mina? Na extração do carvão?"

Ela ri. Bebe. "Eu cozinhei para eles. Por alguns meses. Muito carvão, muitos carboidratos." Há um estranho encanto em seu modo de falar, principalmente depois do uísque. Um afastamento meio sonâmbulo, prolongado, como se estivesse falando de outra pessoa.

"E você sabe cozinhar?"

"Sou excelente cozinheira, Guili. Tomara que um dia você permita que eu cozinhe para você."

De repente é como uma picada de abelha na língua. "Nina, tem uma coisa que tenho de saber."

"O que você quiser."

"Durante quantos dias você me amamentou?"

A mão dela toca por um instante o botão da blusa.

"Por que isso é importante para você?"

"Não tem motivo, só me diga: três ou quatro?"

"Nenhum."

"Nenhum?"

"Quando estava grávida tive um eczema nos mamilos e não pude amamentar."

Então Rafi tinha mentido. E já que mentiu, por que ficou em tão poucos dias?

"Sinto muito, Guili."

"Não faz mal, está tudo bem." Mas é indescritível como isso dói.

"Posso perguntar mais uma coisa?

"O que quiser, Guili." Ela tem prazer em pronunciar meu nome.

"Ainda não entendi... O que você tem a ver com aquele lugar?"

"Com a aldeia? Nada."

"Nada nada?"

"Nada."

"É simplesmente um lugar onde você foi parar por acaso?"

"Não. É um lugar especial. O lugar mais emocionante em que já estive."

"Porém?"

"Sem porém. O lugar é emocionante e me ignora. Não desperdiça nada comigo. Não se esforça. Não se importa que lá esteja ou não alguém como eu, ou que breve eu não esteja. Não é a indiferença que existe nas ruas de Nova York ou de Nova Delhi. Lá também ninguém se importa comigo, mas naquelas montanhas, no norte, com o mar em volta, é se unir de maneira total... ao nada.

"E isso é bom para você?"

"É difícil compreender, né? É o que há de melhor para mim."

"Explique."

Ela sorri, um sorriso simples, caloroso. "Você não desiste. Me obriga a pensar. Durante muito tempo eu não pensei realmente. Bem, vou dizer o que é bom para mim lá. É bom que a cada respiração minha eu me apago mais um pouco. Tem menos Nina para existir. Que cara é essa?"

"Nada, dói ouvir isso."

"Dói de verdade?"

Eu assinto. Como não iria doer. Uma pessoa não é feita de pedra.

Nina contrai os lábios. "Quero dizer uma coisa, mas me deixe dizer até o fim."

"Estou ouvindo."

"Você é, por natureza, por mais que o negue, uma pessoa que pertence a alguma coisa." Não sei se na voz dela há um tom de zombaria, ou se ela tem inveja de mim, ou o quê.

"Eu? Não me faça rir." Mas acho que ela tem razão.

E também fico agitada ao pensar que ela tenha pensado em mim, que tenha ideias a meu respeito.

"Você pertence a algo, Guili. Você tem o seu lugar, tem pessoas e tem razões e tem paisagens e cores da terra e cheiros e o hebraico. E tem Vera e Rafi e Ester e Chana e Shleimale e toda a tribo. E eu?" Ela ri. "Eu sou uma folha ao sabor do vento. Mais precisamente… Sabe aquela ave que nunca toca o solo? Me escapa o nome dela…"

"Albatroz, mas isso é apenas lenda. Ela toca o solo, às vezes."

"Eu, se tocar, será só para tomar impulso e alçar voo de novo."

"Eu tenho um amor", eu digo, e penso que talvez seja a última vez que posso dizer isso no tempo presente.

"Sim, Rafi me contou", ela assente, muito séria. "E daqui a pouco você vai ter um filho."

Fico muda.

"*Ohi*", diz ela, "eu não deveria…"

"Não estou grávida."
"Ah, não?"
"Não!"
"Estranho. Em geral eu não me engano quanto a isso."
"Mas de onde você tirou que eu..."
"Não sei. Tenho um sexto sentido... Gravidez sempre faz soar em mim todos os alarmes."
"Não acredito que você tenha ousado pensar..."
"Um momento, espere. Explico. Quando vi você ontem no terminal do aeroporto, quando desabei em cima de você, mais uma vez desculpe, mas fiquei sacudida quando vi você assim..."
"Assim como?"
"Continuando essa dinastia ferrada."
"Mas eu não estou grávida, já disse!", eu grito na cara dela, e nós duas olhamos uma para a outra, estremecidas por aquele grito que abriu um buraco no ar entre nós. E é verdade que por um instante sou tentada a acreditar que ela sente algo, coração de mãe, pelo jeito, mas mesmo que haja algo assim, *e não há*, ela seria a última pessoa capaz de sentir isso em mim.

Vou até a janela um tanto insegura, abro e respiro profundamente. Um suor frio invade todo o meu corpo. *Ial'la*, que ela saia de meu quarto e de meu útero.

Ela balbucia atrás de mim. "Mas quando ficar, faça de modo a que seja menino."

Estou com tanta raiva dela que começo a rir de desespero. Um instante depois ela se junta a mim. Rimos um pouco histericamente. Eu na verdade não compreendo. É um riso que faz as cores mudarem enquanto se ri. Havia umas balas assim, quando eu era criança.

"Mas me diga", eu falo, quando nos acalmamos.

Nós nos entreolhamos. Preciso esclarecer, assim mesmo, o que ela sentiu em mim.

"Pergunte, Guili."
Eu inalo ar.
"Você acha mesmo que eu posso ser mãe de alguém?"
"Guili", ela diz, "você será uma boa mãe."
"Acha?"
Pode-se comprimir toda uma vida em quatro letras e um ponto de interrogação.
"Acho", ela diz com segurança total, que eu não sei de onde ela tira. "Uma boa mãe que pertence."

Depois, muito tempo depois, ela diz: "Rafi contou para você sobre aqueles homens".
"Sim."
"Isso é algo que eu…"
"Eu não quero ouvir sobre isso."
"Deixe eu falar. Vivi isso dois anos e meio."
Fico dura, lamento o momento de graça que se dissolveu. "Problema seu."
"Ouça, por favor. Durante dois anos e meio eu estava como… Como é que se diz, alguém que caminha enquanto dorme?"
"Ninfomaníaca."
Eu a ofendi, percebo logo. Mas ela me oferece a garrafa com estranha delicadeza. E eu sigo mamando, cada vez mais.
"Toda vez que me foge uma palavra", ela diz, "eu fico pressionada."
"É óbvio."
"Fale a verdade, Guili, dá para perceber alguma coisa em mim?"
"Não."
"O tempo todo tenho a sensação de que eu, como dizer… Você compreende?"

"Não."

"Como se o tempo todo eu esteja tocando muito perto da nota certa."

Eu não reajo. É incrível até que ponto ela é capaz de sentir uma coisa que não sabe o que seja.

Volto para a janela. Um vento frio penetra no quarto. Nina vem e fica a meu lado. Olhamos para o mar noturno. Para seus arrepios brancos.

"Mas agora, faz mais ou menos um ano", ela diz, e eu já conheço o movimento cínico da lâmina naquelas palavras, "finalmente chegou alguém que me quer, e somente a mim, e insiste comigo para a vida e para a morte, e eu já não preciso de mais ninguém."

"Quem? Mais um amiguinho?"

"Minha doença."

Como é triste que no fim tenha sido a doença, e não meu pai, a lhe trazer de volta as expressões. Ela pousa uma mão hesitante em meu ombro. O que fazer com isso agora. Eu abaixo o ombro e me desvencilho. Nada aconteceu. Ela fica diante da janela aberta e abraça a si mesma.

Uma batida leve na porta. E logo depois três batidas fortes, e alguém experimenta com impaciência a maçaneta, e só existe uma pessoa que fica impaciente assim e não tolera obstáculos. Eu abro, apoiada na maçaneta, um pouco tonta após os momentos recentes. "Tive a sensação de que vocês estavam aqui", ela resmunga e entra no quarto passando por mim. É assim que ela irrompe de tanto em tanto em nossa casa no *moshav*, com cestas abarrotadas, sem avisar. Senta ao pé da cama. Está com seu gorro de lã, protetores de orelha pendurados no pescoço, um casaco sobre o pijama. "Ótimo", eu digo, "vamos fazer uma festa do

pijama." Vera fareja o ar, sente o cheiro do uísque e vai rapidamente até ele. Ela bebe. Não pouco. Enxuga a boca com a mão. "Não é nenhum slivovitz, mas não é ruim." Ela me oferece. Eu recuso. Minha avó me examina: "Você está bem, Guilush?".
"Estou bem."
"Vocês duas estavam conversando?"
"Estávamos", diz Nina, e eu fico apavorada: só agora percebo que não filmei minha conversa com Nina.
"Qual é problema?" Vera tira o casaco e o gorro. "Filme agora."
"A câmera está com meu pai. Vou buscá-la?"
"Não, não", exclamam as duas. "Deixe ele dormir."
Vera gruda a garrafa na boca e bebe. Ela e Nina seguram a garrafa pelo gargalo, não pelo corpo, e bebem exatamente com o mesmo gesto. Ela passa para Nina. As duas vão estar completamente apagadas amanhã. Vão passar pela ilha e depois não vão lembrar que estiveram lá. E eu não estou filmando estes momentos.
"Vera", Nina fala, e eu detecto um leve entorpecimento por causa do uísque. "Me explique, e me explique você também, Guili, que é uma garota que tem uma cabeça em cima dos ombros e entende as pessoas, não é?"
"Não mesmo."
"Podem me explicar por que eu ainda estou empacada lá, em Goli? Por que não consigo aceitar isso de modo mais simples?"
"O que tem de simples nisso?", resmunga Vera.
"Simples. Havia uma ditadura. E, assim como aconteceu em cem ditaduras na história, jogaram esta mulher aqui, Vera Novak, para passar três anos num gulag. No caminho ferraram também com a vida da filha dela, *big deal*, e daí, o que houve? O que houve? Foi, acabou, vida que segue, cabeça erguida!"
E ela olha nos olhos de Vera como quem decidiu olhar

diretamente para o sol, aconteça o que acontecer. Eu me remoo por não estar com a câmera. Rafi vai ficar furioso por eu não ter ido chamá-lo para que viesse com a Sony. Vai ficar furioso e com toda a razão, mas não consigo me desligar das duas, não agora, coisas estão sendo contadas e reveladas aqui.

Tampouco consigo aceitar outra presença além de nós três.

"E por que estou empacada nesta viagem de barco a Goli já faz quase sessenta anos?" Nina repuxa o nariz. "Não é um pouco exagerado continuar sendo uma menina de seis anos e meio por cinquenta e seis anos? Não é uma loucura?" Durante todo o tempo Vera assente consigo mesma e emite um murmúrio surdo, como se estivesse ensaiando a sua resposta.

Nina conta com os dedos. "Cinquenta e seis anos empacada num campo de reeducação, não é um pouco demais? Eu não deveria ter sido reeducada? Ter superado isso? Ter perdoado? Ter deixado isso para trás e seguir em frente? Não, realmente…" Ela pressiona a boca com os punhos, recusa-se a ceder ao choro. "Agora somos só nós três aqui, apenas nós, não tem o mundo, nós somos o mundo, e quero que vocês duas me digam na lata, de uma vez por todas: por que empaquei? Onde foi que meu programa empacou?" Ela se vira para Vera com os olhos arregalados e suplicantes, e com pavor.

Vera respira fundo, se empertiga. Vai falar. Agora vai acontecer.

Mas então, de repente, como se tivesse esgotado a última gota do material que a sustentava, Nina desaba. Gemendo de boca aberta, em voz muito alta, a escorrer coriza. Vera corre para secar as lágrimas, põe a cabeça de Nina em seu ombro. Nina está exaurida. Vera olha para mim por sobre a cabeça dela e eu me lembro do que dissera sobre ela ("Nina é fraca, Nina é mimada"). O quanto estávamos próximas de falar a verdade.

Num ardor de embriaguez Nina de repente abraça Vera e a beija na face e na cabeça, se ajoelha diante para beijar-lhe as mãos, pede perdão e mais uma vez perdão por tudo que lhe causou. Por todas as dores e as preocupações e a vergonha. Ela acena com a garrafa vazia. Exige que a enchamos. Vera e eu a levantamos e a deitamos na cama. Eu lhe tiro os sapatos. Seus pés são pequenos e delicados, nenhum homem fugiria da cama dela ao ver seus sapatos ao lado dos dele. Mas nela também, como comigo, e com Vera, o dedinho do pé direito avança um pouco no dedo vizinho, como se o abraçasse.

Subitamente ela se senta: "*Maika*, me diga como foi que nasci!".

"Shhhh, shhhh, deite-se. De onde você tirou agora seu nascimento?"

"Agora! Agora!" Ela agarra com força a manga de Vera. Daria para pensar que está pedindo a ela uma confirmação ou prova de que realmente nasceu.

Eu corro para o caderno. Se não vai haver imagens, pelo menos que haja palavras.

Por exemplo, estas quatro: Rafi vai me matar.

"Ninotchka." Vera está sentada a seu lado na beira da cama e segura a mão dela. "Você nasceu no dia 20 de junho de 1945. Em Belgrado. Por acaso, nessa mesma noite, alguns amigos nossos, de minha cidade, Čakovec, estavam em casa. Eram comunistas como nós, e já estava começando guerra contra Stálin, então todos comunistas a favor de Stálin eram enviados imediatamente para a frente de batalha para que eles, com seus corpos, descobrissem minas. E então de noite, quando rio Dniepre congelou, todos fugiram."

"Percebeu, Guili?" Nina ri, a boca aberta. "Eu pergunto sobre meu nascimento e recebo como resposta o Dniepre, e ainda por cima congelado."

"Não, não", protesta Vera. "Você já vai ouvir por quê: em 1945 vieram amigos com uma brigada da Rússia para combater alemães. E à noite foi lá em casa um bom amigo nosso, Pishta Fischer. Foi dormir em nossa casa, e estava muito cansado, e eu corria por toda casa com contrações, não deixava ele dormir. Coitado desse Pishta Fischer, veio pernoitar justo quando eu estava parindo!"

"Mas que azar o dele", Nina ri até as lágrimas, e eu também caio na gargalhada. Não dá para acreditar.

"Riam", resmunga Vera. "Seu parto foi terrível... doze horas! Em geral nós, as Bauer, parimos bebês muito grandes. Guili foi a única que nasceu pequena, prematura. Eu pesava quase cinco quilos quando minha mãe pariu, e no resto da vida só acrescentei quarenta e dois quilos a esses cinco. Mas na gravidez eu parecia um monstro. Nina, você tinha setenta centímetros, uma gigante! E foi uma bebê tão bonita, e você olhava para mim com olhos muito abertos como se já quisesse falar comigo..."

Vera acaricia os cabelos de Nina em movimentos circulares, que deslizam para o rosto. "Quando nasceu você já tinha cabelo cacheado, e pele como de Miloš. Um pêssego."

Eu volto para a janela aberta. Ainda está escuro, mas o mar está mais calmo. No quebra-mar, junto a um pequeno bote, um homem e uma mulher não jovens dançam sem música à luz de um lampião no deque. Uma dança estranha, erótica, em movimentos sincronizados — aproximam-se e se afastam com braços abertos e depois fechados. Estou com muita saudade.

Atrás de mim, na cama, Nina balbucia: "Conte mais sobre nós, sobre mim e sobre Miloš".

"Ele treinava você, lembra?"

"Não lembro de nada."

"O tempo todo ele fazia com você, como se diz, provas. Ensinava você a encontrar ruas na cidade, olhar mapa, usar bússola, ser independente. Ser uma partisan em sua cidade. Quando você ainda era bem pequena ele dizia: 'Agora vá para a casa de Yovanka, a algumas ruas de distância, e entregue a ela este papel'.

"E no papel estava escrito: 'Yovanka, apenas escreva que você viu Nina'. E você voltava dez minutos depois: 'Pai, botão da campainha muito no alto, não consegui tocar'. E Miloš: 'Não quero nem saber como vai alcançar! Você tem cérebro? Pense'. E você voltava lá, e quando algum vizinho entrava em prédio você entrava atrás como gata, sem ele perceber."

"Eu fazia isso?", um sorriso luminoso se espraia em seu rosto. "Não lembro de nada, todo esse período está apagado da minha mente, minha infância está apagada..."

"Sim", diz Vera.

"Por causa do que aconteceu depois."

"Sim."

"Quando você foi para Goli Otok."

"Quando me jogaram em Goli Otok."

"E vocês me deixaram sozinha, os dois, você e meu pai, no mesmo dia."

"Você era tão inteligente. Captava tudo muito rápido."

"Vocês me adestraram bem."

"De jeito nenhum 'adestramos'. Nós preparamos você. Seu pai tinha frase: 'Cada pessoa só tem chance de jogar uma vez'. E assim ele viveu. E tantas vezes ele esteve em perigo, e em guerra, e o vida também foi guerra, e tudo tinha lógica de guerra, de modo que ele, no subconsciente, sabia que tinha de preparar o filha, e tudo com ele era planejado, até possibilidade de em algum momento ter de se suicidar por algum motivo. Nossa vida sempre esteve por um fio."

Nina fecha os olhos.

"De modo geral", Vera diz baixinho, consigo mesma, "a vida brinca muito comigo."

Nina dorme. Vera torna a acariciar seu rosto com delicadeza. Alisa suas rugas.

"Agora estou muito cansada", ela diz consigo mesma, e deita-se ao lado de Nina.

De repente percebo que são pescadores, o casal no píer. Pelo visto marido e mulher que voltaram do mar e estão dobrando a rede.

"Apague a luz, Guili, e venha também, pois logo temos que acordar."

Em qualquer outro universo não me ocorreria deitar na mesma cama com Nina, mas agora deito a seu lado. As três temos um só travesseiro, o que aproxima nossas cabeças, mas o cobertor é largo o suficiente.

Olho para o teto. O corpo de Nina está morno. Ela ressona um pouco, e ao cabo de um instante, Vera também. Meir diz que eu também ronco, mas não concorda de maneira alguma que durmamos separados. Ele não consegue dormir sem se grudar em meu traseiro. Sua mão me envolve e me aperta a noite inteira. Às vezes sufoco com isso, às vezes acho bom.

Penso no que Nina me disse. Ponho uma mão na barriga. Estou morrendo de medo.

De repente não ouço o ressonar de Vera, nem sua respiração. Só me faltava isso. Eu me soergo e vejo que ela está deitada de costas. A boca aberta. Os olhos abertos e fixos. Ela não está me vendo. Pronto, foi-se. Vera apagou pouco antes de voltar para a ilha. Então os olhos se focam e ficam novamente lúcidos. Ela se soergue apoiada no cotovelo ao lado de Nina, que dorme, e me sussurra quase sem voz: "Acho que ela já sabe". E eu sussurro: "Só quando você mesma contar é que ela vai saber de verdade". "Não, não, isso iria matar ela." "E eu lhe digo que ela sabe, vó, mesmo sem saber, sabe." E Nina, entre nós duas, suspira um pouco, e sua boca se retorce como se fosse falar, ou

chorar, ou talvez procurasse uma palavra que lhe escapa em seu sonho.
E então ela relaxa.
Relaxa a testa franzida, relaxa o rosto, relaxa a boca. Sorri para si mesma e puxa o cobertor até o queixo. Vira-se de lado, o rosto voltado para mim.

Eles a conduzem. O sol castiga a cabeça raspada. Ela adormece enquanto caminha. Uma mulher que fuma um cigarro fedorento circunda com um braço as costas dela e enfia uma mão grande e áspera em sua axila. De vez em quando apalpa seu seio, aperta, belisca, e quando ela tenta se livrar do contato, recebe uma bofetada rápida e forte.
"Estão levando você", diz em voz alta para si mesma, "tenha cuidado com ela." Passado um momento ela torna a adormecer. Só sabe que precisa pôr um pé à frente do outro. Estão a arrastá-la como se fosse uma boneca de pano. "Mas para onde estão levando você?", ela pergunta. A voz está rouca e fragmentada, e ela não tem certeza de que está saindo dela. "E o que vão fazer com você?". O riso da carcereira a desperta: "Você ficou completamente louca", a mulher explica com bom humor. "Não estava assim quando veio para cá. Eu lembro de você, uma vez estive em seu interrogatório, você parecia feita de ferro." Pelo som dos passos e da respiração, são só elas duas, ela e a carcereira. Já estão subindo há muito tempo. A montanha é alta. "Tem todo tipo de montanha na ilha", ela diz consigo enquanto assente, com seriedade, e conta nos dedos endurecidos que quase não conseguem se dobrar: "Tem a montanha no campo dos homens que trabalham na pedreira. E tem a montanha na qual você empurra as rochas. E tem a montanha dos homens da pedreira, e aquela em que você empurra as rochas..." A carcereira ri, dá uma palmadi-

nha em suas costas que quase a derruba. Vera tenta sorrir, sente que aqui caberia um sorriso, mas não entende qual seria a piada. Parece-lhe ter ouvido o som de metal chocando-se com a rocha. Talvez um fuzil. Talvez a estejam levando a um lugar onde vão matá-la. Parece que o caminho agora se estreita, pois a carcereira tem de caminhar atrás dela. Ela a orienta com pancadinhas no ombro, nas costas, direita, esquerda; a desperta toda vez que adormece ou fita a escuridão que há em seus olhos. Ela tropeça numa pedra, cai. As mãos aparam sua queda, ela se levanta, lambe o sangue. "Gostoso", murmura, "os carrapatos sabem o que é bom." E a carcereira atrás dela, ofegante, geme: "Você ainda tem forças para piadas?" "Onde está a piada?", ela pergunta.

E então… Uma virada brusca para a direita, e por um instante uma sombra recai sobre suas pálpebras inchadas, pelo visto é uma passagem estreita entre duas rochas. Uma rajada fresca passa em seu rosto. Ela imediatamente diminui o passo. O corpo ralentou por si mesmo. A pele inala avidamente a sombra e o frescor, a nuca se contrai à espera do golpe.

"O que houve, sua puta, por que parou?"

O caminho ficou pedregoso e áspero. Vera e a carcereira respiram pesadamente, cobertas de suor. A carcereira se detém. Vera também. A carcereira pragueja por algo que Vera não compreende. Ela se apoia em Vera com uma das mãos, descalça um sapato. Um cheiro de merda se espalha no ar. Pelo jeito está limpando o sapato na rocha. Pragueja ainda mais, cospe. "Vire-se, sua puta." A carcereira limpa meticulosamente o sapato na blusa de Vera. Vera ouve uma rolha sendo aberta. A carcereira tem dois cantis no cinto. Agora o barulho é de água sendo vertida. A carcereira lava a mão. Agora são goles, generosos, prolongados. A boca de Vera está seca. Cheia de feridas. A língua grossa e pesada. "Quem sabe não vai dar de beber para você?", Vera diz. "Vai ver é boa. Quem sabe não é sua boa mãezinha?

Não, ela é má. É mãe má, não está cuidando bem de você", ela geme. A carcereira rola de rir, "Você é uma coisa, juro", ela diz, dando-lhe um tapa amigável na cabeça, por trás. "As garotas me disseram que você era assim, mas não acreditei. Sério. Foi por isso que me ofereci para trazer você aqui em cima. Seu cérebro todinho está aberto, como que destampado. Derrama tudo para fora." Vera para e se contrai toda. O que a carcereira disse agora a preocupa. "Acho que não estive com o cabeça boa ultimamente", ela murmura, hesitante, e a carcereira berra de tanto rir.

Mais uma abrupta mudança de direção, dessa vez para a esquerda, e começa uma subida ainda mais difícil. Elas escalam com os braços e as pernas, gemendo, tossindo. E de repente ela está num lugar aberto. Talvez tenham chegado ao cume. Um vento fresco, desconhecido, acaricia seu rosto. Também há um forte cheiro de mar, não é como quando ela está no galpão com os fedores das mulheres. Um balde para trinta. Longe, lá embaixo, ela ouve ondas estourando na praia. Pelo visto há rochas. Um som bonito, tão bonito que até dói.

"É aqui que você vai ficar, sua puta. O rosto virado para cá!" Um forte tabefe. A carcereira tosse, uma tosse molhada e espessa de fumante. Ela cospe.

"Onde estamos?", balbucia Vera. "Pense depressa, Vera. O que vão fazer com você? Talvez jogar no mar. A carcereira ouve tudo. Cuidado com ela."

"É isso mesmo, sua puta, eu ouço tudo. Fique ereta e cale a boca por um momento, já compreendemos qual é o seu lance. Já não tem graça nenhuma."

Sol. O calor frita o cérebro de Vera. Logo vai terminar, de um jeito ou de outro. Há muitos sinais, demasiados sinais. Dentro de alguns instantes ela não vai mais existir. "Adeus, lembrança de Miloš; adeus, lembrança de pai e mãe; shalom, Yovanka, minha amiga do peito; shalom, Nina... Vai saber onde você está agora. O que fizeram com você. Se pensar em você morro antes de atirarem em mim." A carcereira está atrás dela, segura-a pelo ombro e a move um pouco mais para a esquerda, de novo para a direita e um pouco para trás. O que é tudo isso, todos esses movimentos? Parecem passos de dança.

"Agora fique reta, sua merda."

"O que ela está fazendo? Para você não importa onde e como está aqui. Só queria que dissesse o que vai acontecer." O estômago revira. Ela transpira, mas agora é um suor frio. A carcereira lhe ergue os braços para os lados. Não fica satisfeita. Ergue-os acima da cabeça. Não fica satisfeita. Com um golpe lhe bota os braços novamente ao longo do corpo. Drapraaneja. Pelo visto Vera está fazendo algo errado. A própria Vera é, em geral, um grande erro. "Como é que uma passa enrugada como você continua viva aqui?", a carcereira cospe. "Pernas retas! Costas empertigadas!" Vera junta os pés. Sussurra: "O que está fazendo? Talvez tenham dito que me fotografasse antes de me jogar no mar". E a este pensamento ela começa a tremer. Tudo nela treme, inclusive as pálpebras, os lábios e o que lhe restou do belo rosto. O corpo tem medo, morre de medo, mas ela não. A ela não importa morrer. Ao contrário. Apenas tem vergonha de que a carcereira veja como seu corpo é medroso. "Dois passos à frente, sua merda." Vera não sabe ao encontro de quê está indo. Com o dedão do pé que desponta da extremidade da bota rasgada ela tateia a beira do precipício. A carcereira zomba: "Você deveria ter pensado nisso antes de trair o camarada Tito, sua puta". "Rápido", grita Vera, respirando pesadamente, "em quem pensar agora? Quanto tempo tenho? Onde está Miloš? Onde está você, meu amor, minha vida? Onde está minha pequena Nina que foi jogada na rua? Isso mesmo. Eles pegaram ela e jogaram na rua, de verdade."

Silêncio. Vera não consegue adivinhar onde está a carcereira. De onde ela vai atingi-la com um golpe. Nem se vai ser uma bala ou uma pancada. Sob a ardência do sol forma-se em torno dela um círculo gelado. O pavor da morte. Não é a primeira vez que lhe acontece isso. Na Segunda Guerra Mundial ela estava nas florestas com os partisans. Por duas vezes os chetniks a capturaram e a condenaram à morte, e ela conseguiu fugir. Falsificava passaportes, contrabandeava armas e pessoas, salvou mil e quinhentas vidas, ela e Miloš, e três vezes conseguiu escapar de ser estuprada. Depois da guerra serviu junto com Miloš na contraespionagem do Exército de Libertação Nacional da Iugoslávia. Ela realmente não sabia o que era medo.

Mas então ainda tinha os olhos.

De repente algo desperta em sua cabeça e ela fica esperta, livra-se do torpor que a dominou nas últimas semanas, desde que ficara cega repentinamente. Até aquela noite resistira a tudo — interrogatórios, torturas, simulações de execução, fome, sede, trabalhos forçados, tentação de delatar, de dedurar, pois era isso que eles queriam, nomes, nomes. Quem contou uma piada sobre Tito? Quem torceu o nariz quando ouviu uma piada sobre Stálin? Nem mesmo os pensamentos terríveis sobre Nina e o que talvez estivesse acontecendo com ela na rua a quebraram. E aí veio a cegueira e acabou com ela. Algumas dezenas de mulheres tinham ficado cegas como ela numa só noite, toda a fileira de galpões à esquerda. Uma epidemia. Trouxeram um médico do continente e ele diagnosticou hemeralopia, cegueira noturna, também chamada de cegueira de galinhas. Mas nas horas da luz diurna as mulheres voltaram a enxergar normalmente, e todas sararam depois de tomarem vitamina A. Somente Vera não sarou. Não enxergava à noite nem enxergava de dia. "Este é o seu castigo", a camarada comandante Maria disse, ao lhe erguer as pálpebras com a ponta de seu chicote. "Toda manhã, pense muito muito, bem, *banda*, no porquê de ter recebido este castigo."

Nos primeiros dias, Maria e as carcereiras pensavam que ela estava mentindo, se fazendo de cega para se livrar do trabalho com as rochas. Batiam nela, deixavam ela passar fome, prenderam-na dez dias num cubículo, um metro por um metro, sem cama nem cadeira nem janela. Chão de cimento, quatro paredes e um balde. Ela dormia na diagonal. Que lhe importava. Mesmo se um dia sair da ilha, já não poderá ver Nina.

"Por que ter medo?" Vera ralhava com seu pobre corpo, que continuava a tremer. Espera que os pensamentos fiquem dentro de sua cabeça. Nos primeiros dias, o que está dentro da cabeça se confunde com o que está fora. "Mas a carcereira, onde está? Atrás? Afastou-se para pegar impulso? E eu, em que posição estou? Virada para o mar ou para a montanha? Para que lado vou cair daqui a pouco?" Silêncio. Pelo visto a carcereira está se divertindo um pouco com ela. Mas talvez não, quem vai saber o que ocorre aqui. Está fazendo o sinal da cruz? Reza antes de me empurrar? Vera suspira. Pergunta rápido a si mesma se Miloš teria ensinado Nina a cair de uma altura sem se machucar. Ele estava sempre preparando a menina, treinando para todo tipo de problemas imaginários, e no fim o que aconteceu? Aconteceu que a vida foi mais surpreendente do que ele. Como sua mãe dizia, "Deus tem imaginação fértil para agruras". Ela se despede da mãe. Abraçam-se. Sua mãe já se foi faz quase dez anos, em Auschwitz. Prisioneiras que estiveram em Auschwitz e vieram depois para Goli Otok disseram que aqui é mais difícil. Lá a gente sabia quem era o inimigo e com quem teria de tomar cuidado. Aqui o método é fazer uma a inimiga da outra. Assim ninguém confia em ninguém. Onde está a carcereira? O corpo de Vera se contrai, as costas encolhem, as costas que vão receber a pancada ou o tiro. Ou será que ela vai atirar na cabeça? E qual será o último pensamento? Miloš, Miloš. Ela voará pelo ar durante alguns segundos e vai se despedaçar nas rochas lá embaixo. Não vai gritar. Havia mulheres que tinham chegado grávidas na ilha, e deram à luz ou abortaram, e as crianças, ou os fetos, foram-lhes tiradas e jogadas no mar. E este pensamento traz Nina à lembrança novamente. Desde que ficou cega não conseguiu vê-la com os olhos do espírito. Em vez do rosto de Nina havia sempre uma mancha difusa, apagada. Como se assim, tornando-se difusa, apagada, Nina a estivesse castigando. Mas agora estava nítida e clara e sorridente, e talvez este seja o melhor sinal de que a decisão de Vera fora correta. De que Nina também compreendia que Vera tinha agido corretamente. Eis aí o belo rosto de Nina, ingênuo, cheio de confiança. Eis os olhos verdes e puros, nos quais se pode mergulhar e sentir que o homem é bom por natureza. "Ei", Vera suspira desesperançada. "Venha", ela grita para a carcereira. "Mas seja rápida."

E a carcereira: "Quer um cigarro, sua puta?".

Vera geme. O quê, cigarro? De onde vem esse cigarro, de repente? Exatamente do mesmo e inesperado lugar de onde vêm também os golpes e os tabefes que sem motivo algum alguém se compraz em aplicar em você. Ou será parte do protocolo da execução? Vera consegue evocar Miloš. E o vê como se estivesse aqui a seu lado. A testa alta e iluminada, pensamentos e ideias passando o tempo todo por ela. As orelhas grandes e engraçadas. Olhos que não têm igual. Miloš está falando com sua voz agradável, sua fala ligeira, tic tic tic, como alguém que corre por um caminho de pedras dentro de um rio. "Ei, *maika*, eu sabia que no fim você ia me achar." "Até mesmo na morte eu acharei você. Miloš." Ela sorri. A seu lado um fósforo é aceso. Cheiro forte de fumaça. Um cigarro é enfiado em sua boca. Os lábios tremem tanto que é com dificuldade que eles o mantêm lá.

Ela inala com avidez. Um cigarro fedorento, mas queima como é esperado. Ela novamente fica pensando se a carcereira está aprumando meticulosamente o corpo de Vera numa posição tal que atinja um determinado lugar entre as rochas lá embaixo. Ouve a rolha sendo retirada do cantil. Talvez para o derradeiro gole do condenado à morte. Ruído de água correndo e caindo perto, embaixo, junto a seus pés. Água sendo vertida. Um cheiro forte lhe chega às narinas. Cheiro de terra molhada. Não uma terra qualquer. Vera emite um som rouco, com fervor, terra fértil, rica, onde existe na ilha uma terra assim? Será que lhe cavaram aqui uma sepultura?

"A cada duas ou três horas virá alguém, e vai deixar você na posição correta", a carcereira diz, e com uma pancada na testa de Vera endireita sua cabeça, que ela deixara pender.

"Posição correta para quê, camarada comandante?"

"E ai de você se não estiver exatamente na posição em que foi deixada, milimetricamente. Será o seu fim." A carcereira lhe tira o cigarro da boca e o joga no abismo. Vera se imagina pulando atrás do cigarro. Seria maravilhoso voar. Ser uma brasa ardente. Mas pelo visto iam deixar que ela ficasse aqui por mais algum tempo.

Sem o cigarro, o sol castigava mais. Miloš tinha desaparecido. Nina tinha desaparecido. As pálpebras incham ao sol, mas o cheiro de terra é forte e é bom.

"Fique com os ouvidos abertos, sua merda. Quem vier ao meio-dia levará você para as rochas aqui perto, para cagar e comer. Você terá dez minutos."

"Sim, camarada comandante."

Não iam executá-la. Pelo menos não agora. Não a tinham feito subir até aqui para matá-la. Vera experimenta uma maravilhosa sensação de alívio. Teve medo à toa. Ela se amedrontou por si mesma. Aqui nesta ilha quem tem imaginação sofre mais do que quem não tem. Ela nunca teve imaginação. Nem humor nem imaginação. Até chegar a Goli não era absolutamente capaz de pensar em algo que não existia. E no entanto, ao chegar, criou imediatamente um jogo de imaginação que a salvou: precisava rolar uma pedra montanha acima, pois lá em cima havia uma farmácia onde a esperava uma farmacêutica com um remédio para Nina. Nina estava doente, a pequenina estava com febre, nada sério, talvez uma gripe, ou quem sabe até mesmo catapora, doenças infantis. Porém, mesmo assim é preciso debelar a febre, para que Nina não sofra, e a farmacêutica-chefe havia dito que esperaria por Vera mais uma hora, não mais. E ela agora corria contra o tempo, não contra a rocha, a rocha só fora espetada no meio do caminho. E ela empurra, empurra, geme, sufoca e empurra. Nina está esperando...

Até que subitamente ela ergue a cabeça e respira aliviada, pois chegou à farmácia no cume da montanha, conseguiu chegar no último minuto. A própria farmacêutica-chefe sorri para ela, entrega-lhe o saquinho com as pílulas. E agora Vera tem de rolar a pedra montanha abaixo, e esta é a parte difícil. Tem de se postar embaixo da pedra, que pesa mais do que ela, e cravar os pés no chão, conter seu impulso para baixo e ao mesmo tempo impedir que a pedra a esmague. Já viu aqui mulheres serem esmagadas por suas pedras, mas isso não vai acontecer com ela, ela calcula bem cada passo, pois no fim da descida, na base onde estão as pedras, Nina está esperando pela medicação. Esperando há muito tempo, e Vera pode lhe entregar o remédio e ver o sorriso no rosto da menina. Na mãe se pode confiar. E Vera tem de voltar imediatamente para a fila das que empurram a pedra montanha acima, para a farmácia que logo vai fechar, e trazer remédio para a gripe de Nina.

Não conseguia fantasiar mais do que isso, porém. Pobre imaginação a dela. Da farmácia para Nina, de Nina para a farmácia. Onde estava acontecendo tudo isso, e onde estavam Miloš e Nina com seus jogos de faz de conta, e as criaturas maravilhosas com olhos nas pontas dos dedos, e o pássaro negro que só sobrevoa quem mentiu, e todas as histórias que Miloš inventava para ela. Vera ficava no quarto ao lado, consertando meias ou tricotando, admirada com a imaginação de Miloš e Nina. Pois com Vera ele só falava de coisas da vida, da realidade, sobre os princípios do socialismo e a luta de classes, e com Nina ele era um homem de outros mundos. E como riam, ele e Nina. E enquanto isso seu corpo se distende o tempo todo por si mesmo, de tanto alívio por não a terem matado. O corpo medroso estala seus ossos, respira fundo. Ela boceja, numa sequência de enormes bocejos. Não consegue parar. O corpo exige esta abertura da boca e esta inspiração profunda. Ela está viva.

"Olhem só para ela", diz a carcereira, admirada, "ainda lhe restam dentes."

Ela tenta não pensar no sol. Uma bola amarela e ardente pendurada diretamente acima de sua cabeça que a faz fritar, evaporar. Não vai restar uma só gota de líquido em seu corpo. Seu sangue vai ficando espesso e lento. Os carrapatos ficam enlouquecidos com um sangue assim. Quando trabalhava nos pântanos, assim que chegou, sanguessugas grudavam em suas pernas, inchavam lentamente de tanto sangue e então se soltavam, gordas e satisfeitas. Havia mulheres que tentavam comê-las. Vera tentou, mas o gosto era horrível. Aqui pelo menos não há sanguessugas. Mas o sol. Aquelas que nos interrogatórios tinham confessado, entregado nomes, denunciado, dedurado, foram autorizadas a usar chapéu. Ou a improvisar um chapéu com a blusa ou um pano qualquer. Assim, dava para saber quem tinha confessado e começado a colaborar com a UDBA. Vera e mais dez ou doze mulheres ficaram com a cabeça descoberta. Ela cuidou de não conversar com nenhuma delas. Não eram menos perigosas do que as outras. Elas até que tentaram, trocando com ela olhares, dizendo alguma frase de estímulo, quando cruzavam com ela na subida ou na descida da montanha, cada uma com sua pedra. Mas podia ser uma armadilha.

Desde que a carcereira a deixara à beira do precipício já se haviam passado duas ou três horas. Ou uma. Vai saber. "Talvez tenham esquecido você aqui." Está falando em voz alta novamente. Tinha de ouvir uma voz humana. "Para que você tem de ficar de pé? Que tipo de trabalho é este em que você não pode se mexer, só ficar aí? É um castigo? O que estão fazendo com você aqui?"
    E então, quando as pernas quase se dobravam sob ela... passos. Leves e rápidos, bicando o caminho pedregoso. Uma carcereira. Não a mesma da manhã. Pela voz parecia mais jovem.
    "Mexa-se, *banda*, o camarada Tito está lhe dando uma pausa para comer e ir ao banheiro."
    Ela a toma pelo braço com força, a desloca, sacode. Caminham. Precisa pôr um pé à frente do outro. Enfiam-lhe um cantil na mão, e um prato de lata áspero, enferrujado. Vera cheira uma fatia de pão, batata e mais alguma coisa. Um tomate? Será um tomate? Pelo jeito está havendo alguma festa. Em que mês estamos? A boca seca fica cheia de saliva. A consciência, nebulosa. Há mais de um ano não come tomate. É proibido começar a comer. A carcereira cantarola uma canção de amor a Iosip Broz Tito. Vera morde com força a bochecha, por dentro. Um método para se conter. Às vezes, no refeitório, as carcereiras as deixam famintas durante quase meia hora. Ficam em pé cantando canções para elas, entusiasmando a si mesmas.
    "Diga, sua puta, você realmente não está enxergando nada?"
    "Não estou, camarada comandante."
    "Mentirosa, *banda* fedorenta."
    "Sim, camarada comandante."

"Mas por que você está mentindo? O camarada Tito não gosta de mentirosos."

Uma sombra passa rapidamente para cá e para lá diante de seus olhos abertos. Uma sombra que ela conhece: é assim que as carcereiras verificam se ela realmente não está enxergando.

"*Iau!*" A carcereira late em seu rosto. Isso também era esperado. E também o soco na cara. Não chorar. Vera não mora aqui. O cheiro de tomate é de enlouquecer. Logo será autorizada, e vai ser uma alegria enorme.

"Você já veio para cá assim, ou ficou assim aqui?"

"Fiquei como, camarada comandante?"

"Cega."

"Eu cheguei com saúde."

"Tomara que não saia daqui viva, amém", ela exclama. "Você tem cinco minutos, piranha, o camarada Tito lhe deseja bom apetite."

A carcereira da manhã tinha dito dez. O importante é que já lhe era permitido comer. Primeiro, Vera enfia o tomate na boca com as duas mãos. Aqui não se deixa a cereja para o fim. Lambe e chupa. Um tomate macio e maduro demais, apodrecido, mas cheio, repleto de sumo, de gosto. De tão surpresos, os intestinos dela borbulham. "Por acaso tem papel, camarada comandante?"

"Claro. É só dizer qual. Tenho um cor-de-rosa estampadinho, combina com sua bunda. Está bem assim, majestade?"

Vera tateia em torno. Toca numa rocha. Põe o prato de lata no chão, afasta-se dele engatinhando. Lembra-se de levar o cantil. Decora o número de passos e a direção. Abaixa-se, se agacha. Sabe que a outra está olhando para ela. Houve um tempo em que seria impossível imaginar algo assim.

Por um momento ela estanca. O que é mais urgente, beber ou urinar. O cheiro da urina é forte e concentrado e a entontece um pouco. No cantil talvez haja três goles. A água acaba muito antes que a sede. Por sorte ela não tem problemas com prisão de ventre. Aqui há mulheres que ficam enlouquecidas porque o tempo é marcado no relógio. Ela se limpa com a mão, e limpa a mão na pedra. Quase não há terra nesta ilha. Os ventos só deixaram a descoberto as rochas. Não se vê aqui nem uma só folha de vegetação. Vera se arrasta de volta para o prato. O prato lhe é empurrado pela ponta de um sapato. Uma batata quase crua, mas grande. Ela mastiga depressa. Quanto tempo lhe resta? Mimi, a cozinheira, costumava preparar para a pequena Vera *restorante krompi*, batata de restaurante. Só o nome já dá água na boca. Ela fecha os olhos e come a batata que Mimi cozinhou com a casca, amassou num purê e fritou com manteiga dourada, e depois espargiu por cima pedaços de cebola frita e crocante. Mas a batata que está em sua boca emite sons de maçã. Já que é assim, ela saboreia a maçã. Quem disse que ela não tem imaginação? Ela mastiga a maçã e lhe surgem imagens maravilhosas, a casa de sua infância, a cozinha. Nas prateleiras, geleias e compotas, peras, ameixas e cerejas fervidas em água e armazenadas em grandes jarros de conservas. Também suco de tomate, cozido até ferver e vertido cuidadosamente em garrafas. Ela mastiga muito compenetrada. É uma alquimista. Transforma a batata em pimentões vermelhos torrados, conservados em óleo com limão e alho. Em pepinos em conserva que azedaram ao sol. Em salames defumados no pátio. Sorri de orelha a orelha. Come carne de caça conservada numa marinada picante durante uma semana, nem um minuto menos, para que dela se exalem os sabores do *wald*, da floresta, com tudo que tem de selvagem... Os aromas lhe dão vertigem. Não tem carcereiras. Não tem carrapatos. Não tem olhos mortos que só enxergam preto com lampejos brancos. Não tem um quarto em Belgrado com duas portas e três coronéis de farda que lhe dizem: "Você ainda tem três minutos para decidir. Dois minutos. Mais um minuto".

Não tem o pensamento que deixa no cérebro a queimadura de um erro terrível, do tamanho da própria vida.

"Tempo esgotado, puta. Levantar."

"Mas ainda não bebi, camarada comandante. Não havia bastante água no cantil."

"Problema seu."

E novamente a mandam caminhar. Um pouco mais à direita, voltar para a esquerda. Um pequeno passo à frente, dois para trás. Tampouco esta carcereira fica satisfeita. "Mexa esse traseiro, puta. Fique de pé aqui!" Uma marionete, uma marionete, mas em que espetáculo?

"A partir de agora, até que a venham arrumar novamente, você não se mexe, entendeu? Nem mesmo para respirar!"

"Entendi."

Errp. Uma bofetada e uma cusparada. Saliva escorre em seu braço. Abundante.

"Sim, camarada comandante, desculpe."

"E o que foi que eu disse?"

"Não me mexer nem respirar, camarada comandante." O sol penetra no crânio raspado. Há partes no cérebro que borbulham como água fervendo, e tem um lugar em que ela subitamente está lúcida e desperta, partisan, um animal da floresta que não perde uma oportunidade: os goles que a carcereira bebeu no cantil antes de cuspir nela. Tinham sido quatro ou cinco. Tinha ouvido como a água enchia sua boca, antes de cuspir em Vera.

"Quando o sol baixar, alguém virá para levá-la de volta ao galpão."

"Sim, camarada comandante." A saliva da carcereira escorre para a cavidade do cotovelo. Mas a carcereira não tem pressa. "Diga uma coisa, mas com sinceridade: você e suas amigas, vocês realmente imaginaram que iam trazer Stálin para cima de nós, para vencer o camarada Tito?"

"Sim, camarada comandante." Que vá embora logo. Quando Vera trabalhava nos pântanos, elas bebiam a água infecta. As mulheres ficavam dentro da água dias inteiros, urinavam e defecavam nela, e depois bebiam dela. A sede vencia o medo do tifo. A saliva da carcereira escorria lentamente pelo braço de Vera. Ela a sentia deslizar, fresca, esquentando, secando devagar. Evaporando.

A carcereira até que começava a se interessar. "Então como é que não mataram você ali mesmo, hein? Como é que tiveram piedade de você? Você era a boceta de alguém lá em cima?"

"Não, camarada comandante."

"Traidoras como você têm que morrer."

"Sim, camarada comandante."

Vá embora, ande logo. Por favor, por favor, que ocorra um milagre.

"É o que eu sempre digo. O camarada Tito é bom demais, já que deixa viver um pedaço de bosta como você."

"Sim, camarada comandante."

"Vocês nos emporcalham o ar da pátria."

"Tem razão, camarada comandante."

"E lembre-se: não se mexa nem respire."

"Não, camarada comandante."

Passos. Silêncio. Pelo visto foi embora. De qualquer modo, é tarde demais. A língua tateia a superfície do braço. É esticada o mais longe possível, até a dobra do cotovelo. Nada. Secou e evaporou. A pele está seca e salgada.

Logo após o pôr do sol veio uma carcereira para levá-la de volta ao galpão. Vera mal consegue ficar de pé. As mulheres no galpão olham para ela com curiosidade. Querem saber para onde foi levada, o que tinha feito o dia inteiro. Sabem que ela está proibida de falar. Entre elas existem delatoras e carcereiras fantasiadas de prisioneiras, provocadoras que trabalham em tempo integral para a UDBA e que têm uma mesa no escritório do quartel-general, em Belgrado.

Esta noite as mulheres a cercam, esfregam-se nela como que por acaso. Sussurram. Só querem que diga se lá é mais difícil do que com as pedras. Se há pausas decentes. Se está sozinha. Se de lá ela vê — isto é, escuta — os homens que trabalham na pedreira, na outra extremidade da ilha. Ou pelo menos sente o cheiro do suor deles com o vento. Ela não responde. Bebe quatro canecas de água, cai na cama e adormece. Até que venham despertá-la, antes do raiar do sol.

Novamente a levam, apenas ela, a única do galpão, e novamente dirigem uma encenação. Fique de pé assim, não, assim, sua bosta, mexa-se para cá, endireite-se para lá, levante os braços, abaixe os braços, abra as pernas, feche, não se mexa agora, você me entendeu? Sim, camarada comandante. Não se mexa até que alguém venha te arrumar de novo. E mais uma vez a rolha do cantil é tirada, e os lábios de Vera se abrem como os de um lactente, e a água é derramada no solo, bem junto a seus pés, e o cheiro de terra molhada, e os pingos de água em seus braços, e todos evaporam antes que ela consiga lamber.

Nas horas que se seguem, nos dias que se seguem, ela às vezes ouve ao longe, vindo do mar, o ruído de um motor. Um barco ou um navio navega diante da ilha rumo ao continente ou uma das ilhas de vilegiatura nas redondezas. As pessoas que se bronzeiam no convés talvez vislumbrem aquela figura pequena que lá está de pé, braços abertos para os lados, no cume da montanha. Não estava lá antes. Talvez pensem que colocaram uma estátua lá. Um pequeno farol com forma humana. E talvez a camarada comandante Maria a tenha posto lá de propósito, para que as pessoas nos barcos a avistassem e imaginassem ser o símbolo de algo. Mas do quê, o que ela simboliza? A figura de uma pequena mulher. De longe com certeza deve parecer um menino, ou uma menina.

De repente uma ideia torta e pungente: ela é uma lápide. Um monumento a Nina. Puseram-na lá por causa de Nina. Porque Nina foi jogada na rua. E assim todo passageiro dos navios de luxo verá e saberá qual é o castigo para uma pessoa como ela, como Vera, para uma mulher que amou demais.

Duas horas depois, às quatro e quinze da madrugada, acordo com uma pressão no peito. Sou tomada por ondas de angústia. Permaneço deitada e espero a palpitação se acalmar. Durante alguns minutos sou presa de todo tipo de pensamentos e imagens. Até mesmo meu trato com Meir — não ter pensamentos ruins sobre mim mesma antes das nove da manhã — desta vez não funciona.

Nina dorme profundamente. Vera, apertada contra ela, encolhida como um feto. Toco de leve seu ombro, ela abre um olho, põe os óculos e senta na cama, ágil, sem perguntar, sem reclamar. Eu a envolvo no suéter de Meir, que trouxe para sentir-lhe o cheiro e manuseá-lo, pego um caderno novo — já preenchi dois — e no último momento resolvo pegar também meu cronógrafo, que me acompanha em todas as produções. Penduro no pescoço com um cordão.

Vera está esperando junto à porta e ainda não pergunta nada. Com um olhar já sei que ela sabe exatamente o que está prestes a acontecer. Não me deixo dominar pela emoção (apenas pelos nervos). Há um trabalho a ser feito, e nós o faremos. Nina se vira, estende a mão, apalpando o meu lado da cama. Está me procurando. A *mim* ela está buscando em seu sono. Ficamos olhando, hipnotizadas, sua mão tateando, tremendo, desistindo.

Ela suspira no sono, e nós prendemos a respiração. O que vamos lhe dizer se ela acordar? Como explicar?

Saímos na ponta dos pés. Sinto náusea. Chega, chega de mentiras. Descemos para o saguão deserto e escuro. Luz, só a do balcão da recepção, e mais uma num vaso com uma bela planta cóleus artificial. Puxo uma poltrona para Vera e corro até o elevador para chamar Rafi. Antes de a porta do elevador se fechar, eu a filmo com o celular: uma mulher pequena e idosa no fundo de um saguão deserto. Subo até o terceiro andar. No espelho do elevador vejo uma égua. Aproveito o choque da surpresa para formular um veredicto rápido e objetivo. Uma mulher grande e robusta (mas isso também se deve ao colete inflado e às calças de modelo novo com todos esses bolsos práticos) com bolsas escuras sob os olhos. Uma feminilidade um tanto rouca, sentencia a continuísta que me examina sem piscar nem pena ao longo de três andares. Em resumo, fiquei com cara de produtora de filmes. Me despeço do espelho com um relincho e bato de leve à porta de Rafael. Ele abre em um segundo, já vestido para trabalhar. A Sony está em cima da cama.

Como se tivesse ficado sentado na cama a noite inteira esperando que eu viesse chamá-lo.

No elevador consigo forçar um sorriso, mas ele logo percebe: "Está tudo bem, Guili?" "Tudo bem." "Sob pressão?" "Um pouco." "Está bem, motivos não faltam." Ele nota o caderno novo, laranja, espiralado. "Você não está escrevendo o bastante." Lembro a ele que durante toda a viagem até aqui eu estava filmando. "Mesmo assim", ele diz, "mesmo assim, os detalhes, os pequenos detalhes."

"Quanto aos pequenos detalhes…"

"O que tem eles?"

"Stálin realmente pretendia invadir a Iugoslávia em 48?"

"Não sei. Mas Tito pensava que sim. E havia sinais. Foi por

isso que criou os gulags, ou seja lá como eles os chamam aqui, para os apoiadores e espiões de Stálin."

"E você acha que o vovô e a vovó eram mesmo stalinistas?"

"Vera e Miloš? Ela vai te devorar viva se você aventar essa possibilidade."

"Mas você, o que você acha?"

"Eu, por princípio, sempre acredito nela."

Eu rio. "Isso sem dúvida torna a vida mais fácil."

Ele balbucia algo sobre perguntas que a gente guarda durante anos até não ter mais coragem para fazê-las. Para mim está claro que ele não se está referindo a Stálin e Tito.

No saguão nós nos organizamos rapidamente. Posicionamos Vera de tal maneira que a luz incida bem sobre ela. Puxamos mais uma poltrona para mim. Durante os minutos em que não estive aqui ela teve tempo para tirar o suéter e se pentear (seus cabelos estão ralos, já escrevi isso? Debaixo deles desponta um couro cabeludo róseo, como um pintinho ainda sem plumas). E, é claro, passar batom, rímel e um pouco de blush. "Que lady você é, vó." "Lêidi shmêidi, mulher tem de estar sempre nos trinques. Isso vale para você também." Ela lança um olhar meio enviesado para a massa de meus cabelos, cachos e caracóis. "Pássaros poderiam fazer ninhos aí."

"Vó", eu digo, "você sabe o que queremos fazer agora, não sabe?"

"Ora, claro." Ela respira fundo. Endireito sua gola. Cheiro seu perfume penetrante (conseguiu até mesmo se perfumar). Ajeito-lhe o cabelo atrás, para cobrir as partes ralas. Ela acha uma sujeirinha na minha blusa. Sua mão desliza pela minha e por um momento se agarra a ela. Estranho ambiente para os últimos momentos antes de uma execução, quando condenado e carrasco fumam juntos.

Primeira coisa, procuro um modo de amaciá-la. "Agora, vó,

antes de começar, quero que me conte algo legal sobre você e Miloš, não importa o quê, três ou quatro frases." "Sobre Miloš? Já contei tudo." "Então, mais uma vez, um detalhe, uma coisa engraçada, antes de começarmos eu tenho de ouvir isso." Na verdade isto é uma variação de um pequeno truque que aprendi com meu pai. Um instante antes de bater a claquete, eu cochicho na orelha do ator uma imagem básica da cena, ou o verso de algum poema que tenha a ver com ela. Nem todos os diretores gostam disso, mas, ora bolas, este filme é *meu*.

E a avó é minha.

Vera entra imediatamente no jogo: franze o rosto, murmura uma fala rápida consigo mesma, começa a sorrir. O truque funciona. "Nós dançávamos muito, eu e o Miloš." Peço uma descrição curta. "Quando Miloš já tinha sarado de tuberculose e de todos mazelas que teve, voltamos da aldeia dele para Belgrado. Tínhamos bela residência, e eu ainda não estava grávida, estávamos muito felizes juntos... Baixávamos persianas, ligávamos o vitrola e dançávamos durante horas! Fazíamos mesmos movimentos, mesmo ritmo, como gêmeos, e sabíamos rodopiar no mesmo instante..."

Rafi ergue o polegar. Por ele Vera já está totalmente no clima, podemos começar.

"E Miloš suava tão bonitinho, Guili, ele tinha pele lisa, talvez já tenha contado isso. Sem pelo, pele como camurça. E quando tomava sol, ficava como negro..."

Rafi se posta discretamente atrás dela, aponta o relógio e faz um gesto de degola, mas quem é que segura Vera quando Miloš está no ar? "E a gente se divertia com amigos, e eles gritavam que queriam me ver dançar, e sabe como eu dançava? Em cima da mesa, bailava czardas, a dança húngara! Aqui tinha copos, em cima da mesa, e eu dançava entre eles, e nenhum caía na chão! Eu levantava um pouco a saia..."

Bem, o truque saiu de controle por completo.

"E até agora, você sabe, o programa de rádio de que mais gosto é *Momentos de encantamento*... Lá tocam músicas que eu e o Miloš dançávamos, tangos, e *slow fox*, e toda vez que tocam essas músicas eu não me contenho e danço com o rádio, e logo lágrimas estão rolando em meu rosto."

"Ótimo, vó, isso ficou lindo, exatamente o que queríamos ouvir."

"É mesmo?", ela sorri. "Então eu ajudei você?"

"Muito! E agora vamos falar daquele assunto, você sabe qual."

"Ah, sim." Ela afunda na poltrona.

"Vó, eu não serei capaz de subir naquela ilha se nós não falarmos disso." Rafael corrige o ângulo entre as nossas poltronas. "Mas e se Nina chegar de repente?", Vera pergunta baixinho. "Não é melhor rodar no quarto de Rafi?" "Tomara ela viesse", eu digo. "Não, não, não! Isso a mataria!", Vera retruca.

"Ela precisa saber", digo, embora por algum motivo já não tenha tanta certeza disso. "Precisa saber?" Vera me bate no joelho com a manga do suéter. "Como assim *precisa* saber? Como pode precisar se não sabe que precisa?" "Ela sabe", eu repito o que lhe sussurrei à noite. "Ela sabe mesmo sem saber." "Isso não existe. Ou sabe ou não sabe." "Vó, me ouça: tudo que Nina faz, tudo que ela diz, cada respiração dela, tudo que dói nela, tudo que está ferrado nela, tudo vem disso." Vera repele minhas palavras com muxoxos e fico com vontade de agarrá-la e sacudi-la até que algo penetre naquele bloco. "Esta é a vida dela, vó! Ela precisa saber do que é feita a vida dela!" Vera deixa escapar um longo sopro sarcástico. Sei que tenho razão, mas ouço a mim mesma falando como uma chefe de escoteiros.

"E você sabe o que mais me incomoda, vó?"

"Vamos lá, diga."

"Que não tenho certeza absoluta se com esse segredo você está protegendo ela ou você mesma."

"*Eu?* Guili!" Ela se inflama, chocada, e durante um longo e incandescente olhar nós somos inimigas figadais, e isso é insuportável. Insuportável.

"Toda essa conversa que pessoa precisa saber toda verdade, e, como vocês dizem, *enfrentar ela*, é muito bonita, Guili, e muito pura e moral, parabéns…" E ela bate palmas três vezes. "Mas eu digo que é impossível de repente falar para mulher com quase sessenta e três anos: 'Ouça, minha filha, o que você pensa que aconteceu não aconteceu exatamente, e toda sua vida você viveu num grande engano'." "Numa mentira", eu corrijo. "Não! Não! Mentira é quando o pessoa quer fazer mal. E aqui, talvez, *talvez*, só foi o pessoa que não teve alternativa."

Rafi me faz um sinal para abaixar o tom. Ele tem razão. Se nos envolvermos num bate-boca ela vai fechar o bico.

"E digo ainda, Guili, e lembre muito bem do que eu disse, que se ela souber, não vai querer viver, não vai querer viver! Eu conheço minha filha."

"Quem sabe você deixa ela resolver por si mesma? Ela não é uma criança!"

"Se ela souber, vai voltar a ser como criança."

"Então é melhor deixá-la na mentira até o fim?"

Vera se contém. Pestaneja seguidas vezes. Em seus olhos, que se vão apagando, eu leio: isso não é por muito mais tempo.

Ela cruza as mãos no peito. A boca está contraída. Rafi faz com a mão o gesto de dar partida.

"Certo, compreendi. Está bem. Vera, conte, por favor, o que aconteceu."

"Assim não", ela bate com a mão aberta em sua coxa. "Não fale assim comigo!"

"Assim como? Como foi que eu falei?"

"Como se você já não me conhecesse mais."
As duas estamos ofegantes e infladas. É difícil para ela. É difícil para mim. Para mim é difícil que seja difícil para ela.
"Chega, vó", eu digo, numa voz quase estrangulada.
"Guili", ela me conquista com seus olhos, no lugar em que sempre sou mais vulnerável.
"Desculpe, vó, estou muito nervosa. Vamos lá. Conte o que aconteceu."
"Aqui estou, e vou contar." Ela se apruma, apoia as mãos nos braços da poltrona: "Rafi, a câmera está funcionando?".

"Em setembro de 1951, Miloš, numa corrida de cavalos que participou, quebrou osso no ombro e ficou com meio corpo no gesso. Estava de licença médica, mas todo dia ia visitar seus soldados na seleção hípica. Então, certa manhã que ele estava em casa, toca telefone. Seu general chamava ele com urgência. Miloš foi e não contou o que tinha acontecido lá.

"Mas na manhã seguinte, Miloš de repente trouxe a anel para Nina. E eu disse: 'Ficou maluco? Como é que vamos terminar mês?' Sabe, Guili, isso foi no dia doze do mês, e já estávamos vivendo num grande aperto! Às quatro da manhã eu ficava na fila para comprar um garrafa de leite para o menina! Para meus primeiros sapatos de couro eu tive de ficar no fila um dia, uma noite e mais um dia! Até então eu só tinha sapatos de juta que se dobravam como sanfona, e sempre entrava água..."

E com uma maravilhosa, escandalosa falta de pudor, ela estende as pernas no ar, encurva o pé esquerdo para cá e para lá, e olha satisfeita para ele. E eu me lembro de como, quando era pequena, eu olhava para ela, estudava ela, não tive outra professora para essas coisas, e lembrei agora, lembrei o sorriso dela então, o sorriso de uma mulher que está olhando para suas belas pernas.

"E naquela época, por exemplo, para você entender, a Iugoslávia enviava para Tchecoslováquia vagões inteiros com ovos congelados, e de repente as relações foram interrompidas. Sobrou vagão em Belgrado, na estação ferroviária, e disseram que cidadãos podiam ir com bacias e pegar ovos, que já estavam vazando do vagão. Nós três fomos e trouxemos um ovo inteiro, rindo durante todo caminho e falando de omelete que a gente ia fazer. E Miloš, numa situação daquela, vai e compra a anel para Nina?"

Rafi e eu de vez em quando olhamos para o elevador.

"No dia seguinte general convocou Miloš de novo. Antes ele foi comprar lenha e carvão para inverno. Já estava pensando em me deixar preparada para inverno sozinha, e então falou assim: 'Esse gesso está me causando esfoladuras nos ombros. Quem sabe você não põe alguma coisa dentro, atadura, por exemplo?' E eu, cretina, enfiei atadura entre gesso e corpo."

Ela abana a cabeça, como que ainda não acreditando. "À noite ele pediu desculpa porque precisava escrever coisas urgentes. Sentou na cozinha e escreveu umas vinte folhas. Escreveu para Nina. Contou sua vida, da infância na aldeia, ginásio que frequentou na cidade, e depois exército e guerra mundial, e como nós dois, na guerra, tínhamos salvado partisans de colaboracionistas, e escreveu sobre mim também, escreveu bonito... Como conhecemos na festa, e como esperou na estação, escreveu tudo para Nina saber, e tudo isso UDBA levou alguns dias depois, quando fizeram busca na casa. No interrogatório eles leram para mim carta dele, de cabo a rabo, queriam me dobrar, e eu não movi um músculo do rosto..."

Rafael pediu que interrompêssemos. Alguma coisa na iluminação o incomodava. Sombras demais nos nossos rostos. Ele mudou as poltronas de lugar, pondo-as uma bem em frente à outra e mais próximas.

"E teve mais um coisa que ele pediu naquela noite — que Nina adormecesse em nossa cama, ao lado dele. Só depois ele levou a menina para cama dela. E eu, idiota, vi tudo e não compreendi que ele estava despedindo da vida. Como não vi?"

O peito de passarinho dela subia e descia com rapidez. As coisas que contava eu nunca tinha ouvido daquela maneira. Nem com aquele detalhamento nem com aquela entonação.

E eis aí outro momento forte num documentário: quando o entrevistado muda, enquanto está sendo filmado, o contrato que fez com o diretor e consigo mesmo, e de repente, sem se dar conta, se deixa envolver pela verdade.

"De manhã ele despediu de mim, deu beijo em mim e em Nina, foi ver general e não voltou. Já eram duas da tarde, e eu telefonei para Ministério do Interior, e disseram: 'Aqui não tem ninguém, todos foram para casa'.

"E lá em casa, se Miloš atrasa um minuto, ele telefona. Já estou sentindo: aconteceu algum coisa. Vou correndo de ônibus para casa de amigo dele, também coronel. Ele olha para mim: "Foi o serviço de segurança do Exército que exigiu, mas vamos tirar Miloš de lá, não se preocupe'. Eu já fico preocupada. Claro que preocupo. Corro para vice-ministro. Para você entender. Como Miloš era comandante da seleção de hipismo de Tito, nós conhecíamos todo *crème de la crème*, e esse vice eu conhecia de umas férias que tínhamos tirado juntos, e ele até que olhou bem para mim pelas costas da mulher. Não importa. E me dizem: 'O vice está caçando agora. Volte amanhã'. Eu volto amanhã, e ele está no médico, fora da cidade. Já entendi. Muito obrigada.

"Na quarta-feira, dezessete de outubro, acordo Nina cedinho e digo: 'Vou procurar seu pai. Levante, tome café da manhã que preparei, eu vou pentear você e depois vá direto para Yovanka, almoce lá e fique lá com filhas dela até anoitecer, e eu vou buscar você'. E Nina estava sonolenta e não entendeu por que tinha de acordar tão cedo, mas comeu tudo, não deixou nada no prato."

"Desculpe, vó, um instante, pai, parem. De repente me ocorreu... Nós desistimos totalmente da entrevista com Nina?"

"Que entrevista?", Vera fica irritada por eu a ter interrompido.

"Em que ela fala para a Nina do futuro? Para a Nina que ela será um dia?"

Os três ficamos calados. Se não estamos nos dirigindo à Nina do futuro, pelo visto estamos filmando algo que não vai entrar no filme dela. Que não chegará a seu conhecimento.

Rafi diz: "Proponho que Vera decida".

Vera pensa. Contrai o rosto. E então, com um gesto decisivo: "Vamos, primeiro vamos continuar, e no fim resolvemos".

"Como no fim? Agora, temos de resolver agora se vamos fazer isso ou não."

"Onde eu estava?" Vera ignora a questão que levantei. "Eu estou vendo Nina como se fosse agora, sentada com pijama azul, bebendo leite... De verdade, ela era um menina tão boazinha."

Vera decidiu.

"Acabou de comer, se vestiu, fiz suas tranças e escrevi bilhete para Yovanka. Quando ela saiu de casa eu fiquei espiando ela por trás da cortina, coisa que nunca tinha feito, só naquele dia algum coisa em minha barriga me fez olhar para ela, ver como caminhava e pulava uma amarelinha que as crianças tinham deixado na calçada, como corpo dela era pequeno e encantador, e como parecia dançar enquanto caminhava."

Silêncio. Um peso enorme no ar. Ela suspira, inclina a cabeça. Isso é luto. Sinto uma dilacerante pontada de dor no ventre, de cima a baixo. Pela primeira vez o luto pela menina Nina. Pelo futuro que ela terá. Pela pessoa que ela já não mais será. Por mim. Estendo a Vera um lenço de papel, ela repele minha mão.

"Não tenho vergonha de lágrimas!"

"O filme está correndo", murmura Rafi.

"E de repente eu vejo lá fora homem grande de casaco de couro, e logo acho que era dos Serviços de Segurança, e tinha também um carro preto com motor ligado e vidros escuros nas janelas. E esse homem estava olhando para Nina e indicava ela com movimento de cabeça para alguém no carro preto, e eu fiquei cismando porque ele estava olhando assim para minha menina, e porque tinha feito sinal para a motorista, mas pensei também, ele veio dizer que Miloš vai ser libertado! E pouco depois ele bate com força no porta de casa, e eu, idiota, digo: 'Oh, graças a Deus senhor veio, venha, entre, aceita xícara de chá?'.

"Ele entra, tira luvas, olha em torno avaliando casa, bate assim com luvas na manga do casaco, senta, e de repente é tão amável..."

Vera imita e representa o homem para a câmera: modos de um homem suave, cheio de consideração: "Senhora fuma, madame?".

"Sim."

"Então acenda antes um cigarro. Assim. Lamento informar, ele tentou se suicidar."

"E eu grito: 'O quê? Ele está vivo ou morto?'.

"'Não posso dizer agora. Venha. Vai receber todos informações no hospital militar, mas antes de sair tem alguns coisas que preciso saber sobre ligação que vocês tinham com Rússia.'

"E durante umas duas horas ele ficou fazendo perguntas, e eu respondendo, não lembro o quê, não sabia de nada. Ele perguntou sobre Rússia, sobre Stálin, sobre sermos supostamente espiões. Tudo confunde em meu cabeça, quase não consigo me segurar, até que por fim ele diz, 'Agora vamos, leve o que precisar, por muito tempo'.

"Eu não levo nada. Só casaco, bolsa, corpo todo tremendo.

Saímos. No carro tinha uma motorista com óculos escuros, a homem do casaco grita de repente 'Deite no chão, sua puta! Para que não vejam você no carro!'.

"Chegamos no hospital militar, tudo muito rápido, correndo, aos gritos, e de repente paramos e ele diz: 'Senhora entra por este porta e eu espero aqui, e será melhor para senhora e filha que resposta seja a certa.'

"Resposta a quê, a quem, ele não disse.

"Eu entro na sala, já estão lá coronel médico e dois coronéis comuns. Compreendi depois que eram da procuradoria do Exército.

"Eles recebem bem, minha senhora, minha senhora, madame, sentimos muito seu perda, e um deles, alto e careca, lê um documento do governo: 'Ontem, às dezesseis horas e vinte minutos, no dia dezesseis de outubro, guarda foi por um minuto a banheiro, e então Novak Miloš retirou de seu gesso algumas ataduras, amarrou todas juntas e se pendurou acima da cama, e seu cabeça sacudiu tanto que elas lhe cortaram pescoço, e não pudemos ajudar. E agora solicitamos que assine que senhora e ele são stalinistas, e que senhora repudia marido por ser inimigo do povo, espião da Rússia de Stálin'."

"Um instante, vó, devagar. Não compreendi: eles queriam que você confessasse ser stalinista?"

"Claro que queriam!"

"E você?"

"Eu o quê? Eu não confessei."

"Porque você não era."

"Exato."

"E o que aconteceu?"

"Veja, Guili, eu até estava disposta a assinar que *eu* era stalinista, e que era o próprio diabo, mas não que Miloš era stalinista e inimigo do povo. Isso não! Isso estava além de limite!"

"Deixe eu compreender: apenas por você não ter concordado em dizer que Miloš era um traidor, só por causa disso, eles mandaram você para Goli Otok?"

"Sim."

Se foi assim, eu não tinha me enganado, nem delirado. Quando estava na UTI, sem sangue nas veias e ela me contou. Talvez tivesse pensado que eu estava inconsciente. Talvez tivesse pensado que eu ia morrer e queria descarregar isso dela uma vez na vida.

E todos esses anos, desde então, eu soube, senti, e não ousei perguntar-lhe se era verdade.

"Eu não tinha menor importância para eles", ela dizia agora, "eles queriam Miloš. Ele era importante, foi grande herói na Segunda Guerra Mundial, era comandante dos cavaleiros de Tito, eles só queriam que sua mulher dissesse a todos que Novak Miloš era traidor e apoiava Stálin contra Tito."

"E se você dissesse?"

"Dissesse o quê?"

"Não sei... que ele, digamos, apoiava..."

"*Guili!*"

"Estou só perguntando, vó. Digamos que você..."

"De maneira alguma! Não tem isso de 'digamos'! Meu marido não foi traidor! Era idealista! Homem mais íntegro e mais puro!"

"Sim, claro, isso nós sabemos..."

"Não, não sabem! Ninguém sabe disso como eu. Só eu, no mundo inteiro, sabia o alma que esse homem tinha! E só eu posso falar sobre ele e não tem mais ninguém a favor dele, Guili, e por isso não assinaria para eles nem se me jogassem em Goli, nem mesmo se me matassem, nem se levassem Nina..."

Ela se cala. Seus olhos se inflamam. A pequena cabeça treme de raiva.

"E vamos supor, vó, apenas vamos supor, que você concordasse em dizer que Miloš tinha traído, eles iam libertar você?"

"Não sei. Talvez sim. Assim disseram."

"E você voltaria para casa, para Nina?"

"Talvez. Sim. Mas então Miloš seria considerado um inimigo…"

"Nós sabemos, mas…"

"O que é *nós*, Guili?" Ela olha para mim por cima dos óculos. "Aqui também faz interrogatório?"

"Não, somos só Rafi e eu que queremos saber. Venha, vamos dar um passo atrás, vó."

Até mesmo chamá-la de 'vó' me soa dissonante agora.

"Pergunte." Ela tira da bolsa o espelhinho redondo e se arruma. "Pergunte, vamos."

"Estou perguntando mais uma vez porque precisamos compreender. Você não concordou em dizer que Miloš era um traidor, e foi por isso que eles jogaram você na ilha?"

"Que alternativa eu tinha?"

Olho para ela com desalento.

"Rafi." Ela se dirige a ele, mas seus olhos fitam a mim. "Você promete, não?"

"Prometo o quê?"

"Que o que estou dizendo aqui não vai entrar de jeito nenhum no filme que Nina quer."

Rafi fica calado. Sua fidelidade de órfão vacila. Eu o perfuro com o olhar, mas Vera também é boa em olhares perfurantes.

"Veja", ele se esquiva, "acho que vale a pena termos este material de forma organizada e completa."

"Então você não promete?"

"Proponho que não decidamos isso agora."

As mãos dela se crispam nos braços da poltrona.

Rafi pergunta: "Você quer que continuemos?".

"Já não sei o que quero e o que não."

Resposta interessante, eu penso comigo mesma. "Então venha", eu me inclino para ela e acaricio devagar seu braço, ao longo do comprimento, nosso tratamento reiki familiar. "Diga exatamente o que eles lhe disseram."

"Isso agora é tão importante assim?"

"Sim. É importante. É o que há de mais importante."

"Então pergunte."

"O que aconteceu naquela sala?"

"O que aconteceu lá? Vejamos... Houve que ele, o oficial alto, careca, disse, e lembro cada palavra: 'Vamos ser honestos com o senhora, situação é a seguinte: como marido não falou um só palavra no interrogatório, não confessou nada, então ele não é considerado culpado e o senhora pode reivindicar pensão para senhora e filha, mas só se assinar'.

"Eu digo: 'Senhor quer que eu diga em vez dele que ele é um traidor?' Ele me disse: 'Sim'. Eu disse: 'E que mais?'. E ele: 'Mais nada. Só que amanhã vai sair no *Borba* e mais dois ou três jornais que Novak Vera repudiou inimigo do povo, o traidor Novak Miloš'.

"E eles veem que fico calada, e coronel da procuradoria diz: 'Novak Vera, aqui na sala tem dois portas. Um, da esquerda, é para liberdade, ir para casa e para filha, e outro, da direita, é para prisão de Goli Otok e muitos anos de trabalho forçado. Senhora tem agora três minutos para decidir.'

"E eu, meu cérebro está morto. Todo meu corpo sem vida. Se você espetasse com alfinete, Guili, eu não sentiria. Miloš estava morto, estava morto meu grande amor, o que eu ainda poderia querer na vida?"

Ela procura um cigarro na bolsa. Tira um maço amassado de Europa. Há anos eu não a via fumar. Penso na pequena Nina, que àquela hora da manhã já teria chegado à casa de Yovanka.

"Então coronel médico diz: 'Talvez senhora não tenha entendido. Talvez queira beber água e pensar melhor'.

"Não quero nada, só quero morrer." Ela não consegue acender o cigarro, e eu a ajudo.

"'Ouça, Novak, vou dizer novamente e pôr nossas cartas na mesa: por razões de segurança não queremos que pessoas saibam que ele morreu aqui. Ele será enterrado em sepultura anônima. Senhora assina, pega filha e vai viver em outra cidade. Basta pôr pequeno rabisco aqui neste papel, e depois será proibido falar sobre isso durante toda sua vida. Até mesmo com filha será proibido falar qualquer coisa sobre isso. Agora senhora tem mais dois minutos para pensar.'"

"Então, assine de uma vez", eu ouço a mim mesma murmurar de repente numa voz fantasmagórica. Rafael fica abalado com isso, mas Vera está tão mergulhada em sua história que pelo visto não me ouviu.

"Eu digo: 'Não preciso de dois minutos nem de meio minuto. Não vou repudiar marido. Amei ele mais do que própria vida. Meu marido nunca foi inimigo do povo. Façam o que quiserem'." Ela usa o maço de cigarros como cinzeiro.

"E então outro coronel, não o altão, diz: 'Se é assim, já amanhã senhora vai de barco para Goli Otok. Senhora sabe o que é Goli Otok?'."

"'Eu sei.'

"E ele diz: 'Sua filha Nina vai ficar na rua'.

"Eu digo: 'Isso já é decisão de vocês'.

"E ele diz: 'Não, é decisão apenas sua'.

"Eu digo: 'Peço muito a senhores, bons homens, Nina não é parte disso de jeito nenhum, Nina pode ficar com minha irmã Mira, ou com minha irmã Rodgi, ou com minha amiga Yovanka. Não precisa ficar na rua'.

"E coronel diz de novo: 'Ouça bem, mulher. Você vai para

Goli Otok, fazer trabalhos forçados, e pequena filha Nina vai ficar na rua, é minha palavra. E rua é rua'."

Vera põe a mão sobre o peito.

"Vó, você quer que a gente faça uma pausa?"

"Não, quero contar."

Em minha não brilhante carreira também trabalhei como pesquisadora em alguns filmes documentários. Muitas vezes vi o entrevistado diante desta mesma encruzilhada: revelar o segredo mais obscuro de sua vida, ou perpetuar sua mentira. É admirável como são muitos os que decidiram revelar o segredo — eram sobretudo pessoas à beira da morte — só porque sentiram que a verdade precisava ser guardada em algum lugar no mundo.

"Guili, o que você quer perguntar?", diz Vera.

Reúno todas as forças que não tenho. "Diga, vó, o que significa 'vai ficar na rua'?"

"Não sei."

"Tente, assim mesmo."

"Não sei."

Eu experimento outro caminho: "Você disse que pediu a eles que não incluíssem Nina no caso."

"Verdade."

"Você acha, digamos, que talvez tivesse de insistir nisso um pouco mais?"

"Insisti quanto pude. Máximo que podia."

"Sim. Mas talvez, se insistisse um pouco mais…"

"Eu não sei implorar."

Sua boca se contrai. Ela afasta de mim os seus olhos.

"Vó, desculpe, mas tenho de perguntar. Você já tinha ouvido falar de meninas que a UDBA jogou na rua?"

"Não."

"Nem uma?"

"Não sei. Talvez tenha ouvido algo sobre uma ou duas. Talvez fosse tudo boato. Era época de boatos."

"E o que aconteceu a elas?"
"Não sei."
"O que diziam os boatos?"
"Não ouvi."
"Vó..."
"Podemos continuar?" Ela está quase gritando. Seus lábios tremem, e ela não espera uma permissão, e de repente percebo o quanto ela precisa contar esta história — para que seja ouvida uma vez e esteja no mundo em sua completude.

E exatamente porque agora tudo está aberto e a descoberto, sinto que estamos cometendo um erro enorme: por que filmamos esta conversa pelas costas de Nina? Por que até mesmo agora, um momento antes de irmos para a ilha a fim de uma vez por todas nos limparmos um pouco do que está conspurcando a família já faz três gerações... O que estamos fazendo em vez disso? O que estamos tornando a fazer a ela?

"E eles dizem: 'Novak Vera, pense bem, mais uma vez. Você tem um minuto para pensar'. E eu digo mais uma vez: 'Não preciso de nem um segundo'.

"E o coronel médico diz: 'Você prefere homem morto do que menina viva? Que mãe você é? Que mulher você é? Que pessoa você é?'.

"Eu digo: 'Já não sou mãe, não sou mulher, não sou pessoa. Não sou nada. Morreu mãe e mulher e pessoa Novak Vera. Vocês mataram sua razão de viver. Não vou assinar para vocês. Façam o que quiserem fazer'."

"Assine para eles!", eu murmuro de novo, sem me conter. Desta vez Vera ouve. Ela se inclina e se recosta, e me crava um longo olhar, sombrio. Balança a cabeça com amargura e decepção, como se tivesse descoberto que por baixo de todas as minhas camadas impolutas a traição morava em meu sangue. Como se sempre soubesse que no momento decisivo eu iria traí-la.

E lembro do que ela me disse quando eu ainda era uma garota: "Não deixe que distorçam minha história em meu desfavor".

Este momento agora...

Como, naquele mesmo semblante conhecido e amado, de repente emerge uma cara estranha? Inimiga? Porque estamos em guerra, eu e vó Vera. Isso é evidente. E ela me adverte com o olhar que eu não cruze alguma linha. Depois dessa linha vem o caos, e o outro se torna um lobo, sem facilitar para os netos. Mas desta vez eu não abro mão, eu a fito direto nos olhos e vejo seu rosto se repuxar para trás e se aguçar, e é o primeiro momento desde que começou a contar, talvez desde que eu a conheço, que percebo nela certo pânico.

Como se uma partícula obstinada de sua alma, presa e emudecida durante quase sessenta anos, tivesse saído de seu controle e gritasse dentro de sua cabeça: "O que foi que você fez, meu Deus, Vera, o que foi que você fez?".

"Coronel médico vai até porta no lado direito e abre, e lá está homem do casaco de couro, e recebo golpe na cabeça, por trás, não sei quem me bateu, e vou até homem do casaco, ele me segura assim com força pelo braço", ela agarra o próprio braço diante da câmera, "e eu quero que me levem para Nina, para eu contar o que aconteceu e dizer para ela ficar alguns dias com Yovanka, e depois Yovanka levaria ela para minha irmã Mira, ou para minha irmã Rodgi..."

Ela se engasga. Quer continuar a falar e se engasga novamente. Engole as lágrimas.

"Mas sujeito do casaco diz para motorista: 'Leve puta direto para prisão'."

Ela afunda na poltrona, os ombros caídos. "Ninotchka, minha querida", ela sussurra para a câmera, para a Nina do futuro que de súbito ressurge, "como poderia assinar para eles? Como poderia dizer que seu pai foi traidor?"

"Porque ele estava morto", eu respondo, "e Nina, viva."
"Miloš não foi traidor, Guili."
"Como você foi capaz, vó?"
"Eu amava ele."
"Mais do que amava sua filha?"
"Mais do que amava minha vida."

Não aguento mais. Levanto e caminho em círculos pelo saguão deserto. Quando passo junto a meu pai, ele sussurra depressa: "Pergunte se hoje ela faria a mesma coisa".

Eu torno a me sentar de frente para ela. Ela se inclina em minha direção, esconde a boca com a mão e sussurra: "E você não tentou o suicídio uma vez por causa de um homem?".

"Mas não acabei com a vida de outra pessoa."

Ela se retrai, como se eu lhe tivesse dado uma bofetada. Acende outro cigarro e oferece a meu pai também. Não a mim. Ela lhe diz que pare de filmar. Ele obedece. Os dedos dela tremem. O que estou fazendo com ela? Pois se ela reconhecer o que fez, vai se esfarelar aqui até virar um monte de serragem. Rafael divide o cigarro comigo. Não fumamos há anos, desde o enfarte dele, mas agora aproveitamos essa oportunidade de chamuscar a língua e o céu da boca.

"Não sou mentirosa", Vera balbucia consigo mesma, envolta pela fumaça, "não sou mentirosa. Não menti uma só vez na vida! Então, talvez por primeira e única vez não contei para Nina toda verdade, mas foi para bem dela, para que ela não... Olhem só quem chegou!" Ela se assusta e se engasga com a fumaça que envolve a nós três e acena com a mão: "Shalom, Nina, meu docinho, estamos aqui! Bom dia, como dormiu?".

Nina sai do elevador, na outra extremidade do saguão. Um tanto alheia, um pouco sonâmbula, bocejando. "Desde quando estão aqui?" A suspeita desperta muito antes que ela, fazendo-a contrair os olhos.

"Só estamos fazendo à toa umas cenas, antes de irmos para Goli", Rafael ri, constrangido. Essa expressão realmente o enfeia. Rimos os três, constrangidos. Estamos fedendo a mentira. "Vovó contou alguns casos antes de irmos para a ilha."

"Ah." Suas narinas se dilatam. Ela capta informação no ar e a filtra, mas ainda está sonolenta demais para decifrá-la. Tira o cigarro da mão de Vera. "Mas quando vocês desceram? Não ouvi nada. Será que se pode pedir um café? Minha cabeça está estourando por causa do uísque."

Rafi e eu corremos para o balcão da recepção, que está deserto. Tocamos a campainha de mesa. Um funcionário sonolento diz que vai tentar conseguir alguma coisa para nós, mas acha difícil, a cozinha só abre dentro de uma hora. Rafi e eu nos recostamos no balcão, olhamos de lá para Vera, que conversa com Nina. Rafi pergunta "que uísque?" e eu ignoro. Nina diz alguma coisa, Vera ri, joga a cabeça para trás e ri.

"E não cheguei a lhe perguntar se também hoje ela faria…"

"Percebi."

"Pena que você não me tenha lembrado antes."

"É."

"E você sabia que tinha sido assim, não sabia?"

"Assim como?"

"Que eles lhe deram a possibilidade de escolher."

"Sabia."

Ele mobiliza todas as suas forças para sustentar meu olhar.

"Então você sabia que Nina não foi apenas abandonada."

"Como?… Não entendi."

"Que ela foi abandonada e também traída."

Esta palavra se crava nele profundamente.

"Você está entendendo? Ela não só abandonou a filha, ela também a traiu, a filha dela, a minha mãe. Ela traiu Nina."

"Foi, é isso mesmo", ele balbucia consigo mesmo. "Abandonada e traída."

As duas estão envoltas em fumaça, que se eleva até a luminária acima delas. Vera fuma com tragadas curtas e frequentes. Nina fuma devagar, com prazer. Nos observa, aos três, com um olhar interrogativo. Rafi e eu lhe fazemos gestos para indicar que tem um problema com o café. Ela responde, também por gestos, nos dizendo para sair e procurar um café ao longo da praia. Positivo. Ela faz um sinal: apenas deixem eu terminar o cigarro. Aspira fumaça, graciosamente, Rafi e Vera e eu a devoramos com os olhos.

Aquela mesma particularidade dela, estranha e evasiva.

Está e não está aqui. Nós a estamos vendo, mas também nos lembrando dela.

No terceiro ou quarto dia, ou após uma semana, vai saber — quem é que lembra? —, quem a leva é uma nova carcereira. Ela, na frente de Vera, a conduz com uma corda. Com essa caminhada é quase suportável, sem encontrões nem quedas, como se as duas tivessem aprendido a coordenar os passos. A julgar pela voz, ela é muito jovem; pelo sotaque arrastado, engraçado, é montenegrina. Difícil acreditar quão tagarela ela é. Já passou pela reeducação, por todas as fases. Começou, assim como Vera, como *boicote*, as que são excomungadas de tudo e consideradas não humanas, e subiu para a categoria *banda*, dos bandos que são a escória do gênero humano, e chegou a *brigada*, as que reconheceram crimes que cometeram e que não cometeram e concordaram em ser delatoras, e por isso voltaram a se aninhar sob as asas do camarada Tito.

A carcereira está eufórica: breve vai sair daqui e voltar para casa. Vai aprender o ofício de costureira, vai se casar, já tem um noivo que espera por ela na aldeia. Um pouco gordo, mas um bom rapaz e com uma profissão muito procurada: ele faz barris. Vão ter cinco filhos. Vera fica ouvindo. O tempo todo em guarda: não é possível que a carcereira esteja falando por falar. Melhor que ela, Vera, fique calada. Que nem mesmo preste atenção. Para que não lhe desperte um pensamento capaz de lhe escapar.

Quando chegam ao cume, a jovenzinha ri, alegre, para o amplo mar e a paisagem aberta a sua frente, e Vera prende a respiração ao ouvir esse som.

Como se ela fosse uma criança, pensa Vera.

"Vamos ver, sua puta", a carcereira diz docemente. "Você já sabe como se postar de manhã?"

Vera assente com a cabeça, apontando para os olhos. A garota ri: "Esqueci. Que idiota eu sou. Fique aqui. Agora não se mexa!".

"Camarada comandante", Vera pergunta baixinho, "para que estou aqui?"

"Como assim, para quê?", a carcereira pergunta, dando-lhe uma pancada no peito, mas uma pancada não forte demais. Só para cumprir sua obrigação.

"O que estão fazendo comigo aqui? O que estou fazendo aqui?"

Silêncio. Agora ela foi além dos limites.

"Não disseram?"

"Não."

"Ninguém disse?"

"Não."

Ela ri, com espanto. Dá para imaginar seus dentes brancos e fortes, as gengivas vermelhas.

"Então por que *eu* deveria dizer?"

Vera aposta todas as suas fichas: "Porque você é gente".

Ela ouve uma respiração sendo contida. Como o soluço fugaz de um bebê. Existe algo nessa garota que é quase incompreensí-

vel em Goli Otok. "Isso não… Estou proibida de…" Então, rapidamente, num sussurro junto à orelha de Vera: "Temos aqui a plantinha da camarada comandante Maria, isso você sabe, não?".
"Não."
"Nem mesmo isso contaram a você?"
"Não."
"A camarada comandante Maria trouxe da casa dela."
"Casa?" Vera nunca pensou que a camarada comandante Maria tivesse vindo de uma casa. Tudo isso era muito confuso. E que história é essa de planta? O que uma planta estava fazendo aqui?
"Ela é de uma aldeia perto de Rieka."
"Mas para quê?"
"Como assim para quê? Para que cresça."
"Quem?"
"A planta. A muda dela."
"Não compreendo", Vera sussurra, desamparada.
"Aqui nada cresce, certo?" A garota está dizendo algo que Vera já sabe. Nenhuma muda seria capaz de lançar raízes em rochas nuas.
Ela ouve a rolha do cantil sendo retirada. Escorre água em abundância Em suas mãos respingam gotas versadas na terra. Ela as lambe sequiosamente, sabe que esta carcereira não bate com força.
"Ela é grande?"
"Quem?"
"A planta."
"Você pergunta muito, sua… Basta, *stemi*, puta." Vera imagina o rosto da jovem se contraindo com uma raiva de arrependimento por se ter deixado levar por seu bom coração.
"Por favor, camarada comandante, apenas diga isso, eu tenho de saber."

"Ela é pequenina", a carcereira dispara. "Eu lhe arranco os olhos com uma colher se você contar a alguém que conversamos." E ri: "Bem, olhos você já não tem mesmo. Agora não se mexa, faça o seu trabalho aqui e fique calada, você me entendeu?".

"Mas qual é o meu trabalho?"

A garota vai embora. Vera nem espera que seus passos se afastem e logo se abaixa, num movimento ágil. O cheiro a deixa tonta. Terra molhada, rica, uma terra de outro mundo. Ela não ousa enfiar os dedos nessa terra, remexê-la, espojar-se nela. Logo se ergue, assustada e feliz. Estende os braços. Quem poderia pensar que existe tal avidez por terra. Ela ouve a si mesma rindo. Há muito tempo não ouvia esse som.

Aqui tem uma plantinha. A ideia lhe dá prazer, a faz palpitar. Como se tivessem posto um bebê em seu colo.

À noite, na prancha em que dorme, uma mulher se junta a ela. Vera acorda assustada. Pelo visto vieram buscá-la. Interrogatório ou algo pior. E uma mulher a silencia com um toque nos lábios e sussurra: "Eu sei o que você está fazendo no alto da montanha".

"Quem é você?"

"Não importa. Não grite."

"Como é que você sabe?"

"As carcereiras contaram. Lá tem uma planta, correto? Uma muda? Pertence a Maria, certo?"

Vera fica calada. Não tem dúvida de que a mulher é uma delatora tentando complicá-la para marcar alguns pontos favoráveis em seu processo de purificação.

"Dá o fora", sussurra Vera. "Vou gritar."

A outra lhe despeja na orelha: "Quando cheguei na ilha e

passei correndo entre as duas fileiras de prisioneiras, você foi a única que não cuspiu em mim".

Vera associa a voz a um rosto e a um corpo. Uma mulher alta, de aparência nobre, magra como um esqueleto, um olhar azul enlouquecido e amedrontador. Ela correu entre as fileiras segurando de encontro ao peito um instrumento musical arredondado, como um bandolim. Todas viram que ela estava tentando proteger o instrumento, e por algum motivo isso as inflamou ainda mais. Bateram na mulher até que o bandolim caiu, e puseram-se a chutá-lo até ser despedaçado. Vera recebeu dez chicotadas, pois só tinha fingido bater na mulher.

"Ela criou ali um cantinho para ela", a mulher sussurra em sua orelha. "Maria. Fez ali um prostíbulo para ela, com vista para o mar. Leva garotas à noite."

Essa conversa poderia lhe custar quarenta chibatadas. Ninguém permanece vivo, ou lúcido, após quarenta chibatadas.

"E dizem que ela quer que haja ali algum verde para os olhos."

Vera não compreende. "À noite?"

"Por que não? Ou talvez a planta tenha um cheiro bom. Você a cheirou?" Uma respiração profunda, um bafejar quente em sua orelha. A mulher suspira. O corpo de Vera relaxa um pouco. Um sentimento esquecido se mistura a esse relaxar. A mulher cochicha: "Goldman. Professora de musicologia, Goldman Erika. Muito prazer".

Vera está louca para dizer que para ela também é um prazer. Saborear essas palavras tão gentis. Ela se cala.

"Assim que soube que havia uma planta na ilha", a mulher diz baixinho, "eu me senti melhor. Como se houvesse esperança de sair daqui."

Vera tenta compreender o que está ouvindo. As palavras da mulher nem sempre compõem uma frase inteligível. Depois das últimas semanas na montanha lhe é difícil manter uma conversa lógica. A lógica, em geral, é coisa exigente, cansativa. É preciso cuidar que uma sequência de fatos tenha uma determinada ordem. Vera vira o rosto para ela, procurando sua orelha.

"Mas o que eu estou fazendo lá?"

Novamente a dança dos rostos. Ela tem de virar o rosto para a parede para que a outra lhe sussurre na orelha: "Não lhe disseram?".

"Não."

Alguém na extremidade do galpão, na cama junto ao balde, chora enquanto dorme. Promete que é a última vez em que se atrasa para a escola. As duas mulheres não se movem. Vera sente nas costas o coração pulsante da mulher.

"Só me diga", a mulher murmura, "se você tocou nela."

Vera se espanta. Não lhe passou pela cabeça tocá-la. Nem cheirá-la. Tal é o medo que sente das carcereiras.

"Toque nela uma vez. Por mim. Prometa." O ardor naquele sussurro lhe diz que talvez tenha sido só para fazer aquele pedido que a mulher se arriscou tanto. Vera fica deprimida ao pensar como ela mesma é medrosa. Não ousara sequer cheirar a planta. Começa a azedar nela a conhecida sensação de ter cometido um erro. De uma escolha enganosa. De um terrível descompasso com a realidade, a realidade tal como conhecida por todos os outros. De repente Goldman Erika beija Vera no lobo da orelha, no rosto, um beijo suave, e mais um, agradáveis a ponto de doer, e num gesto súbito, num movimento escorregadio como o de um animal, ela sai da cama de Vera e desaparece.

No alvorecer do dia seguinte, depois que a carcereira irriga a planta, posiciona Vera e vai embora, ela tenta focar o olhar mas só vê escuridão, e brechas de branco aqui e ali. Não lhe é permitido se mover. Tenta cheirar a planta dali onde a posicionaram, o cheiro de terra molhada é forte e preenche o ar. Ela toca, distraída, em sua orelha, no rosto, onde foi beijada, e de repente Miloš lampeja dentro dela. Um único instante, mas isso também lhe basta. Enfim ele veio. Levou tempo até se dignar a vir.

Súbito ela se abaixa até o solo, se agacha sobre os calcanhares, tateia depressa até dar com um pequeno monte de pedras. Passa as duas mãos sobre elas, como se abençoasse a cabeça de uma criança. Estuda aquele montículo com os dedos. As pedras foram dispostas em círculo, e a planta com certeza está no centro. Ainda não ousa tocar nela. Contenta-se em saber que está lá. Cautelosa, enfia de leve os dedos no círculo e toca na terra úmida, e logo, enlouquecida, mergulha seus dedos até a raiz deles. A sensação de uma lendária riqueza a inunda. Esta terra é tudo que é bom e abundante. Quem nela tocar estará protegido de todo mal. Ela leva os dedos enlameados ao rosto e inspira profundamente. Põe um pequeno torrão úmido na língua e chupa, e sem pensar engole, se engasga e ri. Seus dedos são mais uma vez atraídos para dentro do círculo, e pairam agora acima de algo macio, prazeroso e fino.

Uma pequena planta, baixinha. Folhas minúsculas. Após meses empurrando rochas, seus dedos estão ásperos e embrutecidos, e ela quase não consegue sentir o contato das folhas. Por isso as toca com o lado interno da mão. Uma suavidade inacreditável.

Ela acaricia — não apalpa, não machuca, Deus me livre, mas toca o bastante para que algo dessa plantinha, um cheiro delicado, desconhecido, possa aderir a seus dedos.

Ela cheira, inspira. É quase impossível absorver e assimilar aquela fartura.

Ela se ergue de um pulo. Alarme falso. Lá embaixo, no abismo, no mar, um tronco de árvore foi de encontro às rochas.

Uma pequena muda. Folhas minúsculas. Folhinhas, cheias de vida. Talvez haja um talo também, de repente não tem certeza e sente uma urgente necessidade de saber: existe um talo? Mais de um? Como estão dispostos? E as folhinhas? Concentradas? Espalhadas? Ou aos pares, uma diante da outra? Como é que não prestou atenção a isso? Não ousa se abaixar e tocar nela novamente. Mas o toque ainda está vivo nela: um veludo diáfano, pois as folhas têm uma penugem. Tudo é tão delicado, Vera suspira enlevada, tão fino e frágil, e é claro ela não tem chance, a pequena muda, num lugar como este, neste sol, sem um pingo de sombra.

Há então um intervalo de tempo muito curto, como o que existe entre uma forte pancada e a dor, ou entre o instante em que se ouve uma notícia ruim e aquele em que ela penetra e é compreendida. Nesse átimo Vera não sente nada, não pensa nada, mas já sabe. E então dela irrompe um riso feio, rude, um vômito em forma de riso, e seu corpo recua, retraindo-se da planta. Ela só quer fugir dali, não quer ficar de jeito nenhum, que idiota, uma vaca cega. Pois de repente se lhe revela o que faz no cume da montanha, o que fazem com ela e como se estão valendo dela e de seu corpo, do nascer ao pôr do sol.

Ontem às quatro da tarde finalmente a tempestade deu uma trégua e saímos para a ilha. As previsões em vários sites diziam que o aguaceiro só recomeçaria à noite. Àquela hora, pensamos, já estaríamos voando para Israel. Pagamos uma fortuna ao dono de um pequeno barco de pesca, o único que concordou em nos levar naquelas condições climáticas. Pediu pagamento adiantado, praguejou e cuspiu na água depois de receber o dinheiro de Rafi. Odiava a si mesmo e a sua ganância, e sobretudo odiava a nós. Ia nos esperar por uma hora, disse, e bateu com o dedo no relógio — nem um minuto mais —, e voltaria para o continente, com ou sem a gente. Fizemos um cálculo:

uma hora na ilha. Quarenta minutos de barco para voltar. Duas horas e meia até Belgrado, em alta velocidade. Vamos chegar em cima da hora, mas vai dar para pegar o voo.

Estou tentando relatar os fatos de forma ordenada, na ordem em que aconteceram, respeitando a sequência.

Na maior parte do percurso ficamos perto da proa. Oscilávamos com o barco, o vento e a água do mar nos açoitavam, o ar fedia a peixes mortos. O dono do barco disse que estava se aproximando o bora, o forte vento do norte. A polícia já estava interditando as estradas, pois era um vento que fazia voar automóveis.

Foi então que vi a silhueta da ilha no nevoeiro, e meus joelhos fraquejaram.

Fui buscar a proteção da cabina do barco. Queria estar sozinha por um instante antes de pisar em terra firme.

A chuva voltou de surpresa. Uma chuva pesada e densa.

Escrevi que já se pode ver a ilha. A sensação? Certo temor. Sentimento de respeito.

Volto para o convés.

Nina diz alguma coisa. Não dá para entender. Ela grita em meu ouvido como a ilha se parece com a ilha dela na região Ártica. As duas parecem uma gigantesca cabeça de crocodilo flutuando na água.

O barco entra num pequeno ancoradouro. Há uma ponte de madeira apodrecida. Toras flutuam ao redor. A carcaça inchada de um coelho está agarrada a um emaranhado de algas. O vento é forte, arrasta tudo. Difícil falar, difícil ouvir. A chuva espeta cada pedacinho de pele descoberto. O dono do barco o amarra a um pequeno pilar de pedra à beira d'água e o encosta na parede de cimento do ancoradouro. Não nos ajuda a descer. Rafael sobe para o píer de pedra e nos estende a mão. Primeiro Vera, depois Nina e eu.

Estou na ilha, estou em Goli.

Deserta e desolada. Estamos sozinhos na ilha. Só um louco viria até aqui numa tempestade como esta. O dono do barco solta a corda e se afasta a toda velocidade. Espero que apenas esteja procurando um lugar protegido para ancorar durante a próxima hora.

Ainda me é difícil imaginar que estamos em Goli Otok. O frio e a chuva não permitem que vivenciemos a solenidade deste momento. Claro que nenhum de nós pensou em trazer guarda-chuva, mas de qualquer maneira ele não teria utilidade num vento assim. Vera se agita entre as poças d'água, a boca aberta. Receio que caia, e aí o que vai ser? Rafi vai atrás dela com a Sony. Eu me separo deles. Mais uma vez, quero absorver sozinha este primeiro encontro com o lugar.

Fico surpresa por ainda existirem muitas construções de pedra. Alojamentos de dois andares. Não imaginava. Tem também uma linha férrea, pelo visto uma ligação entre os diferentes campos da ilha. Li em algum lugar que o governo da Croácia queria transformar a ilha numa atração turística. Mas o que mais me surpreendeu foi a vegetação — as árvores e as plantas. Na época de Vera nada crescia aqui, e presumo que as mudanças ocorreram depois de terem fechado o "campo para reeducação" e transformado a ilha numa prisão para criminosos comuns.

Vera aponta aqui e ali, bate com as duas mãos nas faces, aqui havia isso, ali havia aquilo. Seus olhos brilham: "Aqui descemos por primeira vez do navio *Fonat*, e prisioneiras veteranas formavam duas fileiras. Elas nos fizeram espécie de guarda de honra, e tínhamos de correr entre as duas fileiras, e veteranas gritavam como se fossem animais, e cuspiam, e batiam com mãos e tábuas com pregos, e com chicote. Teve garota que perdeu olho, dentes, quase morreu. Este foi nosso recepção, e um mês depois nós mesmas engrossávamos fileiras de veteranas e calouras corriam entre elas. E aqui ficava o galpão da camarada comandante

Maria, assoalho ainda está aqui. Depois construíram casas de pedra. Onde está Guili? Venha ver...". E ela me puxa pela mão, é mais ágil do que eu, aqui, quase flutua em seu casaco de plumas. "Aqui ficava Maria quando chegavam novas garotas no navio, e ela gritava 'Ispadai! Fora daqui!', e garotas faziam nas calças de tanto medo. E aqui era comando, e aqui canal de esgoto que vinha da cozinha e do banheiro, que cavamos com mãos, dá para ver marca dele descendo até o mar." Vera fala depressa, a respiração ofegante. "E aqui tinha cerca de arame farpado que pusemos em volta, como se alguém fosse querer entrar, ou como se uma de nós tivesse força para tentar fugir. 'Alcatraz de Adriático' é como chamam isto aqui até hoje." Rafi vai atrás dela apressado, filmando e lhe estendendo a outra mão de apoio.

Nina ainda está em choque. Tenho a impressão de que de todos nós ela é quem mais sente o impacto de estar na ilha. Olha em volta como se não compreendesse onde está. Eu me aproximo e engancho meu braço no dela. Me é penoso o pensamento de que com esse espanto ela vai desperdiçar esse momento único de graça que temos aqui.

"E aqui era depósito de ferramentas." Vera torce as mãos. "Aqui, de manhã, entregavam marretas para quebrar pedras. E aqui mantinham *tragatz*, macas, em cima delas nós púnhamos pedras e carregávamos lá para cima, e aqui era pátio de exercícios, onde castigavam você na frente de todas, você tinha de confessar e ser espancada na frente de todas. E aqui a gente morava, em galpões. Esta era nossa fileira, este é meu galpão, e aqui ficava minha cama. Uma tábua com um pouco de palha e percevejos. Vejam a marca da cama na chão."

Tudo é feio, como é feia a violência. Portas arrancadas, objetos que foram queimados e ficaram disformes a ponto de serem irreconhecíveis. Ferrugem e poeira. Um chão de cimento, barras de ferro entortadas crescem dele, farpas de arame retorcidas nas janelas estilhaçadas. Vera anda rápido ao longo das paredes apontando e balbuciando os nomes das prisioneiras que dormiam em cada cama. Suas pernas são ágeis, como se aqui ela tivesse trinta anos de novo. Ela salta sobre montes de brasas frias, tábuas das quais despontam pregos, retalhos de pneus e latas de conservas enferrujadas.

A chuva cessa. Um sol pálido surge por um instante e desaparece atrás das nuvens. A luz é cinzenta e rala. O que vamos ter tempo de ver na meia hora que nos resta? Por que nos entalamos assim com o tempo? Que família. Não somos muito generosos. O que poderia acontecer se ficássemos mais um dia no continente e tentássemos vir amanhã, quando, segundo prometeram todos os sites, o clima será primaveril? Em outras palavras, por que tudo que tem a ver conosco acaba saindo torto?

De uma só vez arrefece a primeira onda emocional, como se tivesse se exaurido e se cansado. Continuamos a perambular, porém não tão depressa, e cada um por si, olhando as construções que desmoronaram, passando por paredes esburacadas. Vera aponta o céu: está escurecendo. As nuvens estão vindo rapidamente de todas as direções, parecem uma horda correndo para uma briga. A volta de barco vai ser difícil.

Caminho por uma trilha revestida de pedregulhos. Sinto uma fraqueza esquisita. Como se tivesse tido um desejo muito forte que se satisfez depressa demais. Chego a um ponto do qual se divisa o cume da montanha, a montanha de Vera. O rochedo à beira do abismo, onde ela ficou cinquenta e sete dias ao sol ardente, agora está envolto em nevoeiro. Procuro o ponto em que a trilha começa a escalar a montanha, mas ele afundou e desapareceu numa imensa poça d'água. É óbvio que não terei tempo de subir até o cume. Não poderei ficar nem cinco minutos à beira do precipício, nem porei os pés no lugar em que a posicionaram. E não vou contar o que ela me contou a respeito daqueles dias.

Da janela de um dos galpões vejo uma coisa estranha: um grande campo com dezenas de rochas massudas, cada uma quase da altura de uma pessoa. Todas são um pouco arredondadas, como se tivessem sido lapidadas. Lá estão elas, sombrias, *juntas* — não apenas uma ao lado da outra —, e há nelas algo perturbador, como se tivessem consciência.

Meu pai também as vê e corre para lá. Não lembro de algum dia tê-lo visto correr. Ele filma as rochas de todos os lados. Depois pousa as duas mãos numa delas, examina algo e passa a outra rocha. Experimenta esta também, e depois ainda outra. Pousa as duas mãos, inspira profundamente e tenta empurrar. Vou ajudá-lo.

No momento em que minhas mãos tocam a rocha, algum círculo se fecha sobre mim e eu começo a chorar. É com dificuldade que consigo me conter. Por que estou chorando? Por tudo aquilo que tenho para chorar. A despeito da chuva e do vento, Rafi percebe num átimo e me abraça. Acaricia minha cabeça devagarinho, até eu me acalmar.

Então tentamos empurrar a rocha mais uma vez. Ela não se move. Vera sai do galpão e nos alcança, para ajudar. Tenho certeza, sem dúvida alguma, de que no momento em que ela tocar em uma das rochas ela começará a rolar para cima. Os três gememos e resfolegamos, a rocha continua indiferente. Eu pergunto na orelha de Vera: "Como é que você empurrava isso?". Ela grita: "Nina está esperando remédio!". Fecho os olhos e empurro com toda a força. Nina está esperando o remédio. Nina está esperando o remédio.

"Onde está Nina?", Vera se assusta. Ela está bem longe de nós, junto a uma formação de rochas escuras próxima à linha d'água. Faz sinal para lhe darmos as costas, procura um lugar para fazer xixi. Passa um minuto, passam dois. Nós nos viramos com cautela e ela não está lá. Apenas as rochas. Vi aquele lugar sem Nina nos enche de pavor. Rafi começa a caminhar e depois a correr para a praia. Por um momento ele também desaparece de nossos olhos e depois reaparece escalando as rochas no outro lado de uma dobra no terreno. Acena para nos tranquilizar: ela está aqui. Nós nos aproximamos. Ela está deitada atrás de uma rocha, jeans e calcinha arriados, sorrindo. Um pouco assustada, toda molhada.

"Fiquei presa", explica "Torci o pé entre as pedras."

Rafi a envolve em seu casaco. Examina as pedras que a retêm. "Está doendo?" "Não. Um pouco, talvez." O pé parece estar inteiro, mas encurvado numa coreografia que não consigo entender. Nina puxa a barba de Rafi: "Ei, o que está olhando exatamente?". "Você tem pernas de garota." "Que bom que você está aproveitando." "Vou buscar uma coisa." Rafi corre. De repente ele ficou rápido. Eu quase não o alcanço. Vera capenga atrás de nós. Parece que começa a ficar cansada. Nina está de novo sozinha na praia, e nós, como de costume, percebemos isso imediatamente. O quadrado que somos sempre faz água do lado dela.

Rafi me explica gritando e com gestos o que estamos procurando: um pau ou uma barra de ferro que ajude a erguer a rocha de cima do pé de Nina. Eu olho para o relógio: faltam quinze minutos. Não vai dar tempo. Certeza de que não vai. Uma ideia: quem sabe Vera e Rafael não correm até o ancoradouro e voltam para o continente com o barco? E eu fico aqui com Nina. Vou cuidar dela. De manhã eles vêm nos pegar. Encontro uma barra de ferro enferrujada, parte de uma cerca de arame farpado que desmoronou. Rafi consegue tirar o arame sem se ferir. Juro, faz tempo que não vejo meu pai tão viril.

Aquela ideia começa a me agradar. Para mim seria bom dormir aqui, sozinha com Nina, nesta tempestade purificadora e com todos os fantasmas da família. Ouvimos o som dos apitos que chega do pequeno ancoradouro. O barqueiro também está olhando para o céu e vê o que se aproxima. Rafi corre com a barra até Nina. Ela está deitada, exaurida. Eu já tinha percebido: de repente e de uma só vez, às vezes em alguns segundos, a vida se esvai dela. Vera sempre diz: "Nina é mimada". Mas isto não é mimo. O que isso tem a ver com mimo? Como é que ela se atreve a dizer isso?

Rafi procura onde enfiar a ponta da barra de ferro. Ele diz alguma coisa para Nina e ela desperta para ele, ri. Está deitada com o traseiro a descoberto numa chuva torrencial, e a situação a diverte. A nobreza dela não é tocada nem mesmo quando está assim. Até poderia ter sido interessante haver crescido perto dela durante alguns anos, um curso de aperfeiçoamento, para aprender a olhar o mundo pelos olhos dela.

O homem do barco está apitando nos nossos nervos. Nós o ignoramos. A essa altura nos passam pela cabeça lampejos de uma alegria criminosa e pirada. Rafi enfia a barra junto ao tornozelo dela. Suas mãos estão cobertas de ferrugem, e ele as lava na chuva. "Nem um minuto", Nina grita para ele. "Eu não aguentaria nem um minuto neste lugar. Como ela pôde ficar aqui dois anos e dez meses?" Trovões. Nina treme de frio. A rocha nem se move. A barra não lhe causa a mínima impressão. Rafi tenta fincá-la sob a pedra que prende o pé de Nina, de modo a desprendê-la pelo menos um pouco, para que Nina possa fazer algum movimento. É difícil se concentrar. "Você está sentindo o cheiro de xixi?" "A chuva logo vai lavar tudo." Os apitos do barqueiro são histéricos. De repente uma explosão e uma centelha vermelha voa no céu e cai lentamente. "Me deixem aqui", Nina diz justo quando eu queria propor ficar com ela. "Claro", Rafi diz, lutando com a barra. "Foi para isso que trouxemos você até aqui." "Rafi, é sério, me faça um favor, pare um instante!" Ela bate com as mãos no peito dele e ele para de fazer força. Debruça-se sobre ela, apoiado na barra que os separa. Seus corpos não se tocam. Olham-se nos olhos. "Ouça, pense com lógica." "Deixar você aqui sozinha? Isso para você é lógico?" "É a minha lógica. Dê-me uma noite sozinha aqui. Uma última caridade, Rafi."

O dono do barco envia um apito longo e agressivo. Vera, a meu lado, está nervosa. Sua mão procura a minha e a agarra. O vento endoideceu, os lábios de Vera estão azuis. Enxugo com o dedo as lentes de seus óculos. Meio que a puxo, meio que a empurro contra o vento, para o galpão mais próximo. Todas as janelas estão quebradas, as paredes estão aos pedaços, mas pelo menos metade de um telhado está de pé. Eu a faço sentar a um canto, no ângulo formado pelas duas paredes, como se assim estivesse mais protegida. Meu Deus, eu penso, como é que trouxemos uma mulher de noventa anos para um lugar como este? Como é que ela vai resistir a uma noite aqui? Lá fora, na praia, Nina se agarra com as duas mãos à camisa de Rafael. O vento traz seus gritos até mim. "Diga, o que posso esperar desta vida?" Meu pai sacode sua cabeça de búfalo. Em momentos assim ele solta grunhidos compactos, peludos. Não, não, não.

"Pegue uma pedra, Rafi, eu absolvo você de tudo. Se você me ama de verdade, pegue uma bela pedra e bata com ela na minha cabeça." Ele se apoia com todo o seu peso na barra. Ela grita e arranha o rosto dele com as duas mãos.

Rafi se levanta e corre novamente para aquele campo com as rochas. Ela inclina o corpo para trás e o segue com o olhar. Saio do galpão e vou até ele. Uma rajada de vento quase me faz voar. E mais uma, que vem de dentro de mim: Nina veio aqui para morrer. Neste lugar de onde ela nunca saiu. Veio para se unir a sua morte, que a espera aqui desde que Nina tinha seis anos e meio. Desde que foi abandonada e traída. Rafi acena para mim e grita que eu corra até o ancoradouro. Com um gesto aviso que o barco já partiu. "Agora!", ele berra. Não compreendo por quê, mas neste momento ele tem uma força que faz as coisas se moverem. Corro até o ancoradouro, mas no caminho dou uma olhada no galpão. Vera está sentada exatamente como a deixei. O olhar vidrado. Parece uma criatura entre um ser humano e um pássaro. Rafi berra que eu me apresse. Corro. Lembro como ele, no set de filmagem, parecia uma força da natureza. Os atores eram marionetes em suas mãos, e não gostavam disso, se revoltavam contra ele. Foi também por causa disso que tudo desmoronou. Depois de atravessar camadas de roupa, encontro no bolso da blusa o spray de Izoket e a aspirina mastigável. Corro. Subo numa pequena colina, de onde vejo o barco se afastando, um pontinho preto no horizonte cinzento. Filmo com o celular, mas não vai dar para ver nada. Foi besteira não ter pegado a câmera com Rafi. De meu ponto de observação também vejo Rafi voltar correndo até Nina com outra barra, que daqui me parece ser mais volumosa e sólida. Ele a cobre novamente com seu casaco. "Para que seu traseiro não congele, querida", deve estar sussurrando. E ela bate nele com raiva, talvez estivesse mesmo esperando que a deixássemos e fôssemos embora, como está acostumada. Ele fala com ela. Acaricia seu cabelo. Continuo a filmá-los. Não vai sair nada a esta distância, mas não consigo parar, é o filme da minha vida.

Deixo meu posto de observação e voo para baixo, para o ancoradouro. Rafi tinha razão. Na ponte de madeira, no alto da escada, se encontra um pacote grande, de um laranja brilhante, envolto em plástico impermeável com o signo da Cruz Vermelha e mais um símbolo, pelo visto da guarda costeira croata. Por seu tamanho, é extraordinariamente leve. Aceno com os dois braços em sinal de agradecimento ao dono do barco, mas é claro que ele já vai longe e não vê. Corro de volta ao galpão em que Vera está, rasgo o plástico e abro o pacote. Um tesouro. Estendo o maxicobertor que estava dentro do pacote e embrulho Vera muito bem.

(Lembro que pensei: "Vou saber pôr uma fralda num bebê. Vou saber cuidar dele. Vou ficar com ele, aconteça o que acontecer. Tenho muitos defeitos, mas não sou uma pessoa que abandona, nem sou uma pessoa que trai".) "Vá ver como eles estão", Vera diz, e saio em disparada. Na praia, Nina desliza as mãos pelo rosto de Rafi, lhe arruma a barba que se desgrenhou com o vento. Ele diz alguma coisa, ela ri. Mais uma vez ela tenta libertar o pé, não funciona. Começo a me preocupar. E se ela não conseguir se livrar? Não estou longe deles, mas eles estão tão mergulhados um no outro que não me veem. De onde estou parece que a ilha está fechando os dentes sobre Nina e em alguns instantes começará a devorá-la. Mais um átimo e isso vai tirá-la do sério. Quero ir até lá, tirar a câmera da mochila de Rafi e filmá-los. São momentos fortes e não sou capaz de penetrar na intimidade deles. Meu pai está lutando com um dragão: enfia a barra com delicadeza por baixo do pé dela e pressiona com cuidado. Ontem, no hotel, por um momento tive esse pé delicado entre as mãos. Mais uma vez Nina capta o olhar dele. "Meu querido e pobre Rafi", seu rosto parece dizer, "tomara eu pudesse libertar você disso. De mim." "Por enquanto quem está presa é você." Com as duas mãos ela puxa o rosto dele para si. Eles se beijam. Estão indiferentes à chuva e aos ventos e ao mar cinzento. Não me ocorre nada que possa descrever a beleza deste momento.

Então a rocha que está sobre o pé de Nina se move. Rafi a pressiona em movimentos pequenos. Quanta delicadeza emana desse corpo desajeitado. Em meio à chuva densa os dois estão concentrados um no outro. Eles se mexem em movimentos precisos, para a frente e para trás, até que o pé dela vai se soltando lentamente da pedra, e eis que está inteiro na mão dele. Rafi cai de costas para o lado, deitado sobre as rochas, e ri para o céu e para a chuva. Nina ri junto. Há listras de sangue em sua coxa e no tornozelo, mas ela não se impressiona. Veste o jeans, calça o sapato e juntos, abraçados e encharcados, o enorme casaco de Rafi servindo de guarda-chuva, entram no galpão e correm até Vera, embrulhada até o pescoço num cobertor vermelho, novo e macio.

O palpite de Rafi funcionou. Além do pacote de sobrevivência da Cruz Vermelha e da guarda costeira croata, o dono do barco nos deixou algumas maçãs dele, lanterna, velas e fósforos, saquinhos de aquecimento. Deixou até mesmo a pistola de sinalização. Fiquei tocada com a humanidade e generosidade daquele homem antipático, e ainda mais aqui, em Goli.

"Venham", Vera diz para nós três, e ergue em nossa direção a beirada do cobertor. "Entrem, crianças, há lugar para todos."

São oito e meia da noite. Estamos sentados no chão de cimento, levemente atordoados com o que fizemos, encostados na parede menos podre. Da esquerda para a direita: Nina, Rafi, Vera (eu à direita de Vera). Todos envoltos no cobertor. Já devoramos duas das três maçãs, passando de mão em mão e de boca em boca. Comemos inclusive as sementes. A chuva ia e vinha, sem avisar, como tudo o mais em Goli. Claro que não há sinal para os celulares, de modo que não temos como nos comunicar com o hotel e avisar que ficamos presos na ilha. De qualquer maneira ninguém iria se aventurar no oceano para um resgate numa tempestade como essa. De qualquer maneira não queríamos ser resgatados.

"Nosso avião está decolando agora", observa Rafi. Vera conjectura em voz alta se vão nos devolver pelo menos parte do dinheiro. "Mesmo assim!", ela exige, e sua voz já se avoluma numa virtual discussão com o obtuso burocrata representante da Croatia Air Lines. "É culpa nosso termos ficados presos na ilha? Com aquele tempo? Não se podia botar nariz para fora!" Nina logo se inflama: "E de quem é a culpa por termos resolvido sair de barco um instante antes da tempestade?". Vera: "Isso é problema nosso? É questão de força maior!".

Essas duas...

Cena do voo para Zagreb: Vera, Rafael e Nina dormem na fileira de assentos atrás de mim. Rafael no meio, de boca aberta, ronca alto. Vera e Nina aninhadas juntinho dele, a cabeça repousando em seus ombros. Os olhos das duas estão abertos enquanto dormem. Não abertos de todo: uma quarta parte das pálpebras. Só se vê o branco na parte inferior do olho. Na verdade, é uma visão perturbadora. Fotografo em still e também filmo.

Mais tarde, no hotel, revi o filme e descobri uma coisa: tanto numa como na outra, de tantos em tantos segundos a pupila desce devagarinho de seu esconderijo atrás da pálpebra, metade dela aparece sobre o fundo branco, e depois sobe para desaparecer novamente. Não resisti. Corri com a câmera para o quarto de Rafael. "Essas duas", ele riu, "não se permitem fechar os olhos nem mesmo quando dormem."

Antes de eu sair do quarto, ele me detém: "Então, Guili, é essa a minha cara?". Observo que em compensação ele tem uma beleza interior que só a poucos é dado ver. Ele joga um travesseiro em mim e esbraveja: "O tempo odeia o ser humano...".

Uma hora, e mais uma hora. O sol passeia por seu corpo como um lança-chamas lento. Pela cabeça, a nuca, o pescoço. Tudo queima. O suor escorre. Os lábios rachados sangram. Uma nuvem de moscas esvoaça em torno dela. Os percevejos estão saciados. Ela não se coça. Já não os enxota. Que sorvam tudo. O corpo não é dela. Nem o corpo nem suas dores. Ela já não é uma pessoa, nem um animal, nem nada. Desde ontem, desde que compreendeu o que estava fazendo aqui, seus membros e suas articulações enrijeceram. As pernas parecem de madeira. Ela caminha em cima de pernas de pau.

Um dia, e mais um dia. Uma semana, duas. Ainda antes do nascer do sol eles a levam para lá, no cume da montanha. Algumas carcereiras preferem que ela fique com os braços ao longo do corpo. Outras exigem que os braços sejam erguidos. Às vezes lhe abrem as pernas e ordenam que se incline para a frente. Ao meio-dia ela fareja o prato de lata e não come. Os intestinos quase pararam de funcionar. À tarde a posicionam do outro lado do círculo de pedras, de costas para o mar e para o sol que aos poucos se põe, que é ardente até o momento em que mergulha no mar. Depois disso Vera ainda fica ali, agora apagada, por uma ou duas horas, querendo ou não, até que alguém lá embaixo se lembre de que é preciso trazê-la de volta.

Aqui e ali algumas intercorrências: palpitações fortes, recalcitrantes. Quase sempre anunciam Nina: a caminho da escola, a mochila nas costas, saltando entre as folhas vermelhas da desfolha. Surgem lembranças, coisas que ela disse, pérolas que Miloš anotou num caderninho que a UDBA também confiscou ("Por que quando uma amiga me faz cócegas eu rio, e quando eu faço cócegas em mim mesma eu não rio?" "É verdade que até a pessoa mais malvada do mundo fez um dia um coisa boa? E que até a pessoa mais bondosa do mundo fez um dia um coisa ruim?"). Mas mesmo essas pequenas lembranças vão ficando mais raras, apagadas pela aridez de sua existência.

Ultimamente é Miloš quem surge com mais frequência. Ela fica se revirando na palha que a espeta na cama, e eis que ele aparece e ela se põe a reclamar. "Por que você fez isso, Miloš? Por que eu posso ser forte por dois anos e meio e você quebrou após um dia de pancadas? Por que não absorveu um pouco da força do amor que lhe dei?" Ela quer parar de se lamentar, mas as palavras irrompem de dentro dela: "Será que você não me amava, a mim e a Nina, o bastante, já que se dispôs a ir embora com tanta facilidade? Tão depressa, Miloš? Como se estivesse esperando uma oportunidade para ir embora?". Miloš fica ouvindo. Vera só lhe vê a metade do rosto, e não dá para saber se é por causa da escuridão do galpão ou se ele é assim agora. Então ele começa a falar, e não era isso que Vera esperava dele. "Como é que você fez uma coisa dessas com nossa Nina?", ele sussurra. "Como entregou a menina a eles em vez de me entregar?" Vera agita os braços na frente do rosto para cancelar a impressão ruim que ficou do que ele disse. "O que você está dizendo, Miloš? Não havia alternativa, você sabe. Você teria feito o mesmo por mim!" Miloš fica calado e ela de repente teme que ele já tenha esquecido o que era o amor deles. Uma sensação de gelo começa a lhe percorrer o corpo, das pernas à cabeça. Só se Miloš esqueceu, só se ele está olhando para ela e para si mesmo de fora, como se fosse um estranho, uma pessoa comum, medrosa, que não conheceu o amor como eles o conheceram. Só assim ele poderia ter raiva do que ela fez. Mas se ele a ama como ela o ama, se ele está bem dentro do amor deles, da história de amor única e especial deles, ele não teria raiva. Teria agido exatamente como ela, um só corpo e uma só alma, o mesmo pensamento e a mesma lógica... E ela grita do fundo do coração: "Eu amei você mais do que tudo no mundo! Amei você mais do que a minha própria vida!".

Algumas mulheres acordam. Xingam. Ela se encolhe toda. Não tem medo de nada no mundo, mas a ideia de que ele já pensa diferente dela, que ele não a compreende, isso a faz morrer de medo. Se for assim, talvez todo o amor deles teria sido um erro, ou pior que isso, uma ilusão. Talvez não tivesse sido a verdade absoluta, pura, o material mais refinado que existe, que somente ela e ele descobriram. Descobriram, não, não descobriram: eles o criaram, o produziram toda vez que o pensamento dele tocou no pensamento dela. Que o corpo dele penetrou no dela. Ela está deitada imóvel e gelada, sem forças. "No final das contas", ele lhe disse uma vez num momento de desespero, "o amor só ama a si mesmo." Palavras terríveis. O pequeno músculo na face dele está tremendo, talvez do esforço para lhe dizer que ele também a ama. Ou talvez ele esteja se contendo para não dizer outra coisa, pois se disser ela deixará de viver, num abrir e fechar de olhos, como uma vela que se apaga entre dois dedos. Miloš não diz nada, apenas a olha com um único e terrível olho. Arregalado, como se visse um monstro. Vera luta para despertar do sonho, se é que é um sonho. A metade do rosto de Miloš se achata, se alonga e é puxada para trás, sugada e engolida pela escuridão. Ela então acorda, encharcada de suor frio.

Meio sonâmbula por causa do calor, ela se ajoelha e toca a planta. Conta em voz alta. Já são mais de vinte folhas. Está crescendo. Ela suga a seiva e se desenvolve. Vera risca uma folha com a unha. Desprende-se um cheiro mais forte do que o normal. Será o cheiro do medo? A planta sente que alguma coisa está acontecendo? Que sua fiel guardiã começa a se tornar perigosa? Ela aperta um par de folhas entre os dedos. Puxa com delicadeza. Puxar mais? Mais um pouco? Quem sabe pegar o talo pela raiz, arrancar tudo e jogar no mar? "Está doendo, minha querida?", ela zomba, a boca amarela de ódio. "Você é a minha desgraça, minha assassina. Por que tenho de lhe dar minha vida, meu corpo?" Ela espera. A planta não responde. De repente, em sua cegueira, ela golpeia com toda a força, com a mão espalmada, a terra ao lado, quase esmagando a planta. Sente que ela estremeceu. Amanhã ou depois de amanhã Vera não vai conseguir se conter. Seu fim está próximo.

O dela também.

Ela já viu Maria ordenar a execução de mulheres por transgressões mais leves.

Um dia, e mais um dia. Hoje Vera está cansada e mais resmungona do que de costume. Não a levaram para se aliviar, ao meio-dia. Faltam pelo menos duas horas para o pôr do sol. Ela transfere o peso de uma perna para outra, xingando o campo, xingando Tito, aos berros. Para que Maria ouça. Para que as delatoras ouçam. A planta também está dando em seus nervos com seu ameno frescor burguês em meio a um inferno ardente. Fica à sombra do corpo dela e se desenvolve, maldita seja, como se de fato não soubesse e não compreendesse de jeito nenhum que Vera arde dias inteiros só para lhe dar vida. A raiva pulsa dentro dela. Tipos como a planta, parasitas como ela, ela conhece muito bem. Lutou contra eles desde que se conhece como gente. Ela começa a caminhar em passos pequenos e cegos em volta da pequena cova onde cresce a planta. Ainda não tinha ousado. Mas agora, que este ser mimado sinta, que sinta um pouco o que é estar exposto ao sol. Que compreenda o que o espera se ela decidir dar início a uma pequena luta de classes.

Silêncio. O que ela quer dessa planta? Além do mais, toda vez que ela se desvia dela, dois passos para cá ou para lá, sente que suas folhas se movem, como que tremendo. Mesmo sem enxergar com os olhos ela sabe: a planta procura por ela. No fundo de suas vísceras, sente que ela a procura, precisa dela, e então se apressa em retomar seu posto. Por algum motivo não consegue resistir àquele temor da planta, nem por um instante. Mas o que é isso? O que a planta está fazendo com ela? Como aconteceu que uma plantinha pequena e idiota se tornou o centro de sua vida? Como aconteceu que toda a sua existência flui para a planta já faz algumas semanas, assim como o sangue flui para uma ferida? Vera se ajoelha. Envolve a planta com as mãos. Acaricia suas folhas, também por Erika, a mulher com os olhos enlouquecidos. Também pelo bandolim que foi feito em pedaços. Se esquece de si, esquece a carcereira que logo vai chegar e surpreendê-la sentada acariciando a planta. Passa os dedos sobre as folhas, sobre a penugem delicada. Nunca foi tão suave como hoje. Quem sabe ela de fato a está reconhecendo? Ela ri. Você está ficando totalmente louca, garota. Verifica rapidamente quantos brotos de folhas se acrescentaram desde ontem, e se o talo ficou mais grosso. Faz muito tempo que ela não empurra rochas encosta acima, e seus dedos estão um pouco mais flexíveis e sensíveis. Precisa contar a Miloš como conversa com a planta, como lhe faz discursos políticos. Para que ele veja que ela também tem humor. Ele sempre disse que ela não tinha. Ela vai fazer Miloš rir, e ele vai desculpá-la. Não, não, não tem o que desculpar: ele simplesmente compreenderá.

Um dia, e mais um dia. Ou quem sabe é o mesmo dia? Ou uma semana depois? Hoje, por exemplo, as horas começam a andar para trás. Ela sente que as horas estão retrocedendo. Alguém esqueceu de vir posicioná-la corretamente em relação à planta. Ela se arruma sozinha. O sol hoje é abrasador. O mar é uma chapa de metal que devolve a ela o ardor do sol. Você não vai enlouquecer. É apenas uma planta, e você, afinal, ainda é um pouco ser humano. E lembre-se de que existe alguém que a espera lá fora. Existe Nina, e você precisa sair daqui e cuidar dela. Proíbe-se pensar, um segundo que seja, no que está acontecendo com ela, onde ela está, com quem está, que menina ela vai ser quando você for libertada e voltar para ir buscá-la onde ela não está.

Pois correm histórias. De meninas que a UDBA tinha abduzido. Meninas. De até dez anos, mais ou menos. Pelo visto alguém tinha encomendado precisamente as dessa faixa etária. Às vezes as devolviam, às vezes não. Diziam que as que voltavam já não eram as mesmas. Contavam de uma que fora devolvida depois de três meses com um bilhete pregado na blusa: "Digam-lhe que ela sonhou com isso".

Ela ouve os passos da carcereira. Vera não está no lugar em que deveria estar em relação ao sol, é evidente. Pelo visto tinha se deslocado um pouco em torno da planta. Recebe dois tabefes. Implora à carcereira que a leve para evacuar. Ameaça que fará aqui mesmo, juntinho à planta de Maria. A carcereira cede. Leva Vera ao lugar de sempre e diz que ela, a carcereira, por enquanto vai estar lá em cima, ao lado da planta, para respirar um pouco, e que Vera a chame quando terminar. Há algumas palavras vagas no que a carcereira disse. Vera fica tensa. Se pelo menos enxergasse sombras. Tem uma sensação estranha, como se a carcereira estivesse fazendo alguma coisa lá em cima. Estaria tocando nela? Falando com ela? Vera está doida para se aliviar, mas não está tranquila. Como é que de repente a carcereira vem e toma assim o lugar dela? E não é bom confundir demais a planta, afinal ela já se acostumou com Vera. Ergue-se rapidamente e tateia o caminho de volta. A carcereira solta um grito de susto quando Vera aparece entre as rochas com cara de ursa enlutada. Ela desanda a bater em Vera e a joga no chão. "Esterco judaico, *tchiputka*", ela grita e a arrasta por cima da rocha.

E então a carcereira a solta. Afasta-se alguns passos. Está ofegante. Numa voz alterada, berra: "Fique sabendo, puta, que quando ficar totalmente louca, vão substituir você. *Eu* vou substituir você!". Por que ela lhe disse isso? Ouviu alguma coisa? Estavam pensando em substituí-la? Vera sufoca um grito: ninguém pode substituí-la. Ninguém conhece a planta como ela, não sabe do que ela precisa a cada instante.

Uma ou duas semanas depois, essa mesma carcereira veio novamente ajeitar sua posição. Vera reconhece os passos e se encolhe toda, protegendo a cabeça com as mãos. Hoje a carcereira não grita, não bate, não xinga. Só corrige seus pés, que se afastaram um do outro. Com um leve toque lhe indica que endireite as costas. Toca na testa para que levante mais a cabeça. E então, quando Vera está na posição exata, ainda antes que a carcereira irrigue a planta, ela lhe oferece o cantil.

"Beba."

Vera se encolhe. Tensa, pressente a armadilha.

"Por favor", diz a carcereira.

Vera deixa escapar um som esquisito, como uma reação física ao que foi dito. Tateia com as mãos, procura o cantil e esbarra na mão da outra. O que vai acontecer agora? O que fazem com quem toca numa carcereira? Nada acontece. Nada de ruim. Ela pega a mão de Vera e a leva até o cantil. Pega a outra mão e faz o mesmo. Vera fica à espera. Agora talvez venha o empurrão para o abismo. A carcereira diz: "Beba". Vera bebe. Bebe talvez metade do cantil, sem respirar.

A outra fala: "Às vezes você não tem a sensação de que olham para você?". "O camarada Tito?", Vera sugere com cuidado. "Não", a outra ri um riso silencioso, profundo. "Esta planta. Não parece que ela compreende?" "Compreende o quê, camarada comandante?" "Esta loucura", ela diz. "O modo como nos transformam em animais." Vera fica calada, de cabeça baixa, esperando como se espera um golpe especialmente traiçoeiro. Como alguém com a corda no pescoço na iminência de o alçapão se abrir sob seus pés. Nada acontece. Como é exaustivo estar num lugar onde tudo é imprevisível. "Tenho uma dessas em minha casa, em Belgrado", a outra diz. Sua voz é muito diferente dos gritos que deu na vez anterior. "Num vaso, na varanda. Não se dá bem com muita água. Aliás, suas folhas dão um chá excelente." Vera fica calada. Pelo visto tinham decido enlouquecê-la. Enviaram uma atriz muito talentosa para estimulá-la a falar. Pois só de ouvir a voz dela, hoje tão suave, uma pessoa poderia morrer de saudade. "Eu invejo você", diz a carcereira baixinho junto à orelha de Vera. "Tem inveja de mim?", sussurra Vera. "O que há em mim que se possa invejar, camarada comandante?" "É que você tem um motivo para viver." Vera quase não respira. Estas são palavras tão proibidas de serem ditas que quase não deixam dúvida de que ela é da UDBA. Não ousa perguntar à carcereira qual foi sua intenção quando disse que ela teria um motivo para viver. Será que se referia à planta? Sabia algo a respeito de Nina? Teria visto Nina?

A carcereira diz baixinho: "Eu conheci você e o seu marido". "Onde?", sussurra Vera.

"Bem, não conheci exatamente, mas ficava olhando vocês no parque Kalemegdan, quando vocês passeavam com a menina no fim de semana."

"Por favor, por favor, eu lhe imploro, pare com isso..." A carcereira pega as mãos de Vera. Seus rostos estão muito próximos. Ela fala depressa: "Seu marido era tão magro, um fio, mas com um rosto bom". "Sim." Vera luta com um sufocamento que lhe retorce e arranha a garganta. "E os olhos dele... Você não tinha medo de olhar naqueles olhos?" "Não, não tinha. Queria que aqueles olhos me vissem o tempo todo." "Vocês eram um casal simpático, um pouco como crianças, mesmo quando já tinham a menina." Vera aguarda. A palavra menina estrondeia dentro dela cada vez mais.

"Ela se chama Nina, e não sei onde ela está", Vera diz. "E vocês conversavam o tempo todo", diz a carcereira. "Você e ele, discutiam e riam. Lembro que uma vez você até dançou em torno dele, e eu nunca fiz nada igual com meu marido, e pensei, sobre o que eles tanto falam?" "Sobre tudo", diz Vera. "Não havia nada no mundo sobre o qual não falássemos." "E a pequena puxava vocês pela mão o tempo todo, por sua bolsa e pelas calças do pai, para que prestassem atenção nela, e conversava com os esquilos e com os corvos, era uma menina tão séria..."

"Era, verdade."

"E às vezes vocês dois jogavam a menina no ar: 'Voe bem alto, avião...'." A carcereira fala como se não conseguisse parar.

Vera está de pé, a cabeça inclinada, os braços pendentes. Um choro contido sacode seu corpo. Se isto é uma tática da UDBA, eles realmente conseguiram quebrá-la. "E meu marido", diz a carcereira, "eles o mataram, por nada, sem motivo, e não tivemos filhos. Não tivemos tempo para nada. Eu o amava, eu acho, mas é como se ainda não o tivesse conhecido. Espero que sua filha esteja viva e que você a encontre."

A carcereira toca de leve no ombro de Vera e vai embora. Um globo terrestre inteiro, leve e iluminado, paira lentamente diante de Vera, e ela dá um passo, abre uma pequena porta e torna a entrar dentro dele. Com um aceno de cabeça cumprimenta Yagoda, sua boa amiga que se senta ao lado dela à mesma carteira na escola, em Čakovec. Sorri para Mimi, a cozinheira com o avental na cintura. Passa pela bandinha da polícia que toca todo fim de semana no parque. Come castanhas quentes num cone de papel-jornal que o vendedor na esquina de sua rua lhe oferece. Eis seu pai sentado junto à tilintante caixa registradora da firma, piscando-lhe um olho quando ela passa por ele. Eis a mãe em sua poltrona, lendo e erguendo-lhe os olhos sorridentes. Eis que aparece a rua principal, as casas de tijolos vermelhos e brancos, as árvores decorativas. E eis daqui a pouco, no outro lado da esquina, Vera com dezessete anos e mais alguma coisa, daqui a pouco vai dançar na festa de formatura e conhecerá Miloš, e a vida e o amor se abrirão para ela.

Ainda haverá vida, Vera sabe, de repente. Ela sai de cabeça erguida dessa bolha flutuante que é o mundo e volta para a ilha, para a montanha, para a planta. Ela se ajoelha e seus dedos procuram. Cerca a planta com as mãos. "Não tenha medo", diz com serenidade, "estou aqui, não tenha medo, estou protegendo você." O sol hoje está mais abrasador que de costume. Talvez percebendo que hoje Vera está mais forte. Vera se posiciona como sempre, de costas para o sol. Acha o ponto mais ardente, conhecido dela, no meio do círculo solar, o que mais queima. Ela o mira no meio das costas e ergue os braços lateralmente, como se estivesse separando dois contendores. Graças a ela, graças à sombra que seu corpo enrugado e ressequido projeta, a planta e o sol têm quase a mesma força. Graças a Vera ela continua viva aqui depois de tanto tempo. A queimação fica mais forte. O sol se infla, cheio de raiva de Vera. Ela respira fundo. Mantém-se firme naquele calor. O suor lhe escorre pelo rosto e pelo corpo. Será que ela sabe, a planta — digamos, com um misterioso senso de sobrevivência —, que Vera a está salvando dia após dia? Será que depois de todos esses dias e essas semanas em que ela fica aqui de pé a planta reconhece pelo menos seu cheiro? Será que em alguma rede nervosa ela associa a presença de Vera a alguma coisa boa? Uma sensação agradável a toma. Entre as centenas de mulheres no campo, ela talvez seja a única que agora realiza uma boa ação.

Este pensamento, estas palavras tão esquecidas. Vera se apruma e os braços se abrem ainda mais, como numa dança.

E então ela se vira. Com a majestade de uma menina ousada, de uma *smarkats*, uma pirralha de sete anos, ela fica inteiramente de frente para o sol e recebe nos olhos os seus ofuscamentos. Pode mergulhar um sol inteiro no negror que há em seus olhos. Depois ela lhe faz uma pequena reverência, o cumprimento dos vitoriosos.

E ela não sabe como, mas é como se agora houvesse um equilíbrio entre os três: tem o sol, tem a planta e tem Vera, que por um momento se sente um dos astros celestes.

E de repente, no silêncio que caiu sobre nós no galpão, Nina, com um grito como que vindo de um pesadelo, pergunta: "Mas como você resistiu a isso?".

"A isso o quê?"

"Isto, esta ilha de Goli. Como é que você não…"

"Quando é preciso… se faz."

"Não… você é forte…", balbucia Nina. "Muito mais forte que eu. Feita de outro estofo."

"Mas você também resistiu", Vera diz com doçura. "Não esqueça… e com você durou mesmo tempo que eu."

"Eu não 'resisti a isso'. Eu me despedacei com isso."

"Não, Nina, não diga…"

"Claro que vou dizer. Para você é difícil ouvir, mas vou dizer. Porque você saiu daqui e logo achou trabalho em Belgrado, e depois fomos para Eretz Israel e você começou uma vida nova e uma família nova *ready made*, e você tinha Tuvia e Rafi e todo o kibutz, você viu como foi sua festa no sábado…"

"Você também tem sua vida, e com certeza amigos…"

"Eu? Olhe para mim. Tenho a quarta parte de um cobertor da Cruz Vermelha."

Ri enquanto se lamenta, e nós rimos com ela, com cautela, com ela é sempre com cautela, para que não pense que estamos rindo dela, e nosso riso cauteloso parece que a diverte, pois ela repuxa o nariz e ri ainda mais. Talvez por desespero. E nós junto com ela. Rafi num baixo que faz estremecer a barriga, Vera em cacarejos, eu e Nina em guinchos sufocados. Parecemos um quarteto afinando os instrumentos antes do concerto.

"Rafi", diz Nina quando nos acalmamos, "você vai tomar conta de mim." Não é uma pergunta nem uma ordem, é uma constatação.

"Sempre", ele murmura do emaranhado de sua barba. "Está combinado. Mas para isso você precisa estar em Israel. Não posso tomar conta de você com um controle remoto, e eu detesto voar."

"Eu vou estar em Israel. Não tenho para onde ir."

"Ninotchka", diz Vera, "não zangue pelo que vou dizer, mas de verdade eu poderia, um pouco, lembrar por você…"

Fico gelada. Não acredito que ela lhe disse isso.

"O quê? O que você disse?", Nina pergunta baixinho. "Você poderia o quê?"

"Não zangue… Pensei assim que juntas vamos lembrar tudo, você um pouco e eu um pouco. E vamos fazer espécie de caixinha comum, o que acha? Está certo dizer isso?"

Silêncio. Tenho o palpite de que a resposta de Nina vai fazer Vera sair correndo em busca de proteção nos braços da UDBA.

"Mãe", Nina diz suave e rindo, engolindo lágrimas e pegando a mão de Vera. "Mãe, *maika*, mãe…"

Pelo jeito eu sempre me engano em relação a tudo e a todos.

Vera enxuga os olhos, pergunta sobre o projeto em que Nina está trabalhando no polo Norte.

"Não é exatamente no polo", diz Nina, "mas é perto. É um projeto para conservar sementes de plantas comestíveis que estão se extinguindo no mundo inteiro. E não estou mais trabalhando nele. Meu contrato expirou faz um ano."

"Ah", exclama Vera.

Novamente silêncio. Estamos considerando esta nova informação. Com medo de dizer algo inconveniente.

"Não entendo", diz Vera, "então você fez o que todo tempo depois?"

"Na aldeia tem uma mina de carvão. Contei para Guili. Então eu cozinhava um pouco para eles e trabalhei na lavanderia. Depois eles fecharam a mina parcialmente e descobriram que não estavam precisando de mim."

"Então, que coisa… que coisa fez depois?", gagueja Vera. Não compreende que possa existir um só dia sem trabalho.

"Na aldeia sempre tem alguém que precisa de um par de mãos para assentar telhas ou secar a pele de focas. Ou lavar o chão da igreja." E rindo: "Se tem uma coisa que aprendi no kibutz, foi lavar o chão... Trabalhos eventuais, não desafios intelectuais. Cinco ou seis dias por mês, o bastante para eu não morrer de fome".

"Mas a gente falava toda semana", Vera diz, abatida, "e você não disse nada."

"O que teria eu a dizer sobre nada?"

"Você disse trabalhava em estação de rastreamento de satélites..."

"E daí?"

"Mentiu à toa, assim?"

"Não à toa", ela procura as palavras. "Na verdade, eu não queria que você se preocupasse, *maika*. Já aprontei demais."

"Então foi isso? Mais nada?" Vera neste momento parece ser muito velha.

"Nada", diz Nina.

Nada, e de repente, eu penso, de repente, nada. Eu mamei nestes seios.

Rafi faz mais perguntas sobre a aldeia. Aquele lugar parece atraí-lo, e a mim também, para falar a verdade. Nina se espreguiça debaixo do cobertor. Conta sobre a neve alta, sobre as gaiolas com dezenas de cães de trenó que latem dia e noite, sobre a percepção do tempo, que nos meses de inverno ganha um significado diferente, "pois que diferença faz se são dez da manhã ou da noite, tudo é escuridão, e aí você começa a desenvolver um tempo particular e interior só seu". Conta de pessoas que foram parar lá, como ela mesma, cada uma por suas razões, cada uma com seus segredos. "É um lugar onde não lhe fazem perguntas, e, por outro lado, o tempo todo trituram você com fofocas." "Como kibutz", Vera ri, e nós com ela. Rimos, soamos como uma família. Uma família despirocada, mas uma família. Noto que Nina não cometeu erros no uso das palavras, nenhum sintoma de esquecimento em tudo que disse desde que entrou debaixo do cobertor. Conta que na ilha existe uma instituição para crianças que sofrem violência em suas famílias. Trabalhou alguns meses lá também, como cozinheira. "Preparei para elas todas as suas receitas, mãe." "E gostaram?", Vera pergunta, admirada. "Lambiam os beiços. Sabia que é um barato comer uma *yufka* in brodo a trinta graus negativos?"

"E depois de três a quatro meses de escuridão, todo ano, no dia 8 de março, o sol torna a aparecer", ela conta. "A aldeia inteira desperta em homenagem a esse dia. As crianças vestem roupas amarelas, pintam o rosto de amarelo, se enfeitam com todo tipo de penduricalhos e coroas imitando o sol." A voz dela se aquece, e nós alimentamos a chama com perguntas. Sentimos que é bom lhe fazer perguntas. É sempre agradável a entonação de uma pergunta que se sabe será respondida. À luz pálida da lua eu vejo, ou me parece ver, as pulsações de uma veiazinha azulada e delicada em seu pescoço. Quarenta e cinco anos atrás meu pai a viu e se apaixonou por ela.

"E aí todos vão para a igreja, os grandes e os pequenos, vão em caravana pela neve alta, ficam na escadaria da igreja esperando bater onze horas. É quando começa a haver um pouco de luz no horizonte, mas não diretamente do sol. E cantamos uma canção de louvor ao sol, composta por alguém da aldeia. Há então alguns minutos de silêncio absoluto, ninguém fala, até as crianças sentem que está acontecendo algo muito especial. Aí o padre olha o relógio, faz um sinal e todos gritamos juntos: 'O sol está vindo! O sol está vindo!'. E na terceira vez o sol, em pessoa, aparece, e seu primeiro raio toca em nós."

No negrume quase total do galpão, seu rosto está iluminado. Eu a vejo lá, de pé, entre as crianças, olhos fechados e braços estendidos, deixando-se tocar pelo sol. "Serei como a árvore na escuridão da floresta que a luz escolheu para iluminar", eu lhe sussurro. São uns versos de Lea Goldberg, que ela não conhecia, mas que repete como numa prece, apenas movendo os lábios.

Eu a observo o tempo todo. Os movimentos de seu corpo, as expressões de seu rosto. Movimentos cautelosos de recuo e interiorização, e de repente uma espécie de irrupção vinda de dentro, para a frente, e então embaraço e hesitação, e novamente recuo. É minha língua materna.

E no ar a sua volta há um permanente tremor nervoso, como se trêmulos traços feitos a lápis estivessem desenhando seus contornos incessantemente. Quantas vezes me surpreendi imitando expressões dela. Não tenho controle sobre isso. Pelo visto estou aprendendo quem ela é — com um atraso de trinta e seis anos —, como toda menina normal de três anos aprende sobre sua mãe.

"Ouvi dizer que você queria que eu viesse."
"É o comando? A camarada comandante Maria?"
A ponta do chicote passeia por seu rosto, suspende as pálpebras apertadas, inflamadas.
"Disseram-me que você tem algo urgente a me dizer."
Só agora Vera percebe o que fez: a preocupação com a planta pelo visto a tirou do prumo. Fez com que agisse na contramão do instinto que todas as mulheres da ilha têm — o de se manter o mais longe possível de Maria.
"Estou ouvindo."
"É a planta, camarada comandante."
"Que planta?"

"A planta que tem aqui, camarada comandante." Ela tem o cuidado de apontar para um ponto que fica a alguns centímetros do lugar em que ela está plantada.

"Deixe eu entender. Foi por causa da planta que você fez a camarada comandante Maria vir até aqui em cima?"

"Ela vai morrer, camarada comandante. Já faz alguns dias que não está bem."

Passos lentos a sua volta. Ela sente o hálito da respiração de Maria em seu rosto, em sua nuca. "As carcereiras botam muita água, camarada comandante. As raízes estão apodrecendo. Me deixe irrigá-la quando necessário. Eu conheço essa planta."

"Você conhece…" Maria se diverte. A ponta de seu chicote faz cócegas na planta, Vera estremece. "E eu que pensei que você finalmente estivesse querendo assinar alguns papéis, entregar algum nome…"

Vera se cala, com raiva da besteira que fez. Investiu tanto na planta que esqueceu como funcionava o mundo exterior.

"A verdade, *banda*. Você não gostaria de finalmente livrar o coração do peso da traição?"

Ela estremece. "Que traição, camarada comandante?"

"Não gostaria de limpar um pouco sua consciência?"

"Minha consciência está limpa, camarada comandante."

Maria ri, um riso calmo que aterroriza Vera. "Quem traiu Tito trairá qualquer um."

Vera engole em seco. "Sim, camarada comandante."

"E diga, *banda*", Maria fala com tranquilidade. "Há quantos dias você está aqui em cima?"

"Com ela?"

"Sim, com ela." Maria caminha lentamente em torno do círculo de pedras. Com a ponta do chicote ergue e deixa cair folhas que escureceram.

"Algumas semanas, camarada comandante, não contei."

"E há quanto tempo você não enxerga?"

"Talvez dois meses, mais ou menos, camarada comandante."

"E com certeza falaram que esta planta foi trazida pela camarada comandante Maria."

"Sim, camarada comandante."

"Uma planta que a camarada comandante Maria trouxe da casa dela." Maria fala numa entonação estranha, lenta, como se estivesse contando uma história. Vera começa a sentir um arrepio nas costas. "Camarada comandante, me deixe por favor cuidar dela, camarada comandante. Sei por instinto o que é bom para ela."

"Ins-tin-to!" Maria faz a palavra rolar em sua língua, rindo. "Vamos testar o seu instinto. Olhe para o sol." "O que foi que disse, camarada comandante?" "Um momento, deixe eu entender, agora você também é surda?" "Não, só que não ouvi o que disse, camarada comandante."

"Eu disse para olhar para o sol com os olhos bem abertos."

Vera abaixa a cabeça. "Não consegue?", Maria pergunta, solidarizando-se e lamentando. Vera assente. Dedos ásperos pousam em sua nuca, acariciam. "E há quanto tempo você voltou a enxergar?", a camarada comandante Maria pergunta suavemente, e seus dedos começam a apertar a nuca delgada. "Só esta manhã minha visão voltou, camarada comandante." Maria ri. "Ora, *banda*, você sabe que aqui estamos sempre atrás da verdade." "Talvez desde ontem à noite, não antes que isso, camarada comandante." "E você decidiu guardar este segredinho, *banda*?" A dor na nuca é terrível, difícil respirar. "Não, não, camarada comandante. Pensei... só até que ela ficasse um pouco mais forte." "Que boa alma você é." "Mas, camarada comandante, ela ainda pode viver, eu realmente sei como cuidar dela." "Que bonito, tocante." Maria enxuga uma lágrima zombeteira do olho. "Agora arranque a planta."

De algum modo ela sabia que seria assim. A partir do momento em que viu Maria passar entre as duas rochas e se aproximar, soube que ou ela ou a planta não sairiam vivas daquele encontro. Ela cai de joelhos e implora. Pela primeira vez na vida implora. Não por ela mesma, pela planta. Desta vez implora até às lágrimas. Recebe uma chicotada preguiçosa na nuca e outra na têmpora, por cima da orelha. Não adianta se opor. A planta sai com facilidade, como não tivesse raízes. As pequenas folhas jazem na palma de sua mão. Estão quase negras. Como é possível que fosse tão frágil?

Com dois dedos Maria tira a plantinha de sua mão e a joga por cima do ombro no abismo. Vera vê. Já faz pelo menos uma semana que está enxergando. A luz voltou, as cores, as paisagens. Ela não ousa acreditar e não ousa se alegrar. A visão daquele pequeno feixe voando diante do mar abismo abaixo lhe causa terror. Agora é a vez dela.

"Amanhã de manhã você volta a trabalhar nas rochas."

"Sim, camarada comandante."

"Agradeça a Deus e ao camarada Tito você não estar agora lá embaixo, no mar."

"Obrigada, camarada comandante."

Vera acompanha Maria aos escritórios do campo. Durante algumas horas fica junto ao gabinete de Maria, ninguém se aproxima nem fala com ela. Depois chega uma carcereira e a manda embora de lá. Não a castigam, não a chicoteiam. Na manhã seguinte junta-se novamente às mulheres que rolam as rochas montanha acima e abaixo. As conversas, o barulho, o choro e os gritos, até mesmo os risos aqui e acolá, lhe são quase tão difíceis quanto rolar as rochas. Certa manhã o navio *Fonat* aporta trazendo dezenas de mulheres para a reeducação. Então uma carcereira de alta patente lê no alto-falante os nomes das mulheres que já cumpriram o período de detenção e vão embarcar para a liberdade. De repente leem seu nome. Vera não acredita e continua ali de pé. Leem seu nome novamente. Alguém bate em suas costas e grita que vá até o escritório. Ninguém explica por que decidiram libertá-la. Não confessou nenhum crime nem expressou arrependimento. Não entregou nenhum nome. Não traiu ninguém, e assim mesmo decidiram libertá-la.

Recebe as roupas e os objetos — parte deles — que lhe tinham sido confiscados quando chegou, dois anos e dez meses antes. Recebe também trinta e quatro cartas que Nina tinha enviado e não lhe haviam sido entregues. Há também duas cartas de sua irmã Mira. Por elas fica sabendo que um oficial da UDBA que conhecera Miloš e gostava dele tinha cuidado de que enviassem Nina para Mira no dia em que Vera foi presa. Aliás, quando é libertada, a carcereira Maria já não está no campo. Algumas semanas após o encontro delas no cume da montanha, Maria foi transferida para outro campo, com outra função. Havia rumores de que até a UDBA não aprovava sua crueldade. "Afinal de contas", disse um *chaver* do kibutz, do grupo iugoslavo, trinta anos depois, "os campos de Goli Otok tinham sido destinados à reeducação, não ao extermínio." Mesmo trinta anos depois, Vera pensou que algo nela havia sido exterminado lá.

É noite. Quase duas da manhã. Relâmpagos e trovões, uma tempestade do Juízo Final. Nós conversamos, nossa, e como, e perguntamos, e respondemos, e contamos, nunca na vida tínhamos falado assim, com todas as variantes e detalhes, até que o sono nos assaltou a todos. Ou pelo menos assim pensei, até que de repente ouço Vera sussurrar, pelo visto para não acordar Rafi e a mim: "Você ainda não contou como foi na casa de tia Mira".

"Talvez você não queira saber."

As pernas de Vera começam a afastar o cobertor. Rafi se vira, sai de baixo da coberta e liga a câmera.

"Por que está filmando?", Vera se zanga.

"Para que tenhamos isso."

"Deixe ele filmar, mãe."

"Se não incomoda você..."

Nina faz um sinal a Rafi, pode filmar.

Ele murmura que está tão escuro que de qualquer modo só vai conseguir gravar a voz. Me penitencio por não ter insistido em trazer o refletor, que nos daria uma luz preciosa. Nada corre como devia.

"Um instante", eu pego carona com Rafi. "Se é assim, vou escrever."

"No escuro?", Nina se espanta.

"O que será será."

"Escrevam, filmem", resmunga Vera. "Não tenho forças para discutir com vocês."

"Deixe eles em paz, *maika*, isso não é importante agora."

Vera chegou em Belgrado de manhã bem cedo e foi imediatamente para a casa da irmã. Bateu à porta. Eram sete e meia. Mira abriu, deu um grito e a abraçou num ímpeto. Vera conta que por cima do ombro dela viu Nina sentada num banquinho, tomando um copo de leite e olhando para o espaço vazio. Tinha nove anos e meio. Segundo Vera, ela lhe lançou um olhar frio, absolutamente adulto, e disse, também para o espaço vazio: "Vera chegou. Que aspecto horrível o seu". Vera quis explicar que o trabalho com as rochas tinha desenvolvido muito seus músculos e lhe distorcera a fisionomia, mas algo no olhar de Nina a deteve e a fez se calar.

A lembrança que Nina tem desse encontro é completamente diferente. Lembra que quando viu a mãe na porta pulou da cadeira e gritou: "Mama, *maika*", e correu para ela, e as duas ficaram abraçadas e choraram de alegria. Vera insiste: Nina não se levantou ao vê-la e certamente não a abraçou. Por algum motivo, tampouco ela, Vera, ousou ir até a menina e abraçá-la. Nina terminou de tomar o leite e foi para a escola. Voltou à tarde, fez as lições e saiu para brincar no quintal. Aqui também a história de Nina é totalmente diferente: não foi à escola naquele dia, ficou o dia inteiro com a mãe. Foram juntas ao cinema — não lembra qual era o filme — e depois a um café, onde conversaram "durante horas", e cantarolaram canções da infância de Nina. Durante todo aquele primeiro dia quase não mencionaram o nome de Miloš, assim diz Nina, admirada, e Vera confirma. As duas concordam em mais um ponto: a irmã de Vera, Mira, não acreditou em uma palavra do que Vera contou sobre Goli Otok. Disse que se Vera não calasse a boca ela e o marido seriam obrigados a expulsá-la da casa.

Rafi filma, eu escrevo.

As histórias divergem novamente quanto à noite: Nina diz que elas dormiram na mesma cama, pé com cabeça, cabeça com pé, e não conseguiram parar de falar e de rir e de chorar, até que o cunhado de Vera, Dragan, chegou, de cueca, e gritou que se calassem. Então elas foram atacadas de um riso histérico. Vera lembra de outra coisa: as horas passavam e elas continuavam acordadas na cama, num silêncio horrível. Não conseguindo suportar aquilo, Vera perguntou: "Você é boa aluna?". Nina não respondeu. Vera perguntou: "Quanto é quatro vezes quatro?". Nina fingiu que dormia. Vera perguntou de novo. Nina respondeu: "Dezesseis". "Isso. Cinco vezes sete?" Nina respondeu. Repassaram assim toda a tabuada. Nina até se lembra de que houve "algo relacionado com a tabuada", mas tem certeza de que Vera a testou quando estavam no café.

Quanto ao que veio depois, as lembranças das duas convergem. Estavam na cama estreita, a tia e o tio de Nina já tinham adormecido, e Vera perguntou: "Tem algum coisa que você quer perguntar, Nina?". Nina disse que não. Vera lembra que sua voz era fria e estranha. Sentiu como se houvesse uma camada de gelo envolvendo a menina que Nina era.

Vera perguntou novamente. "Tem algum coisa que você quer perguntar?" E Nina disse: "Por que você e meu pai um dia me abandonaram, os dois?". "Porque o polícia jogou nós dois na prisão", Vera disse. Nina perguntou, a voz trêmula: "Quem vocês tinham que amaram mais do que a mim e me deixaram sozinha?". "O polícia jogou nós dois na prisão", repetiu Vera. "E vocês não podiam se libertar?" "Não", disse Vera, e em certo sentido tinha razão, mas este também foi o início da mentira que cresceu e se ramificou até nos sufocar a todos.

Agora, depois de um longo silêncio, Vera pergunta: "Foi bom para você, Nina, ficar com tia Mira e marido?".

"Sim, pode-se dizer que sim."

"Como foi, filha?"

E eu — nós — ouvimos a história dela pela primeira vez: a tia e o tio não tinham filhos, e ela não era a filha que eles queriam ter. Apanhava por qualquer bobagem, ficava confinada no porão durante horas, não lhe era permitido comer à mesa com eles, comia sentada num banquinho à parte. Ela fugia de casa e ficava "tagarelando", nas palavras dela, com soldados sérvios de um acampamento perto da casa deles. Vera vocifera: "Mira e Dragan, até mesmo em sepultura, não me perdoam ter tido filha com sérvio".

E ficamos sabendo também — não há limites para surpresas — que na época em que morou na casa dos tios ela se enturmou com uma quadrilha de moleques, todos sérvios. Ela era pequena e magrinha, ágil, e pelo visto indiferente aos perigos. Entrava nas casas por brechas e postigos, e então abria as portas para os garotos. Nunca foi pega. Se passou por outras coisas, não contou. E nós não perguntamos.

A chuva deixa de ser um fenômeno meteorológico. Tem vontade própria, precisa. E uma intenção. Todos os orifícios no teto jorram cachoeiras. Nós nos apinhamos entre as torrentes. De vez em vez um trovão ecoa, parece um trem com muitos vagões, fazendo estremecer o galpão.

"Tem uma coisa que eu até hoje não entendi completamente...", Nina diz.

"O quê? Pergunte."

"Você me contou tanta coisa sobre Goli e sobre os outros campos, e sobre a ilha de mulheres em que esteve, Sveti Grgor..."

"Tomara tivesse calado, mas não consegui. Explodi, veio de dentro."

"Mas sabe o que eu pensei?"

"Quando?"

"Às vezes, assim sem mais."

"O que pensou?"

"Que tem alguma coisa que você não me contou."

"Algum coisa que não contei? Mas eu contei tudo, filha. Até demais."

"Por exemplo, você nunca me contou como chegou até aqui. O que aconteceu com você antes que..."

"Contei sim. Vim no *Fonat*, abriram grande porta lá embaixo e derramaram todas dentro do mar, como peixes mortos."

"Mas o que houve antes disso, *maika*? Antes de Goli. Antes do *Fonat*."

"A que está referindo? Nossa vida normal, boa, até que..."

"Mas quando a UDBA te levou, você foi interrogada? Acusaram você de alguma coisa? Houve um julgamento?"

"Eles interrogaram. Julgamento não teve."
"E permitiram que você dissesse alguma coisa?"
"Como assim, dizer algum coisa?"
"Explicar. Se defender. Você tinha um advogado?"
"Advogado? Você enlouqueceu? Eles jogaram cinquenta mil pessoas como cães, sem julgamento, em todos campos de Tito. Só aqui em Goli morreram talvez cinco mil pessoas. Foram mortas ou se suicidaram. E você diz *advogado*?"
"Conte desde o início. Tudo."
Vera suspira, soergue-se em sua pequena estatura. Elas continuam debaixo do cobertor, sentadas, muito juntas, quase face a face, e ainda não olham uma para a outra. Rafi está gravando.
"O que tem para contar? Isso foi na manhã seguinte que seu pai, você sabe, enforcou. Vieram buscar para interrogatório, homem com casaco de couro. Começou a perguntar ainda em casa, disse que sabiam tudo sobre nós. Que a gente apoiava Stálin e era inimigo do povo iugoslavo. Ligações com a NKVD? Amigos da Rússia? Ouvem rádio de Moscou? De Budapeste? Perguntaram até por que demos nome russo para filha. Tudo quanto é besteira. Depois me levaram num carro preto para hospital militar. E não, bem, lá tudo aconteceu como sempre."
"O que aconteceu? Quero saber."
"Assim eram coisas naquela época. A verdade não interessava. Só queriam que assinasse o confissão que seu pai era inimigo do povo, e eu não concordei, e pronto... Em frente, para Goli."
"Mas quem eram eles? Você lembra deles? O rosto deles?"
Ei, eu sussurro para Nina interiormente, esta não é a pergunta correta! O que interessa agora quem eram eles?
Vera também fica surpresa. "Quem eram? Como assim?... Eram três coronéis. Lembro de um, careca redonda, rosto até que simpático, de gente. Falou direito comigo."
"E você... Um instante, o que eu queria... Você tentou alguma vez saber onde ele está agora?"

"Deus me livre, Nina! Não quero ver nem sombra deles! Nem que fossem os últimas pessoas no mundo, não falaria com eles!"

"Está vendo, sou o contrário de você. Eu iria procurar eles até encontrar nem que fosse debaixo da terra, e eu ia chegar e… e…"

"E o quê? Atirar neles com revólver? Fazer o quê?"

"Não, mas jogaria isso na cara deles."

"Jogaria o quê?"

Pela janela, um relâmpago com três ou quatro descargas rasga o céu, histérico.

"O quê, Nina?"

"A mim."

Silêncio. Vera está ofegante.

"O que significa *a mim*, Nina?"

"E jogaria Guili também", diz Nina. "E tudo que lhe aconteceu por minha causa."

Ela disse isso. Rafi filmou.

"Inimigos do povo!" Vera bate com força na coxa. "Era para assinar que a gente era espião de Stálin? Que queria matar Tito? Mentirosos!" Na parede acima da cabeça de Rafi está gravado um dístico: COM TITO. Vera aponta para ele com o queixo e zomba: "Com Tito construiremos socialismo! No meu cu!".

"E você não assinou…", murmura Nina, e de repente ela parece combalida.

"Como assinar coisa que não era verdade?"

Assine de uma vez, eu novamente sussurro comigo mesma, e vamos todos para casa, cerramos as persianas e ficamos de luto por Miloš, e por nós mesmos, e juntos lentamente vamos corrigir o que for possível.

Nina sai de sob o cobertor. Vera puxa para si mais e mais cobertor. Nina se ajoelha junto a ela, segura sua mão. "Mas papai já estava morto..." Sua voz volta a ser fina e frágil. "E vamos supor, se você tentasse, vamos supor... dizer... talvez eles... não, é uma ideia idiota." Riso débil. Bem diante de nossos olhos ela está se retraindo, transformando-se num esboço embotado de si mesma.

"Mas às vezes, mãe, fico pensando..."

"Pensando o quê, Nina? Diga, não deixe ficar dentro de barriga."

"Por que está tão zangada, mãe?" A voz de Nina soa oca.

"Não estou zangada, Nina. Só que meu cabeça está estourando com todas essas falas. Como se de novo tivesse interrogatório."

Nina está sentada sobre o chão frio, acariciando distraída o cobertor que cobre o corpo franzino de Vera. "Ninguém está interrogando você... Interrogar sobre o quê? Quem é que tem o direito de interrogar você... Ninguém passou pelo que você passou."

"Não, Nina, você não está compreendendo. É o contrário! Interrogue, pergunte tudo. Isso é bom. Eu preciso falar."

"Mas entenda que não estou interrogando você. Só tentando... compreender, corrigir um pouco lá atrás."

"Não dá para corrigir lá atrás. Você sabe por si mesma."

Nina olha para mim e eu para ela.

"O que passou passou", balbucia Vera. "E a gente vive com isso."

"Mas digamos, mãe, só estou perguntando, mesmo assim. Se eles tivessem, por exemplo..."

"O que você pensou, diga logo e direto, Nina."

"Não, eu só pensei: se eles tivessem..."

"O quê? O que eles iriam me propor?" Vera grita com amargura e bate com os punhos nas coxas. "O que eu poderia dar para não trair seu pai? Não deixar sujar Miloš e provar que estava dizendo verdade? O que tinha para dar para eles?"

Silêncio. Vera e Nina olham uma para a outra com olhos arregalados, estremecidos. Nas extremidades de meus nervos sinto que elas estão sendo arrastadas para um ponto cego, escuro, que só elas conseguem ver, uma com os olhos da outra.

"Ah", a voz de Nina sai estranha, leve como uma pluma, como se em algum lugar dentro dela, com uma suavidade indescritível, cada coisa tivesse se encaixado.

"Cabeça", balbucia Vera e aperta as têmporas com as duas mãos.

Os olhos de Nina se fecham e a cabeça cai para trás. As pálpebras finas estremecem numa velocidade assustadora. Como se num piscar de olhos tivesse caído num sono profundo e absoluto, cheio de sonhos, e em seu sono alguém estivesse passando a mão lentamente em sua testa.

E então ela abre os olhos. "Não, eu tenho de sair daqui."

"Chove a cântaros", diz Rafi, "eu vou com você."

"Não, não, ninguém vem comigo! Tenho de ficar sozinha. Respirar. Tenho de respirar. Só me diga uma coisa..." Ela se levanta, anda sem destino para lá e para cá, e eu não consigo deixar de pensar na galinha com a cabeça decepada que eu cheguei a querer que ela fosse. Como pude ter sido tão cruel?

"Diga, mãe", ela está quase gritando, "não seria possível, pelo menos, pedir a eles que permitissem me trazer com você?"

"O quê?"

"Não seria possível pedir que deixassem eu vir com você?"

"Para onde?"

"Para cá, para Goli."

"Pedir à UDBA que você viesse junto? Ficou louca? Nunca teve criança nesta ilha, nunca! E por nada no mundo traria você para inferno!"

"Mas assim não íamos nos separar", Nina diz e se encaminha para a porta.

"O quê?"
"Assim nunca teríamos nos separado."
"Como não?"
"Estaríamos juntas, aqui."
"Mas como iam concordar... Impossível, Nina, não, isso não... Não traziam crianças para Goli."
"Eu sei. Li todos os livros que existem sobre a ilha."
"Nem em imaginação quero pensar você... Não, seria o mais terrível para mim. Mais terrível que eu mesma ter vindo." Ela olha para Nina em pânico: "Tenho de perguntar de novo, responda com todo franqueza, Nina, sem querer magoar de propósito: foi tão ruim com meu irmã e marido dela a ponto de você preferir este inferno?"
"Você não está entendendo, mãe."
"Sei como eles trataram você, mas..."
"Não tem nada a ver com eles."
"Não?"
"Durante todo o tempo, em cada instante que você não estava comigo, eu queria estar com você."
"Nem que me matassem, Nina, eu pediria isso..."
"Eu desceria com você ao verdadeiro inferno também", Nina sussurra da porta. "Só para estar com você, todo dia e toda noite." Ela segura a maçaneta pendurada numa única dobradiça. "Só pensava nisso. Estar com você, estar com você."
Vera inclina a cabeça. Isso está acima de suas forças.
"Por favor, não me sigam", diz Nina, e sai.
Parece que todo o ar do recinto foi sugado e saiu com ela.
Sensação de sufocamento.
A chuva e os ventos estão furiosos, como se atacados de nova loucura.
"Ela não quer saber", diz Vera consigo mesma, "ela não quer saber."

"Estou saindo."
"Pai, não, por favor. Deixe ela ficar sozinha."
"Ela ainda vai fazer algum coisa a si mesma", balbucia Vera. Rafi e eu ficamos sentados no chão de cimento molhado, cada um num canto. Estou louca de preocupação com ela.

De repente Vera diz: "Eles enterraram ele em sepultura que só tinha número, em cemitério junto a Belgrado. Quando voltei de Goli escrevi cartas para Tito pedindo permissão para sepultar Miloš. Escrevi umas vinte cartas. 'Quem é essa mulher que não tem medo de Tito?', Tito perguntou para Moshe Piade, seu ajudante judeu. "Entreguem de vez marido para ela, mas ela vai fazer tudo sozinha", ele disse.

Toda vez que troveja ou que uma pancada de chuva faz o galpão estremecer, passa pelo rosto de Rafi uma careta de dor. Ele parou de filmar. Eu lhe faço um sinal para continuar. Há ruídos que podem me servir como *voice over*, e tem a história de Vera.

"E eu viajei com meu sogro e meu sogra, pais de Miloš. Eles vieram de aldeia deles em carroça puxada a cavalo com caixão que tinham preparado. E minha sogra tinha tecido bonita tapeçaria, com muitas cores. Chegamos a cemitérios dos anônimos. Procurei até encontrar ele, número 3754, e com uma enxada abri laje que tinham posto em cima, e logo reconheci meu Miloš, pelos dentes e pelo maxilar, que faziam ele parecer estar sempre sorrindo. Aliança de casamento não estava lá." Ela fala se interrompendo, as palavras não obedecem a uma sequência. "Tinha osso, folha e lama. Limpei tudo isso dele e embrulhei num lençol, trouxe para carroça e pus no caixão, em cima de tapeçaria, e fomos para aldeia. Meu sogra diz: 'Do que você é feita, Vera, de ferro ou de pedra?'. E eu comigo mesma pensei:

'De amor a Miloš'. E não disse nada, e não falamos mais até chegar e depositar Miloš na terra da aldeia. Isso precisei fazer. Não podia abandonar ele debaixo de número. E também sabia que ninguém ia fazer isso, só eu. E assim Miloš tem sepultura com nome dele, que Nina pode visitar, e Guili também, se quiser. E também filho ou filha de Guili, se um dia existirem. Tive de fazer isso para todos no mundo saberem que teve um Miloš assim, que teve pessoa magra e doente e não muito forte fisicamente mas herói e idealista com todo seu alma, e pessoa mais pura e profunda, e amigo meu e meu amante..."

Quando já não aguentamos mais e nos preparamos para sair e procurá-la, Nina volta. Entra trôpega, molhada, gelada, mal se aguenta em pé. Corremos para ela e a envolvemos no cobertor. Esfregamos suas costas a seis mãos, e o peito, o pescoço, a barriga, as pernas. Cada um contribui com alguma coisa — meias secas, uma blusa, uma echarpe. Ela, em pé entre nós, os olhos fechados, treme, por vezes quase cai. Aqueço com o hálito suas mãos, os dedos longos e finos, massageio sua nuca e seus ombros. Rafi a massageia também, com uma força fora do comum — percebo que está doendo mas ela não fala nada. Ele sufoca um choro silencioso.

Aos poucos ela se refaz em nossas mãos, abre os olhos.

"Chore", ela diz para Rafi, baixinho, "chore, você tem por quê."

Estou escrevendo isso oito anos depois daquela noite. Tento imaginar o que aconteceu quando ela ficou sozinha lá fora. Eu a vejo caminhando depressa, e depois correndo, subindo e descendo as trilhas do campo abandonado, entrando em galpões, correndo para a praia, tocando a água negra e voltando para o campo e para as rochas. Ela sabe qual é seu caminho aqui. Talvez mais do que em todas as cidades e casas em que morou e que abandonou, ou das quais fugiu. Aqui é a casa, isso é claro. A casa do inferno, mas para cá vieram, durante todos esses anos, a saudade, as súplicas, a humilhação. Aqui sua alma foi depositada. Aqui, penso, Nina estava, mesmo sem estar.

Ela está ficando cansada. Caminha na chuva e tudo já lhe é indiferente. Tropeça nas pedras e se levanta. Balbucia repetidas vezes o que Vera disse: "O que eu poderia dar a eles para não trair seu pai?". "A mim", sufoca Nina. "Ela me entregou a eles para não trair meu pai." A cada vez, novamente, esse pensamento lhe ocorre como uma corrente elétrica. Uma dor insuportável irrompe em todos os órgãos até a extremidade de seu corpo. Torna a correr, não consegue ficar parada. Claro, Vera deu a si mesma também. Quase três anos de trabalhos forçados e torturas. "Mas ela sacrificou a mim", Nina murmura, degustando as palavras, e eu junto com ela. De repente estamos juntas lá fora, as duas arrastadas pela tempestade como duas folhas, meninas abandonadas com um sangue amargo que não coagula jamais. "Ela poderia ter escolhido", Nina grita para o vento. "Eles permitiram que ela escolhesse, e ela escolheu, o amor dela escolheu, e eu sei, todos estes anos eu senti, por baixo da pele eu sabia. Não era loucura, eu sabia."

Eu a imagino parando de correr de repente, olhando em volta com espanto, uma recém-nascida que chegou num mundo errado.

Por um momento a ilha ressuscita. Como se a um berro tivessem se acendido gigantescos holofotes e tudo fosse inundado de luz. Mulheres vestidas como prisioneiras correm, gritam. Gemem de dor nos interrogatórios. Às vezes riem. Às vezes brincam com as carcereiras. Ordens gritadas, alto-falantes, chibatadas, coros de mulheres cantando em louvor a Tito.

Quando Vera volta ao galpão depois do interrogatório, Nina cuida de suas feridas. Quando as carcereiras obrigam Vera a ficar de pé a noite inteira junto à *kibla*, o balde que serve de privada às prisioneiras, Nina fica a seu lado. Quando Vera racha toras de madeira que chegaram à ilha como lenha para aquecer e como material de construção, Nina corre a fim de lhe trazer gordura de cabra para untar o machado. O que resta da gordura elas esfregam em segredo em seus lábios rachados pelo frio seco.

"Se eu fosse trinta anos mais moça", diz Nina depois que terminamos de massageá-la, amassá-la e recompô-la, "eu ficaria grávida dessa chuva."

Rimos com cautela. Não compreendemos direito. De todas as coisas possíveis, foi isso que ela escolheu nos dizer? Ela olha para mim, sorri. "Estou com fome. Morrendo de fome."

Eu lhe dou a última maçã e alguns grãos de arroz. Vera fuça em sua bolsa e tira sanduíches para todos nós. Só Deus sabe quando foi que ela os preparou, e como conseguiu preservá-los até este momento. Devoramos. Rimos de nós mesmos e de nossa fome. Nina ri, seus olhos brilham. O que aconteceu com ela lá fora? Não compreendo. É outra pessoa, eu sinto. Algo mudou, aliviou-se de uma só vez.

Pois de repente tudo nela é desvelado, nu, forte. Seus olhos brilham. Não vejo em seu rosto nem raiva nem vingança. Bem que procuro. Nem hostilidade nem ofensa. Só um grande alívio, um desanuviamento.

"*Ohi*", ela diz, a boca cheia de muçarela e tomates, "que sanduíche maravilhoso."

"Bom apetite", diz Vera, "pode comer o meu também."

O vento desacelera. A chuva cessa. Lá fora faz silêncio há algum tempo. Sensação de tempestade amainada. Nina está sentada num canto quase seco do galpão, bem coberta, saciada e aquecida. Ela sorriu para Rafi. "Que noite..."

Ele vai até ela e se ajoelha. Conversam baixinho. Ela ri. Ele a abraça, atraindo-a para si. Na verdade, é um pouco enervante que, após essa noite, eles ainda tenham segredos. A mão dela rabisca algo no joelho dele. A grande mão dele acaricia delicadamente a cabeça dela.

"Venha, Guilush", diz Vera, dobrando os guardanapos e enfiando na bolsa. "Vamos dar uma volta. Tem lugares que não visitamos." Eu resisto: "Mas por que não vamos todos juntos? Pensei que fôssemos subir juntos o penhasco..." Vera crava seus olhos em mim: "Guili, doçura, preciso explicar tudo?". E só então entendi, idiota que sou.

Nós os deixamos no galpão e vamos à praia. Nos postamos em frente ao mar. Está escuro mas a luz da lua se infiltra entre as nuvens. Atravessamos o campo com as rochas. Na escuridão avulta ainda mais sua presença terrificante. Diante de nós, três caminhos: para o campo dos homens, para a pedreira, para a montanha. Ela ri: "Uma nonagenária vai subir montanha!".

Mas é difícil para Vera. Não só por causa do caminho, mas porque algo nela se debilitou. Ilumino o solo com a lanterna da Cruz Vermelha, contornamos a grande poça d'água e encontramos a trilha. Mais estreita e íngreme do que eu imaginava. Onde é possível, caminhamos de braços dados, às vezes abraçadas. Nos lugares mais estreitos ela vai na frente, e eu o tempo todo lhe acaricio as costas e a nuca, fazendo o possível para facilitar as coisas. De vez em quando paramos e esperamos que sua respiração se acalme. Por duas vezes proponho voltar, ela recusa.

Vera lembra tudo que lhe aconteceu nesta trilha cinquenta e quatro anos atrás. Diz que poderia atravessá-la de olhos fechados, e não só porque então estava cega. A partir de certo momento retoma a força e me arrasta atrás dela, essa mulher de noventa anos. Seu corpo pequeno é quase puxado para a frente. O corpo e tudo pelo que ele tinha passado.

E de repente estamos no cume da montanha e respiramos aliviadas, exatamente como ela havia descrito. Uma fria escuridão nos envolve. Ouvimos o mar lá embaixo. Vera me sussurra que nunca tinha estado ali à noite.

Então ela se cala, cerra os lábios com o punho. Me segura com força e mostra o lugar onde ficou de pé durante quase dois meses. Com o dedo desenha o pequeno círculo onde a planta havia estado. Ponho meus pés fora do círculo, num dos lugares em que ela se postava quando projetava nela sua sombra. Não é simples me imaginar no lugar dela.

O mar lá embaixo se choca contra as rochas. Vera senta na grande pedra lapidada. Mais uma vez, me parece muito velha. Eu lhe digo que quero ficar de pé, em silêncio, até o nascer do sol, e depois também.

Fico de pé durante uma hora, talvez mais. Repasso mental e lentamente, como se fosse uma oração, a história de minha avó e da planta. Toda vez que abro os olhos eu a vejo me encarando com olhos firmes e fortes, como que me transmitindo algo.

Depois ouvimos Nina e meu pai nos chamando lá embaixo. Nós lhes dizemos para nos encontrar no cume da montanha. Sobem ofegantes mas também radiantes, e sentam numa rocha ao lado de Vera. Nina se recosta em Rafi. A mochila com o material gravado está nas costas dela, e noto que isso a deixa alegre, orgulhosa até.

Mesmo quando eles chegam eu não abandono meu posto na beira do penhasco. Sinto que Vera está contente com isso. Ela se levanta e corrige minha posição: "Em geral à tarde eu ficava aqui", explica. Nina pergunta: "O que é isso? O que vocês estão fazendo?". Vera diz: "Tinha pequena planta aqui, eu cuidava dela. Lá embaixo a gente fala sobre isso". E Nina diz, com um sorriso forçado: "Vejo que ainda tem histórias que não ouvi". E novamente o coração palpita, como acontece toda vez que ela tropeça num arame invisível.

O céu está clareando, Rafi volta a filmar. Nina levanta e dá uma volta, se aproxima da beira do penhasco e olha para baixo, para o mar. Recua e torna a olhar. Fala na direção do abismo: "Acho que nunca me senti tão alegre quanto agora".

Depois olha para mim: "Guili-Guili, que bom que você está comigo aqui, Guili".

Eu digo: "Sim, estou contente por ter vindo".

E ela: "Aqui, apesar de tudo, é um pouco a minha casa". Vera nega com um movimento de cabeça e propõe descer. "Vamos falar sobre tudo isso lá embaixo", diz. "Eu já quero estar lá embaixo." A filha parece não ouvi-la.

"Quero filmar vocês", Nina diz e, rindo, tira a Sony das mãos do surpreso Rafael: "Me deixem sentir que este filme é meu também". Pergunta que botão deve apertar, e ele mostra. Vejo inquietude em seus olhos. Ela pergunta o que é a lâmpada vermelha que pisca, ele diz que a bateria está nas últimas, que só restam mais dois ou três minutos.

Meu corpo trava. Quero ir até ela e não consigo. Não tenho forças para me mexer. Ela olha para nós através do pequeno visor da Sony, anda em círculos a nossa volta, filmando.

Caminha com leveza, como se pairasse. Lembro que Vera contou sobre a manhã em que a tinham levado para interrogatório e ela viu Nina caminhando pela rua como se dançasse, pulando a amarelinha desenhada a giz na calçada e já meio apagada.

Nina enquadra Vera, Rafi e a mim. Filma cada um de nós da cabeça aos pés numa lentidão estranha, como se fizesse uma varredura de nossos sistemas. E talvez fosse exatamente isso que ela estava fazendo.

"Está vendo, Nina", ela de repente fala para a Nina do futuro, "agora estamos todos juntos, sua mãe, sua filha Guili e Rafi. E você também esteve conosco durante toda a jornada."

No céu havia finas linhas de luz, como dedos estendidos. Nina as filmou.

Vera diz novamente, enfática e nervosa, que é melhor descer. "A sol começa a queimar assim que nasce. Mais cinco minutos será puro fogo." Na luz que surgia, seu rosto ficava cada vez mais cinzento e sem vida.

"Mais um instante, *maika*", diz Nina, sem parar de filmar. "Rafi, meu querido, amado", ela sorri para ele sem largar a câmera e ele devolve um sorriso confuso. "Todo o amor que você sentiu por mim... Não é verdade que você sabe?" "Sei o quê?" "Que esta é a maior dádiva que recebi de alguém na vida?" Ele curva a cabeça e engole alguma coisa com dificuldade.

Ela parece alegre, radiante. Aquela sua felicidade clara e sonâmbula nos confunde. "E não é verdade que você está sabendo?", ela continua. "Sabendo o quê?" Ela para, de pé junto à beira do penhasco. "Que não haverá mais nenhum momento melhor do que este." Rafi diz: "Claro que haverá, Nina". E eu a ouço dizer baixinho, para si mesma: "Eu queria mais tempo. Muito, muito tempo".

Bruscamente seu rosto muda. Vejo a luta e a terrível hesitação, e lhe envio um grito silencioso, e ela olha para mim como se tivesse me ouvido.

Num movimento rápido ela tira dos ombros a mochila com os cassetes gravados, fecha os olhos, estende o braço e deixa a mochila e a câmera caírem no abismo.

Ouço a câmera bater e se espatifar nas rochas. Um silêncio e depois o rumor das ondas recuando. Nina desaba de uma só vez, um joelho bem na beira do penhasco, atordoada com o que tinha feito, ou com o que não tinha feito, e eu chego até ela no mesmo instante em que meu pai também chega, e juntos a puxamos de volta, para nós.

Quando descemos da montanha, assustados e nos amparando mutuamente, eu já sabia que não ia admitir que tudo que nos aconteceu nessa viagem fosse para o fundo do mar. Depois, com o correr dos anos, toda vez que ficava de luto por meu filme perdido, eu dizia a mim mesma: se não há imagens, que haja palavras.

Passaram-se anos, porém, até eu conseguir sentar e escrever.

E enquanto isso aconteceram coisas que preencheram minha vida.

Chamamos nossa filha de Nina. Ela tem cinco anos e meio.

É o meu torrão de terra.

O nosso.

Agradecimentos

Eva Panić Nahir, que inspirou a personagem de Vera, foi uma mulher conhecida e admirada na Iugoslávia. Sobre ela se escreveram uma monografia e um livro de memórias. O escritor Danilo Kís fez uma série de programas na TV sérvia em que ela contava os horrores de Goli Otok. Foi a primeira vez que o vasto público tomou conhecimento da realidade — silenciada e negada até então — dos gulags de Tito. Eva se tornou um símbolo de coragem quase sobre-humana, da capacidade de uma pessoa preservar sua humanidade em condições as mais terríveis.

Há mais de vinte anos Eva me contou a história de sua vida, e tornou a me contá-la algumas vezes. Uma amizade profunda nos ligava um ao outro. Era impossível não gostar dela nem admirar sua força e sua humanidade. E por vezes foi difícil não ir de encontro à dureza e à inflexibilidade de seus princípios.

Eva queria que eu escrevesse a história dela e de sua filha, Tiana Wages. Uma das principais dádivas que este livro me concedeu foi ter conhecido Tiana, com sua sabedoria de vida, seu otimismo e sua coragem. As duas foram generosas e me deram total liberdade para contar a história, mas também para imaginar e inventar partes dela. Por isso — pela liberdade de imaginar e inventar —, agradeço a elas do fundo do coração.

Também agradeço à escritora e tradutora Dina Katan Ben-Zion, que me orientou nos meandros das línguas sérvia e croata, e também no modo como elas soam no hebraico — o hebraico agramatical de Vera.

Aos diretores de cinema Dan Wolman e Ari Folman. A Elinor Nechemia — continuísta e diretora de roteiro. Agradeço sinceramente a meu amigo diretor e pesquisador do cinema Aner Preminger, por sua ajuda e sua dedicação. Agradeço aos amigos e familiares que leram o manuscrito, fizeram observações e sugestões que o aprimoraram. Todos me cederam generosamente seu tempo e sua experiência. Qualquer erro porventura cometido no livro, concernente a qualquer assunto, é somente meu.

Agradeço a todos que me orientaram em minha viagem para o Ártico, e a quem se juntou a mim na viagem a Goli Otok, sobretudo o historiador Hervie Klasić, amigo erudito e perspicaz.

A família de Rade Panić, primeiro marido de Eva, me recebeu calorosa e cordialmente em sua aldeia natal. Um grupo de afetuosos amigos de Eva em Belgrado, pequeno mas unido — Tania e Aleksander Krausz, Vanja Radovanovíc e Planinka Kovacevíc —, me recebeu de coração aberto e reviveu para mim tempos passados.

Obrigado à bela família de Eva: Emily Hauser, Judith Nahir, Semadar — a iluminada Smadi Nahir. Profundos agradecimentos ao diretor Avner Faingulernt por seu emocionante documentário *Eva*.

Agradeço a generosa ajuda de Seid Serdarević, editor croata de meus livros, e de Gojko Bozovíc, meu editor sérvio.

Obrigado a Geny Lebel por seu belo livro *Hassigalit halevaná* (Am Oved, 1993) e a Aleksandra Ličanin, que escreveu um livro sobre Eva, *Two Loves and One War of Eva Panić Nahir* (Matica hrvatska, 2015), que me conduziu pelas ruas da infância de Eva em Čakovec.

E, é claro, obrigado ao dr. Van-de-Wilde, autor de *O matrimônio perfeito*, com o apêndice de *A teoria do acasalamento*, da Prentiss Mullford, na tradução de M. Ben-Yossef, edição popular (sem data), cujo texto foi citado aqui (sim, esse livro existe).

A expressão fisionômica de todas as pessoas com quem me encontrei nesta jornada mudava quando falavam sobre Eva. Seu espírito forte e impetuoso, sua personalidade intransigente, doce e voluntariosa ao mesmo tempo, estão vivos e tangíveis ainda hoje, cinco anos após sua morte, para todos que tiveram o privilégio de conhecê-la.

David Grossman
Fevereiro de 2019

ESTA OBRA FOI COMPOSTA POR ACOMTE EM ELECTRA E IMPRESSA PELA
LIS GRÁFICA EM OFSETE SOBRE PAPEL PÓLEN SOFT DA SUZANO S.A.
PARA A EDITORA SCHWARCZ EM ABRIL DE 2022

A marca FSC® é a garantia de que a madeira utilizada na fabricação do papel deste livro provém de florestas que foram gerenciadas de maneira ambientalmente correta, socialmente justa e economicamente viável, além de outras fontes de origem controlada.